LA LIGUE DE L'IMAGINAIRE

Le Pire des Noëls

NOUVELLES INÉDITES

LE LIVRE DE POCHE

Les auteurs de ce recueil ont offert ces textes pour soutenir l'action du Rire médecin. Le Rire Médecin et Le Livre de Poche tiennent à leur exprimer toute leur gratitude pour cette initiative.

Pour chaque livre vendu, 2 € seront reversés au Rire Médecin pour financer les interventions de l'association dans les hôpitaux et les spectacles personnalisés offerts aux enfants, à leurs familles et aux soignants.
Intervenant dans près de 80 services pédiatriques, les 150 comédiens-clowns professionnels donnent plus de 100 000 spectacles chaque année.
Nous vous remercions de votre confiance et de votre soutien.

www.leriremedecin.org

Couverture : Page 1 © Fabienne Legrand.
Page 2 : © David Khara et l'équipe d'astrophotographie amateur Astrofleet.

ISBN : 978-2-253-25307-5 – 1re publication LGF

À Malo et à tous les enfants courageux.

Préface

Bienvenue dans l'univers fabuleux et surprenant de la Ligue de l'Imaginaire !

Créée en 2008 par Maxime Chattam, Olivier Descosse, Henri Lœvenbruck et Franck Thilliez, la Ligue de l'Imaginaire est un collectif d'autrices et d'auteurs ayant à cœur de promouvoir et de défendre les littératures de l'imaginaire.

En cette fin d'année, les vingt et un membres de la Ligue se sont réunis pour déposer au pied de votre sapin un cadeau spécial, un recueil où chacun imagine ce que pourrait être le pire des Noëls !

Quand le dîner du réveillon tourne au sanguinolent, quand l'ouverture des cadeaux fait voler en éclats une famille, quand le Père Noël devient détective privé, quand il se change en ogre, ou quand des braqueurs débarquent à la messe, la fête peut alors virer au cauchemar !

Et si nous ne doutons pas à la Ligue que la littérature est source de plaisir, nous n'oublions pas qu'elle peut aussi servir de grandes causes. À cette fin, nous avons tenu à ce qu'une association caritative en récolte l'ensemble des bénéfices : c'est Le Rire Médecin qui a retenu notre choix pour son implication constante auprès des enfants.

Préparez la bûche, décorez le sapin, mettez-vous sur votre 31, mais restez sur vos gardes, car vous voilà conviés au pire des Noëls.

Bonne lecture à tous !

La Ligue de l'Imaginaire.

Eh ben alors ?

par Agnès Abécassis

Le Père Noël tendit son cadeau au garçonnet émerveillé, une fripouille en pyjama qui ne devait pas avoir plus de cinq ans.

— Je peux m'asseoir sur tes genoux pour l'ouvrir ? demanda le bambin.

— Bien sûr, mon petit, répondit le barbu en habit rouge.

Il souleva l'enfant, et l'assit confortablement sur ses cuisses. Le garçonnet, exalté, défit les rubans noués de son présent en émettant des gloussements de bonheur.

Tout concentré qu'il était à déchirer le papier, il ne remarqua pas le visage du Père Noël se modifier. Des canines acérées lui pousser. Ses globes oculaires virer au noir. Et sa bouche s'ouvrir démesurément. Le cou du petit, si frêle et d'une blancheur laiteuse, était la cible de son regard dément. En l'espace d'un instant, les mains du vieillard, striées de veines turgescentes, empoignèrent les bras de l'enfant et, d'un mouvement sec, lui broyèrent les os comme on effrite un morceau de craie. Les incisives du père Scalpel se plantèrent dans sa peau et la lui transpercèrent, faisant jaillir un geyser de sang qui inonda l'expression du monstre, au comble de l'extase. Tout se passa dans un bruit de mâchoire qui claque, atténué par le hurlement qui le recouvrit. Celui que je poussais en bondissant de mon siège.

— AH NON ! Quelle horreur ! C'est dégueulasse ! PUTAIN !

La séance s'interrompit dans un brouhaha de protestations, et les lumières se rallumèrent.

Sébastien Drouin, le réalisateur, se leva aussi de son fauteuil.

— J'avais bien prévenu tout le monde que ça n'était pas pour les petites natures. C'est toi qui as accepté de venir !

MOI : Oui, j'ai voulu voir un film, pas une scène de cannibalisme aussi réaliste, avec les tendons du cou qui pètent, et tout… Mais t'es dingue ! Pauvre gosse !

SÉBASTIEN : C'est juste du cinéma…

Je ramassai mes cheveux en chignon, comme pour reprendre le contrôle de mes émotions.

— Ouais, du cinéma tourné par un réalisateur vegan. On comprend bien où tu places tes pulsions de viandard refoulé…

OLIVIER BAL, *souriant* : Techniquement, t'as rien vu, t'avais les doigts écartés devant les yeux.

Je lui répondis qu'en effet, je regardais toujours les films d'horreur de cette façon. En bloquant cinquante pour cent de mon champ visuel, ça me permettait de diminuer de cinquante pour cent la frousse qu'ils suscitaient chez moi.

Nicolas Lebel, assis sur le siège derrière moi, s'impatienta.

— Allez, c'est bon Agnès… Nous, on veut voir la suite !

MOI : OK, je me casse ! (*Puis, me tournant vers le réal :*) Franchement Seb, ton précédent film était un chef-d'œuvre de suspense. Mais *Le Père Noël en une morsure*, c'est trop cruel pour moi.

SÉBASTIEN : Merci pour ce retour.

MOI : Je file vous attendre dans l'autre pièce. Tu peux me rendre mon portable, s'il te plaît ?

SÉBASTIEN : Impossible, il reste dans la boîte, avec ceux des autres. Obligation contractuelle du producteur, mon film n'est pas encore en salles.

Le réalisateur se tenait au milieu de sa salle de projection privée. Il s'adressa à la cantonade.

— C'est quand même un monstrueux privilège que j'accorde à mes potes de la Ligue de l'Imaginaire. On vient à peine de valider le montage de mon nouveau film…

Amélie lui décocha un sourire.

— Oui, Seb, merci de tous nous recevoir. Ta baraque est impressionnante…

SÉBASTIEN, *froissé* : « Hôtel particulier », s'il te plaît. Au prix qu'il m'a coûté, tu peux l'appeler par son petit nom.

MOI : Dis, les toilettes, c'est par où ?

SÉBASTIEN : Tu sors, c'est à gauche, au bout du couloir, encore à gauche, tu dépasses le meuble sur lequel sont posés mes deux Césars, et puis tout de suite à droite.

Je quittai la salle de projection en marmonnant ses consignes en boucle, pour bien m'en souvenir.

NICOLAS LEBEL : Allez, relance le film. On veut savoir si le gamin survit sans son tendon du cou…

SÉBASTIEN, *amer* : Si c'est pour le démolir après…

Patrick Bauwen déplia sa haute silhouette de son siège.

— Mais jamais de la vie, c'est tout l'inverse, on veut voir la suite ! Allez, des cris, de la terreur, de l'angoisse ! On veut cauchemarder cette nuit ! Traumatise-nous, mec ! La suite, la suite !

La tripotée d'auteurs de thrillers excités se mit à frapper dans ses mains en scandant : « La suite ! la suite ! »

Sébastien se dérida, vaguement flatté.

— Bon, si vous insistez…

Je poussai à nouveau la porte de la salle de projection, et m'approchai de Barbara et d'Amélie, la secrétaire perpétuelle de la Ligue.

SÉBASTIEN : T'as pas trouvé les toilettes ?

MOI, *embarrassée* : Si, si, non mais rien d'important, je voulais juste demander aux filles… Est-ce que l'une de vous a besoin d'un tampon ?

AMÉLIE : Non, pourquoi ?

MOI : Parce qu'il y a une flaque de sang dans la salle de bains.

Exclamations de surprise dans la salle.

Nous partîmes à plusieurs découvrir ce qui s'avéra n'être qu'un flacon de teinture pour cheveux, d'un rouge flamboyant, renversé dans le placard sous le lavabo. Rien de flippant à l'horizon, à part peut-être la future couleur de cheveux de la compagne de Sébastien.

Olivier Bal, Nicolas Lebel, Franck Thilliez et Jacques Ravenne étaient restés nous attendre dans la salle de projection. La Ligue de l'Imaginaire n'était pas au complet. Pas évident d'accorder les emplois du temps de tous. Mireille Calmel, Olivier Descosse, Ian Manook, Erik Wietzel, Jean-Luc Bizien et David Khara avaient accepté l'invitation d'un salon du polar à Tahiti. Johana Gustawsson, Alexis Laipsker et Niko Tackian profitaient, eux, de vacances en famille. Seul Henri Lœvenbruck manquait à l'appel. Il avait prévenu qu'il arriverait plus tard, dans la soirée.

Quand nous revînmes dans la salle de cinéma, nous la trouvâmes vide. Bernard Werber fit un pas dans la pièce, et s'étonna :

— Mais ils sont où ?

C'en fut trop pour Sébastien Drouin, qui perdit patience.

— Franchement, s'ils sont venus pour jouer à cache-cache, valait mieux qu'ils restent chez eux ! Quel manque de respect !

J'abondai dans son sens :

— Des gamins immatures. Jamais ils ne se seraient permis une chose pareille chez Spielberg ou Tarantino.

SÉBASTIEN : Exactement !

MOI : Nous sommes d'accord. Dis, je peux récupérer mon portable, maintenant ?

Las, le réalisateur se dirigea vers la boîte qui contenait les mobiles de tout le monde, ouvrit le coffret, et resta interdit.

Tous les téléphones avaient disparu.

ÉRIC GIACOMETTI : C'est quoi cette connerie, encore ? Allez, rends-nous nos téléphones, s'il te plaît. On a assez perdu de temps.

SÉBASTIEN, *pâle* : Mais… je ne sais pas où ils sont. Ils étaient dans ce coffret !

Norek se tourna vers moi.

— Dis donc, Abécassis, t'es la seule à être sortie de la pièce avant les autres, c'est bizarre…

MOI, *offusquée* : Ça va pas ? Qu'est-ce que vous voulez que je fasse avec vos portables ? T'as cru que j'avais été mandatée par vos meufs pour fouiller dedans ?

Maxime Chattam se dirigea d'un pas vif vers la porte d'entrée.

— Vous m'avez saoulé. Je sors prendre l'air. Démerdez-vous pour trouver mon téléphone.

La main de Chattam saisit la poignée, qui resta bloquée.

MAXIME : La porte est fermée à clé. Tu peux ouvrir, Seb ?

Sébastien tâta ses poches, de plus en plus affolé.

— Putain… où sont mes clés ?…

Soudain, les plombs sautèrent. L'immense entrée fut plongée dans le noir durant de longues minutes, ponctuées par un bourdonnement de voix surprises.

Quand les lumières se rallumèrent, on découvrit Bernard Werber qui titubait au centre de la pièce, la chemise ouverte sur son torse nu, chaussettes et chaussures abandonnées derrière lui.

— Donc… hum… voilà…

Amélie s'approcha de lui, mais il la repoussa d'un geste désordonné. Il se plaignit d'avoir chaud, se pencha pour vomir de la bile, puis il perdit connaissance et s'effondra.

Werber fut porté puis déposé dans une des chambres de l'hôtel particulier de Sébastien. Le Dr Bauwen constata qu'il avait probablement été drogué. Mais sans téléphones, pas de contact possible avec l'extérieur. Et l'ordi de Sébastien était resté à son bureau.

Alors il fut décidé de le laisser cuver sa substance chimique, et d'aller palper les murs de cette demeure, afin de trouver une façon de nous en extraire.

Seulement nous constatâmes que les fenêtres étaient bloquées, et les volets baissés.

Nous étions piégés.

Cette fois, ce fut au tour de Sébastien d'être suspecté. Après tout, clés et téléphones avaient été sous sa garde… Notre hôte se mit en colère, prétendant que c'était notre bande de déglingués qui avait manigancé quelque chose. C'était quoi, le but, créer un happening pour lui gâcher sa projection ? Il ne fallut que quelques minutes pour que deux clans se scindent et s'affrontent. Ceux qui soutenaient Seb, victime d'une vraisemblable bouffonnerie de mauvais goût, et les autres, qui doutaient de sa sincérité.

Les plus sages de la bande incitèrent tout le monde à se calmer. L'objectif premier était de comprendre ce qui se passait. La demeure du réalisateur étant vaste, il fut convenu que nous allions appliquer une technique homologuée par un détective célèbre (Scooby-Doo) : nous séparer en deux groupes.

D'un côté : Drouin, le Dr Bauwen, Chattam, Minier, et le flic de la bande, Norek.

De l'autre : Giacometti, le chanteur Mathias Malzieu, Amélie, Barbara Abel, et moi.

Je ne pus m'empêcher de souligner que l'équipe de Sébastien Drouin n'avait désigné aucune fille dans ses rangs. Hop, un petit cheveu dans la soupe, lâché comme ça, pour altérer leur gueuleton à la testostérone.

Barbara retira délicatement le cheveu en déclarant que c'était très bien ainsi. Nous étions plus intuitives, plus vigilantes, et donc plus à même de découvrir de quoi il retournait.

Elle avait raison. Nous nous claquâmes la main d'un joyeux « high five » tandis qu'un perfide lançait : « Oui, mais vous êtes nulles en créneaux ! »

Dans l'immense cuisine de Sébastien, regroupés autour de l'îlot central, nous y allâmes de nos supputations. Étions-nous accablés par quelqu'un venu de l'extérieur ? par un fan dingo ? Mathias se demanda même si le coupable de tout ce cirque n'était pas un des membres absents de la Ligue. Que savait-on de la stabilité psychologique de gens qui écrivaient des thrillers toute la journée ?

Ça se tenait. Barbara souligna que Lœvenbruck, qui devait nous rejoindre, n'était toujours pas parmi nous…

Amélie le défendit :

— Henri est un nounours, il ne ferait pas de mal à une mouche.

J'intervins :

— Je ne sais pas trop… c'est un motard, tout de même. Donc un blouson noir. Comme dans *L'Équipée sauvage*. Ou dans *Grease*.

Éric Giacometti s'acharnait sur une fenêtre qui résistait. Barbara, taciturne, faisait glisser les tiroirs des placards, à la recherche d'une arme pour se défendre. L'ambiance, de pesante, était devenue angoissante. Elle trouva un couteau de boucher à la lame effilée, qu'elle glissa dans son sac.

De mon côté, j'ouvrais le frigo américain quand Mathias m'interpella en blaguant :

— Que veux-tu trouver dans un frigo, Agnès ?

— Rien, tu as raison, ha ha, c'était juste un réflexe !

Soudain, tous se figèrent.

Amélie poussa un hurlement. Barbara s'exclama : « Oh putain ! » Mathias fit un pas en arrière. Le visage de Giacometti vira au blanc.

— Quoi, quoi, qu'est-ce qu'il y a ? sursautais-je, sans les quitter du regard.

Mathias tendit une main tremblante. Je me tournai vers le contenu du frigo.

Sur une des étagères trônait la tête d'Henri Lœvenbruck, décapitée, l'expression figée dans un rictus atroce.

— Ah, tiens, voilà Henri. Justement on parlait de toi…

Je mis deux secondes à percuter, puis je m'évanouis sur les tomettes de la cuisine.

Et pendant tout ce temps, Amélie n'avait pas cessé de hurler.

Je revins à moi au son des petites claques sur les joues que me mettait Éric Giacometti. Tout le monde était réuni dans le salon. Bauwen réconfortait Amélie en lui frottant les épaules. Norek et Minier étaient allés constater l'horreur dans la cuisine, mais la tête du pauvre Lœvenbruck avait disparu. Il ne restait que des coulures de sang, sur l'étagère vitrée.

Sébastien craqua, paniqué, les cheveux fous, et se mit à brailler de façon irrationnelle :

— Vous allez tous vous casser de chez moi ! Vous m'avez gâché la soirée ! C'est de votre faute, tout est de votre faute ! Moi je voulais qu'on passe une soirée normale, à regarder un film d'horreur normal ! Pas vivre un film d'horreur ! Vous me faites tous chier ! Cassez-vous !

Barbara lui posa la main sur le bras, s'adressant à lui sur un ton calme :

— On ne peut pas Sébastien, on est enfermés, on est tous enfermés. Mais on va partir, ne t'inquiète pas, dès qu'on aura trouvé un moyen de sortir d'ici, on s'en ira, je te le promets.

Amélie pleurait en silence.

Chattam, mû par l'énergie du désespoir, décida de prendre les choses en main :

— Maintenant on passe aux choses sérieuses. On enfonce la porte.

Norek lui répondit :

— Elle est blindée haute sécurité. Oublie.

Le flic remarqua l'éclat argenté dans le sac de la reine des thrillers belges.

— Barbara, passe-moi ce couteau, tu vas te faire mal avec.

BARBARA : Non, je le garde.

NOREK : Écoute, c'est dangereux. Donne-le-moi s'il te plaît.

BARBARA : Jamais. Éloigne-toi de moi.

Sans rien dire, Bernard Minier faisait le tour du salon. Il ne lui fallut pas longtemps avant qu'il interpelle les autres. Dans sa paume, une minuscule chose noire :

— Regardez un peu ce que je viens de trouver…

Norek fit un pas vers lui, saisit l'objet, et confirma : il s'agissait bien d'un micro, qu'il porta à sa bouche.

— Allô ? T'es qui, connard ? Tu veux quoi ? Viens, ose te montrer, enfoiré !

En réponse à sa véhémente injonction, le courant se coupa, et nous fûmes à nouveau plongés dans le noir. La terreur nous immobilisa.

La lumière finit par se rallumer, au bout d'un temps qui nous parut infini.

Nous nous scrutâmes, afin de vérifier qu'il ne manquait personne.

C'est Amélie qui remarqua :

— Il est où, Sébastien ?

Le réalisateur manquait à l'appel.

Chattam, Minier et Bauwen partirent aussitôt à sa recherche.

Maxime revint le premier auprès de nous, pâle comme un linge. Il s'effondra sur un fauteuil. Nous l'entendîmes murmurer :

— On va tous crever. On va tous crever ici. Je ne veux pas. Je refuse. Non. Non…

Bauwen et Minier franchirent le seuil du salon, arborant une tête de dix mètres de long.

Les mains du médecin étaient couvertes de sang.

— On a retrouvé Seb dans la pièce d'à côté. Mort de plusieurs coups de couteau dans le thorax, annonça-t-il d'une voix sourde.

Je me recroquevillai sur moi-même. Amélie se mit à trembler. Tous les regards se tournèrent vers Barbara. Laquelle fronça les sourcils, déterminée.

— Je ne lâcherai pas ce couteau, c'est le mien.

Amélie souffla :

— Est-ce que c'est toi qui l'as… ?

Barbara s'énerva :

— Bien sûr que non ! Vous êtes cons ou quoi ? J'étais ici avec vous, tout le temps…

Amélie insista.

— Mais tu es la seule à avoir pris un couteau dans la cuisine…

Barbara émit un rire triste.

— Visiblement non, je n'étais pas la seule…

Nous nous sommes tous enfermés dans une des chambres de l'immense appartement, celle où on avait laissé Werber.

Coincés à onze dans quinze mètres carrés, nous réfléchîmes à la suite de nos actions défensives.

Au bout d'une heure, Norek voulut tenter une sortie. Minier était prêt à l'accompagner. Giacometti aussi. Malzieu était plus circonspect. Chattam et Bauwen souhaitaient analyser les faits avant de se décider. Moi je prévins qu'il faudrait des forceps pour m'extraire de cette pièce. Amélie acquiesça, en pressant tendrement le bras de Werber qui ronflait. Barbara s'était assise dans un coin de la pièce, les genoux ramenés contre son menton, cramponnée à son énorme lame, une lueur sauvage dans le regard.

Soudain, on sonna à la porte d'entrée.

Cette fois, Norek n'hésita plus. Il bondit de notre cachette, Minier et Giacometti à ses trousses. Ils étaient notre seule chance de pouvoir alerter l'extérieur. Il tambourina de toutes ses forces contre la large porte métallique de l'entrée.

— Hé ! Hé derrière ! Appelez les flics ! On est enfermés ! Ho ! Vous m'entendez ?

La sonnette avait cessé. Plus de bruit sur le palier.

La lumière s'éteignit. Encore.

« Il va pas recommencer à nous casser les noix, ce baltringue ?! » cria un des trois, mais on n'a jamais su lequel.

Norek hurla, à l'attention de ceux restés planqués : « Enfermez-vous dans la chambre ! », comme si nous n'étions pas déjà tous placardés tels des post-it humains contre la fine cloison de notre refuge.

Lorsque la lumière se ralluma, il y eut un silence. Puis Norek émit un gémissement qui nous glaça le sang.

Pendu à la rambarde du premier étage de l'escalier se balançait le corps de Nicolas Lebel, son meilleur ami.

Épilogue.

À table, dans le salon, Bernard Werber reprenait doucement ses esprits. Norek, en état de choc, respirait dans un masque à oxygène, que lui avait passé Bauwen.

Il fixait Nicolas Lebel, et lui touchait la figure frénétiquement, comme s'il ne parvenait pas à réaliser qu'il était vivant.

Toute la Ligue était là. Sauf les « Tahitiens ». Sauf Lœvenbruck, absent car je lui avais donné un mauvais lieu de rendez-vous. Je me demande comment il a trouvé la bonne adresse de Sébastien. Son coup de sonnerie a failli tout faire capoter.

Thilliez, Ravenne et Bal se frottaient les poignets, encore marqués par les liens qui les avaient maintenus dans le studio d'enregistrement capitonné où on les avait gardés. Personne n'avait été blessé, évidemment.

— On allait tous y passer ? demanda Amélie.

— Non, pas les filles. On est trop peu nombreuses dans la Ligue, je ne vous aurais jamais dégommées.

— Mais c'était quoi, le but de tout ça ? demanda Franck Thilliez.

— Le but ? Tu me demandes quel était le but ? m'esclaffai-je.

Mon regard devint glacial. Je lâchai :

— Purée d'auteurs de polars. Voilà ce qu'elle vous dit, l'auteure de comédies. Tous ces ego boursouflés, à se pavaner parce qu'ils donnent des frissons aux lecteurs. Et le rire ? C'est dérisoire, le rire ? (Je m'énervai.) C'est pas du boulot, de faire marrer les gens ?!

THILLIEZ : T'es quand même un tout petit peu susceptible…

MOI : Peut-être. Mais admettez que vous avez eu du pot d'être « butés » par une auteure qui refuse d'intégrer du drame à ses scénarios.

MINIER : Mouais… T'étais pas toute seule aux manettes. Bauwen aussi était dans le coup, n'est-ce pas ? C'est lui qui a constaté le décès de Sébastien. Vous étiez trois, à imaginer ce petit spectacle ? Hein, Seb ? T'es pas mort ?

— Pas que je sache, dit Sébastien, avec un sourire, en caressant sa chemise maculée de faux sang.

Norek arracha le masque à oxygène qu'il pompait avidement.

— Qu'est-ce que j'ai vu, du coup, si c'était pas Nicolas ?

— Un mannequin avec une perruque rousse et les fringues de Lebel, répondit Sébastien. Je te rappelle que je suis spécialiste en effets spéciaux.

— D'où le crâne d'Henri dans le frigo, hyper-réaliste… constata Amélie.

Mathias intervint.

— Pour Henri, c'était moi. Un pâtissier sculpteur, qui a bossé sur un de mes clips, m'a fabriqué ce crâne en pâte d'amande. On va pouvoir s'en couper des parts tout à l'heure.

Lœvenbruck vint s'installer à notre table, blasé par le récit de tout ce bordel auquel il n'avait pas participé. Ses doigts lourds de bagues tapotèrent le bois verni.

— On s'amuse dès que j'ai le dos tourné, à ce que je vois ? Franchement, moi, je vous aurais tout de suite cramés. Drouin à la logistique, Bauwen pour gérer les émotifs, Mathias qui surveille le couteau de Barbara… et toi Abécassis, t'as juste détourné l'attention en jouant les demeurées ?

Je lui adressai un sourire aussi faux qu'exagéré.

— Il est mignon. J'ai tout imaginé de A à Z, prévu plusieurs coups d'avance, réfléchi à des plans B, C ou D, accordé les rôles à mes complices, et placé les caméras pour constituer mon premier court métrage. Mathias, tu me garderas un morceau de son globe oculaire, s'il te plaît.

SÉBASTIEN : Vous retrouver dans le premier court métrage d'Agnès… vous mesurez ce privilège ?

Mais déjà Henri se tournait vers les autres.

— Bon, on se le mate, le nouveau film de Seb ?

Bernard Werber, qui avait écouté en silence, l'interrompit.

— Attendez… Qui a enlevé et bâillonné Franck, Olivier, Jacques et Nicolas ? Qui coupait le courant ? Il y avait forcément une cinquième personne ?

La porte s'ouvrit, et Laurent Scalese apparut.

Laurent avait quitté la Ligue, mais avait gardé des liens forts avec plusieurs d'entre nous.

Il sourit, et ne prononça qu'un seul mot :

— Surprise !

Devant les mines estomaquées, je demandai, d'un ton faussement ingénu :

— Eh ben alors ? On peut plus rigoler ?

Derrière la porte

par Barbara Abel, avec l'aide précieuse de Gabrielle Goffaux

Le sapin se dresse dans un coin de la pièce, comme aux réveillons précédents, si ce n'est le nombre de cadeaux posés à son pied. Cette année, le Père Noël s'est montré moins généreux, pandémie oblige. Les enfants sont prévenus, l'heure n'est plus à la quantité, elle est à la qualité. Qu'importe. Madeleine et Bernard ont déployé des trésors d'ingéniosité pour donner le change : confinement ou pas, ils ont réussi à recréer un Noël presque comme les autres.

Une vraie gageure.

Madeleine a pris un soin particulier à décorer le salon, habillant la cheminée de guirlandes, les étagères de branches de sapin et de nœuds rouges, disposant des loupiotes un peu partout. Baignée d'une lumière douce, la pièce dispense une sensation de paix et de sécurité. Le temps d'un soir, et jusqu'au lendemain matin, on oublie la maladie tapie dehors, les morts par milliers, ce confinement qui n'en finit pas, les gens cloîtrés chez eux, les uns trop seuls, les autres trop nombreux.

— Comment il va faire pour venir, le Père Noël ? s'est inquiété Victor. Il va mourir, s'il sort de chez lui !

— Il trouvera un moyen, l'a rassuré sa mère.

Compte tenu des circonstances, la soirée a été plutôt réussie. Bien sûr, manquèrent les cousins et les cousines, mamie Béné, tante Suzon et tonton Armand, et aussi les Chably qui, chaque année, se joignent à eux depuis si longtemps qu'ils ont fini par faire partie de la famille. D'ordinaire une bonne quinzaine, ce soir ils n'étaient que cinq autour de la table. Dont les deux petits, Victor, six ans, et Sybille, deux de plus. Sophie, du haut de son adolescence, a fait l'effort de communiquer avec la plèbe, là, à ses pieds. Chacun a fait honneur au repas comme il a pu, un menu que Madeleine a préparé avec soin, plus encore que les années précédentes.

La mise au lit a été aussi compliquée que d'ordinaire, tant les deux petits étaient impatients d'ouvrir leurs cadeaux. Bernard était à deux doigts de céder aux suppliques, mais Madeleine a tenu bon : les cadeaux, ce sera pour demain matin, comme d'habitude.

Juste avant de se coucher, Bernard a branché les guirlandes lumineuses qui courent du salon jusqu'au hall d'entrée. Tant pis pour les économies d'énergie. C'est la nuit de Noël. Quand les enfants descendront, demain matin, si tôt qu'il fera encore sombre, les lumières les accueilleront pour les guider jusqu'aux cadeaux.

À présent, le silence règne dans la maison. À cette heure avancée de la nuit, quelques craquements s'échappent, dus au grand âge des fondations, accompagnés par le sifflement de la tuyauterie.

À l'étage, seul le souffle régulier des habitants endormis vient rythmer le temps qui passe.

Au rez-de-chaussée, rien ne bouge.

Dehors, tout est calme.

Même l'ombre qui traverse le hall et se dirige vers l'entrée ne trouble pas la quiétude de la nuit.

Peu avant l'aube.

Des coups frappés à la porte avec insistance, avec urgence même. Des coups impérieux, tourmentés, nécessaires. Madeleine se redresse dans son lit, aussitôt imitée par Bernard à ses côtés. Ils se regardent, étonnés d'abord, inquiets ensuite…

— Reste là, lui intime Bernard.

Il se lève et, cette fois, c'est elle qui l'imite : elle saute hors du lit avant de rejoindre le corridor, saisissant au passage son vieux chandail qu'elle passe par-dessus son pyjama. Bernard tente de la précéder mais elle est plus rapide, et déjà elle dévale l'escalier jusqu'au hall, le pas cadencé par les coups qui ne cessent de résonner dans la maison.

Les guirlandes l'accueillent, lumières enchantées, soudain étranges, comme si elles s'étaient trompées de moment.

Parvenus devant la porte d'entrée, Madeleine et Bernard s'immobilisent de concert.

— C'est qui ? demande Madeleine.

— C'est moi ! répond la voix de Sophie, qu'ils reconnaissent sans peine.

Madeleine et Bernard échangent un regard atterré.

— Sophie ? s'exclame Bernard sans cacher sa stupeur. Tu n'es pas dans ton lit ? Qu'est-ce que tu fous dehors ?

— Je… Je t'expliquerai ! J'ai dû perdre mes clés… Ouvre-moi, papa !

Sans la moindre hésitation, Bernard tend la main vers la poignée. Dans un sursaut instinctif, Madeleine lui saisit le bras, l'empêchant d'achever son mouvement.

— Qu'est-ce que tu fais ? lui demande-t-elle, éberluée.

— Ben… Je lui ouvre la porte ! répond-il sur le ton de l'évidence.

Trois coups ponctuent la réponse de Bernard. Madeleine lui fait signe d'attendre. Puis, se tournant vers la porte :

— D'où tu viens, Sophie ? lui demande-t-elle d'une voix tendue.

— Je… Je vous expliquerai, mais il faut m'ouvrir !

— Ouvre-lui, bon sang ! s'impatiente Bernard.

— Pas tant qu'elle ne nous aura pas dit d'où elle vient et, surtout, si elle a vu quelqu'un ! rétorque Madeleine d'une voix ferme.

— Elle nous le dira quand elle sera à l'intérieur ! s'énerve Bernard en se rapprochant de la porte.

Madeleine avance elle aussi d'un pas, se plaçant résolument entre la porte et Bernard.

— Elle ne rentrera pas dans la maison tant que nous n'aurons pas l'assurance qu'elle n'est pas infectée !

— Comment veux-tu savoir si elle a été infectée ? demande Bernard du ton de celui à qui l'on exige l'impossible.

Derrière le battant, Sophie tambourine toujours.

— Je n'ai touché personne, je te le promets, Madeleine ! s'exclame-t-elle, fébrile. Ouvre-moi !

— Ouvre, nom de Dieu ! s'énerve Bernard. Si une patrouille passe, ils l'embarquent à coup sûr.

— Elle aurait dû y réfléchir avant ! martèle Madeleine. Je ne peux pas prendre le risque qu'elle contamine tout le monde ici. D'autant que si elle a fait le mur, c'est pour rejoindre quelqu'un, c'est sûr !

— Non, je te le promets ! crie la jeune fille derrière la porte. Je n'ai vu personne !

— Ah oui ? rugit Madeleine à travers le battant. Tu peux me dire pourquoi tu as fait le mur, alors ?

Le silence qui suit arrache un soupir excédé à Bernard. Il fait un pas de plus vers la porte et s'adresse directement à sa fille.

— D'où tu viens, Sophie ? lui demande-t-il d'une voix rude. Qui as-tu vu ?

— Je… J'avais juste besoin de marcher, répond Sophie, suppliante. Je n'ai vu personne, je te le jure, papa !

— Elle ment ! souffle Madeleine à l'intention de Bernard.

Celui-ci lève une main impérieuse, intimant à sa compagne de se taire.

— Tu vas me faire croire que tu as pris le risque de te faire choper par une patrouille, juste pour marcher toute seule dans la rue ?

Un nouveau silence met les nerfs de Bernard à rude épreuve.

— Réponds-moi, Sophie ! vocifère-t-il dans un éclat de voix qui fait sursauter Madeleine.

— Chuuut ! ordonne aussitôt celle-ci. Tu vas réveiller les petits !

— Alors ? insiste Bernard sans tenir compte de la remarque de sa compagne.

Derrière la porte, les coups redoublent soudain de plus belle.

— Il y a une patrouille papa ! Je la vois, elle est au bout de la rue ! Ouvre, je t'en supplie !

Aux accents de panique qui déchirent la voix de Sophie, le cœur de Bernard bondit dans sa poitrine. Il tend une nouvelle fois la main vers la poignée de la porte, mais la présence de Madeleine l'empêche de la saisir.

— Pousse-toi, lui ordonne-t-il en serrant les dents.

— Non ! rétorque-t-elle en affrontant le regard menaçant de son homme. Elle ne rentrera pas ! Si elle est infectée, on va tous y passer. À commencer par les petits !

— C'est un risque à prendre !

— Pardon ? éclate Madeleine, hors d'elle. Un risque à prendre ? Cette petite idiote ne réfléchit pas plus loin que le bout de son nez, elle ne pense qu'à elle, elle prend le risque inconsidéré de tous nous infecter… Et toi, tu veux juste lui ouvrir la porte et lui faire la morale, c'est ça ?

— Si c'était ta fille, tu réagirais exactement de la même manière !

— Si c'était ma fille, elle resterait dehors !

— Ils approchent !!! hurle Sophie derrière la porte. Papa ! S'il te plaît ! Ouvre-moi !!!

Une lueur de panique passe dans le regard de Bernard. Il plonge ensuite les yeux dans ceux de Madeleine.

— S'ils la chopent, ils vont la mettre en quarantaine !

— C'est la meilleure chose à faire, Bernard ! tente-t-elle de le convaincre.

Bernard secoue la tête dans un mouvement désespéré.

— Tu sais bien qu'ils n'ont plus assez de places pour isoler les gens. Elle sera mise avec des infectés. Elle…

La fin de sa phrase se perd dans un hoquet accablé.

— Pousse-toi ! répète-t-il, soudain agressif.

— Non.

Madeleine affronte son compagnon, farouche et déterminée. Bernard la toise, et dans son regard passe une lueur de haine.

— Ne m'oblige pas à…

— Bernard, je t'en supplie, réfléchis ! le presse Madeleine d'une voix maintenant implorante. Si tu la laisses entrer, ce n'est peut-être pas seulement elle que nous perdrons. Pense à Sybille et à Victor ! Ils sont trop jeunes, trop faibles. Si elle est infectée, ils n'y survivront pas !

— Tu ne peux pas me demander de sacrifier ma fille !

— Victor aussi est ton fils ! Tu dois penser à lui. Si tu ne le fais pas pour ma fille à moi, fais-le au moins pour lui !

— Papa ! hurle Sophie de l'autre côté de la porte. Ils arrivent ! Ils vont me voir !

Le temps se fige dans un spasme glacé. Madeleine se colle à la porte dans l'espoir désespéré d'en interdire l'accès. Bernard, halluciné, semble pétrifié sur place, le souffle court, au bord de la nausée. Le hall est baigné d'une lumière enchanteresse, les guirlandes dispensent leur aura de fête tandis que, par la fenêtre, la lueur des gyrophares imprègne peu à peu le lieu d'une lueur tragique, précédant de quelques mètres la voiture de patrouille.

— Pense à demain…, gémit Madeleine dans un murmure anéanti.

— Papa !

Le cri de Sophie agit comme une décharge électrique directement injectée dans le corps de Bernard. Celui-ci semble être propulsé vers l'avant, à la manière d'une secousse nerveuse incontrôlée. Il saisit Madeleine par les épaules dans l'intention évidente de la pousser sur le côté, mais elle tient bon, l'obligeant à redoubler de force. Pressé par l'urgence, il l'empoigne cette fois par les cheveux et la tire violemment vers lui afin de libérer l'entrée. Déséquilibrée, Madeleine n'a d'autre choix que de suivre le mouvement. Elle pousse un cri de stupeur. Elle s'accroche à lui, espérant tenir la position, mais Bernard la rejette sans pitié vers le mur avec une fureur viscérale. La pauvre femme s'écrase lamentablement contre la cloison avant de s'effondrer par terre, à moitié assommée.

À présent que la voie est libre, Bernard se précipite sur la porte dont il saisit la poignée. Il la tourne, mais le battant bloque. Comprenant qu'elle est fermée à clé, il se tourne vers l'armoire, l'ouvre d'une main fébrile, trouve la bonne clé qu'il tente ensuite d'introduire dans la serrure. Ses gestes sont nerveux, décousus, chaotiques, il doit s'y reprendre à plusieurs reprises. Il y parvient enfin, fait deux tours de clé tandis que le pêne se décale d'autant et, l'instant d'après, la porte s'ouvre en grand, laissant apparaître Sophie qui se jette dans les bras de son père.

Il la presse contre lui et s'apprête à la ramener à l'intérieur quand…

Il se sent brutalement bousculé, une poussée inattendue le prend par surprise et l'expulse vers l'extérieur. La stupeur l'empêche de contrer l'élan, achevant de le déstabiliser, et les voilà, père et fille, sur le seuil, là où se tenait Sophie quelques secondes auparavant. Presque aussitôt, la porte d'entrée se referme sur eux dans un claquement sonore. Le bruit de la clé que l'on tourne dans la serrure ponctue le mouvement.

Au même moment, la voiture de patrouille passe à leur niveau et fait retentir sa sirène.

À l'intérieur de la maison, adossée à la porte, les traits décomposés par l'horreur, Madeleine se laisse glisser jusqu'au sol, le corps secoué de sanglots convulsifs.

Elle reste là une éternité, bien longtemps après que les policiers ont embarqué Sophie et Bernard. Les lumières féeriques du salon se reflètent sur ses traits, elles dansent avec ses larmes.

C'est Noël.

Elle est toujours là lorsque Victor et Sybille apparaissent, dévalant l'escalier dans leur pyjama bariolé, le minois encore gonflé du sommeil de la nuit.

— Les cadeaux ! s'exclame le petit garçon en avisant les paquets qui bordent le pied de l'arbre.

Les deux enfants se précipitent vers le sapin. En traversant le hall, tandis que son frère la devance, l'attention de la fillette est attirée par la présence de sa mère, toujours assise par terre.

Elle ralentit et s'arrête.

— Maman ? s'étonne-t-elle. Tu fais quoi ?

Madeleine porte sur Sybille un regard plein de détresse. Puis, rassemblant ses maigres forces, elle tente un malheureux sourire.

— Je vous attendais, murmure-t-elle d'une voix éteinte.

— Venez voir les cadeaux ! crie Victor depuis le salon.

Madeleine se redresse. Puis, prenant la main de sa fille dans la sienne, elle rejoint Victor qui déjà déchiffre les prénoms inscrits sur les cadeaux, et tente de repérer les siens.

Les douze coups de minuit

par Amélie Andrieux

Noël.

Alors que tout le monde se réjouit de ce moment en famille, avec un bon repas, de petits cadeaux, la maison décorée, je me sens le seul con de la planète à ne pas être entouré des miens, une bière pas assez fraîche à la main et la télé pour simple compagnie. J'étais déjà écrasé par mon quotidien, mais Noël m'a définitivement achevé.

Bien sûr, je n'ai jamais aimé cette fête. Je suis le premier à souligner son aspect commercial et superficiel, à déplorer les faux-semblants et sourires de façade pour donner l'illusion d'une harmonie parfaite. Les huîtres, les décorations clinquantes, les repas interminables, les conversations futiles ; très peu pour moi. Cerise sur le gâteau, ma compagne attend tous les ans un cadeau surprise et tous les ans je la déçois. Bref, pour moi, cette fête n'en a que le nom. Et pourtant, je donnerais n'importe quoi pour revivre un Noël comme ça.

Je me suis fâché avec mes parents il y a quelques jours. Toujours à privilégier mon frère, j'en ai eu assez et leur ai dit leurs quatre vérités : je récolte sans cesse les reproches et lui, les attentions. Plus jeune de deux ans et déjà marié, père de famille, propriétaire d'une voiture, d'une maison, d'un labrador, l'incarnation de la parfaite réussite contraste avec mes propres échecs personnels et professionnels. Je renonce donc aux habituels « tu ne t'es pas foulé pour les cadeaux ». Et surtout, je ne veux pas de leur pitié.

« Elle va revenir…

— Non elle est déjà recasée avec son ex, plus beau et plus classe que moi.

— Tu vas en retrouver une autre. »

Qui sont ces gens qui pensent que de telles paroles font du bien ? L'amour n'est pas un objet que l'on offre à une personne, c'est une personne qui en fait l'objet. Et pour moi, cette personne, c'est Mélissa. Point.

Allez, il est temps d'aller me coucher, ça m'évitera de trop cogiter. Si le Père Noël passe cette nuit, qu'il m'apporte un peu de justice dans ce monde en me débarrassant des nuisibles, et que tout redevienne comme avant !

Allongé dans le noir, je pense à Mélissa. Elle doit sûrement être avec ses parents et son Eddy. Quel cadeau ce Monsieur Parfait va-t-il lui offrir ? Je suis sûr qu'elle adorera. Et elle pensera alors à moi comme celui qui n'a jamais été à la hauteur. Le plus dur, ce n'est pas d'être remplacé, c'est d'être comparé.

Un bruit venant de l'appartement voisin vient soudain perturber la monotonie de ma chambre. Oh non !

Il ne manquait plus que ça. La voisine fête Noël à sa manière. Bruyamment ! Cette femme ne sait rien faire discrètement. En plus de troubler toutes les nuits des voisins avec ses ébats sonores, cette garce a précipité le départ de Mélissa en m'inventant une double vie. Hashtag #mytho. Je me suis enfoncé dans une dépression suffisamment grave pour ne plus pouvoir travailler, et j'ai fini par être licencié. Elle a ruiné ma vie ! « Je te souhaite un joyeux Noël et une mort longue et douloureuse, chère Elena ! »

Je mets mes écouteurs et lance ma playlist « détente ». Quelques notes de clavier et déjà je me sens dans ma bulle : « *Hello Darkness my old friend, I've come to talk with you again.* » Cette reprise de « *The Sound of Silence* » résonne bien plus en moi que la version originale. La puissance du texte et de la musique de Simon & Garfunkel est sublimée par le son de Disturbed et la voix grave de David Draiman. La chanson se termine dans une vague d'émotion. Je lâche les écouteurs et les larmes.

Plus un bruit à côté.

Enfin ! Merci à ce monsieur d'être aussi rapide que le son du silence. Morphée, à nous deux. Je ferme les yeux, cherche ma position et tends le bras vers le corps de celle qui n'est plus là. Les pensées reviennent au galop, et Morphée s'éloigne.

Le sommeil, c'est comme l'amour : plus on le cherche, moins on le trouve.

Le sentiment d'injustice et de colère me ronge le cerveau. Quelle était la probabilité que son amour de jeunesse emménage à l'étage du dessus ? Je suis convaincu que le hasard n'existe pas. Peut-être a-t-il payé Elena pour détruire notre couple. Et comment Mélissa a-t-elle pu retourner avec un type comme lui ? Il représente tout ce qu'elle déteste : le frimeur qui joue au golf le dimanche et affiche son sourire fluo sur LinkedIn. Le genre de type qui donne son avis sur tout, persuadé de détenir la vérité, qui déteste qu'on lui touche les cheveux par peur d'être décoiffé et qui consulte les cours de la Bourse en attendant qu'on lui serve son petit déjeuner. Mon contraire.

Moi, je suis plutôt le genre à préférer partager une pizza avec des potes plutôt qu'en photo sur Instagram, je cache ma timidité sous une assurance maladroite, un début de calvitie sous une casquette, et mes convictions se limitent à être toujours d'accord avec le dernier qui parle. Très loin de l'image du prince charmant, du trophée, mais au moins je la faisais rire, je la rassurais et, surtout, je l'aimais plus que tout. Je nous pensais liés, mais j'avais tort. Je n'étais pas assez bien pour elle.

Je rumine encore ces pensées, et les images réelles deviennent bientôt oniriques. Le sommeil, enfin.

Réveil en sursaut ; des cris : « Encore !? Merde, il est minuit là ! J'en peux plus ! Oh, il est minuit ! VOS GUEULES ! » Je tape sur le mur, de plus en plus fort jusqu'à me défoncer le poing dans un cri de rage. Putain de mur porteur. Soudain, plus un bruit. Le ciel m'a-t-il entendu ? « Alléluia ! » Je me rendors en quelques minutes, épuisé.

10 h 23 : réveil. J'enlève le mode avion de mon téléphone : « Vous avez 2 nouveaux messages. »

Maman : « Joyeux Noël mon lapin. Tu nous as beaucoup manqué hier soir. Si tu veux venir manger les restes, cela nous ferait vraiment plaisir. Bisous. » Deuxième message : Mélissa. Mon cœur s'emballe. « Joyeux Noël, Alex. Je pensais te trouver chez tes parents ce matin. Déçue que tu ne sois pas là. PS : tu me manques ! » Je m'assois pour relire une douzaine de fois le message, en faire une capture d'écran pour être certain de ne pas l'avoir rêvé. Les larmes me montent aux yeux. Je me lève précipitamment pour chercher des vêtements propres quand quelqu'un sonne à la porte. Je regarde par le judas : une femme blonde me présente sa carte de police.

— Monsieur Alexandre André ? Inspecteur Labinge. Nous aimerions vous poser quelques questions.

J'ouvre la porte doucement : la femme entre, suivie de deux policiers en uniforme. Même si je n'ai rien à me reprocher, je me sens toujours coupable devant les flics. Et là, en simple caleçon Snoopy, je me sens encore plus vulnérable. J'invite le trio à entrer dans mon salon pendant que j'enfile un vieux tee-shirt. La commissaire balaye mon désordre du regard.

— Désolé, je ne m'attendais pas à recevoir de la visite. Vous voulez quelque chose ? Café, verre d'eau ?

— Ça ira. Monsieur André, connaissez-vous Mlle Elena Marques ?

— Oui, c'est ma voisine d'à côté, pourquoi ?

— Quels sont vos rapports ?

Pourquoi me poser cette question ? Qu'est-ce que cette garce a bien pu raconter sur moi ? Est-ce le fait d'avoir frappé au mur cette nuit ?

— Nos rapports ? Je ne la connais pas plus que ça, juste des « Bonjour, bonsoir », et encore.

L'inspectrice reste impassible. Elle baisse soudain les yeux et je mets machinalement mes mains devant Snoopy comme une petite fille pudique à qui le vent aurait soulevé la jupe.

— Qu'est-il arrivé à votre main, monsieur André ?

— Ah ça… Je me suis battu avec un mur et c'est le mur qui a gagné, répondis-je en riant bêtement.

Gros blanc.

— Monsieur André, que faisiez-vous cette nuit entre 23 heures et minuit et demi ?

— Je dormais. Enfin, je me suis endormi vers minuit.

Elle échange un regard avec ses deux hommes puis me fixe de nouveau, peu convaincue.

— Si vous me disiez ce qui se passe, on gagnerait du temps.

— Très bien, monsieur André. Nous avons reçu un appel d'un voisin pour nous signaler des bruits chez Mlle Marques. Lorsque nous sommes arrivés, nous avons entendu des cris et sommes entrés. Nous avons vu une silhouette d'homme s'enfuir par la fenêtre. Or, nous sommes au cinquième étage et le seul moyen de fuir est par votre balcon. Votre fenêtre était fermée, monsieur André, et personne n'est sorti de votre appartement. Ma question est donc simple : avez-vous ouvert à quelqu'un et le cachez-vous, ou étiez-vous dans l'appartement de votre voisine ?

— Mais non ! Oui, elle criait ! Elle s'envoyait en l'air comme tous les soirs ! Alors oui, j'ai crié et même tapé contre le mur, d'où le poing, mais je n'ai ni ouvert à son mec ni été chez elle ! Demandez-lui, vous verrez !

— Elle est morte, monsieur André. Mlle Marques a été poignardée de douze coups de couteau.

Mes jambes me lâchent, je tombe dans mon canapé. Je repasse le film : j'ai hurlé sur une femme qui se faisait assassiner.

Un téléphone sonne. La flic s'éloigne doucement pendant que les deux hommes continuent de me fixer tout en écoutant la conversation. L'inspectrice revient vers nous, l'air perturbé.

— Mes collègues ont analysé la vidéosurveillance de la rue. On y voit effectivement un homme sortir de l'appartement de Mlle Marques. Il n'est pas rentré chez vous.

— Ah ! Vous voyez ! Mais attendez : il a sauté du cinquième étage ?

— Apparemment. Je ne peux pas vous dire comment, mais oui. Et nous n'avons trouvé aucune trace de pas au sol. Il s'est… volatilisé.

Nous restons tous les quatre à nous regarder sans parler, liés par cette énigme digne de la quatrième dimension. L'inspectrice frappe dans ses mains :

— Allez, nous avons encore du boulot. Désolés de vous avoir dérangé, monsieur André.

— Je vous en prie. Et si vous découvrez des choses, n'hésitez pas à me tenir au courant

— On ne peut pas. Mais restez dans les parages, nous pourrions avoir besoin de vous poser d'autres questions.

Je les escorte vers la porte, presque à regret. J'ai envie de rester avec eux pour mener l'enquête mais ils me saluent et nous nous retrouvons à nouveau seuls, Snoopy, mes questions et moi.

*

Un an plus tard.

Je regarde les flocons tomber par la fenêtre du salon. J'adore le son feutré qu'offre la neige. « *The Sound of Silence.* » La musique me revient à l'esprit. Je ne l'ai pas réécoutée depuis un an. Il s'est passé tellement de choses depuis ! Mélissa et moi sommes à nouveau ensemble. Monsieur Parfait ne l'était pas tant que ça. Ce soir-là, elle l'a attendu chez ses parents. Il lui a envoyé des SMS pour dire que son travail le retenait, le trader devait sauver le monde. Il est arrivé peu avant minuit dans le parfum d'une autre et a reçu en cadeau une rupture sans emballage.

Et devinez à qui appartenait ce parfum ?

L'enquête sur l'homicide d'Elena Marques a finalement porté ses fruits. L'ADN retrouvé chez elle correspond bien à celui d'Eddy. Il reste le principal suspect mais n'a pas été déclaré coupable. Un bon avocat et une incohérence dans les horaires de la soirée l'ont sauvé. L'enquête reste sans réponse et pleine de mystères. Eddy a néanmoins déménagé et supprimé ses profils sociaux, ce qui laisse peu de doutes quant à sa culpabilité. Mélissa me rejoint pour admirer le spectacle. Elle passe la main dans mon dos.

— Il faudrait quand même aller chercher les cadeaux pour tes neveux, ils arrivent ce soir et rien n'est prêt.

— Dans ton état, ce n'est pas prudent de courir les magasins. Surtout un 24 décembre, c'est de la folie.

— Arrête un peu, monsieur Protecteur. Je suis enceinte de cinq mois, ça va.

— Allez, prends ta veste, on y va.

Le centre commercial est bondé. Nous entrons directement dans le magasin de jeux vidéo et en sortons à peine dix minutes plus tard. Alors que Mélissa fait la queue pour emballer les cadeaux, je m'éloigne discrètement à la recherche d'une bijouterie. Je la trouve quelques mètres plus loin et commence à regarder la vitrine pour trouver une bague. Une présence derrière moi me fait sursauter. Je me retourne brusquement : une vraie bonne tête, une vraie barbe blanche et un vrai costume rouge et blanc de qualité.

— Bonjour, Père Noël, dis-je en riant.

— Bonjour, Alexandre !

— Vous connaissez mon prénom ? On se connaît ?

Je cherche qui peut se cacher derrière ce déguisement, mais ce type ne me dit vraiment rien.

— Dis-moi, Alex, tu n'as pas été tendre avec moi l'an dernier. Sois plus gentil cette année, s'il te plaît.

— Pardon ?

Je le regarde avec un air complètement perdu, il me fixe avec une étincelle dans le regard qui se transforme en flamme. Toutes les images me viennent en tête : je me revois, seul dans mon lit, à souhaiter retrouver ma vie d'avant en éliminant les nuisibles. Puis l'image d'Eddy entrant chez Elena, lui faire l'amour, repartir, et enfin le second visiteur, armé d'un couteau et qui se trouve à cet instant devant moi. Le Père Noël ! Il a exaucé mes vœux en se débarrassant physiquement d'Elena et socialement d'Eddy. Une pierre, deux coups. Le crime parfait, et j'en étais le commanditaire. Tout fait sens et est paradoxalement impossible. Suis-je en train de devenir fou ?

Je secoue la tête pour chasser ces pensées. Évidemment que le Père Noël n'existe pas. Qu'est-ce qui m'arrive ? Un peu de sérieux ! Imaginez si tous vos vœux se réalisaient, ce serait un de ces bordels dans le monde.

Le bonhomme me tapote l'épaule en souriant et reprend son chemin dans la foule. Il se retourne deux mètres plus loin et me lance en souriant :

— Et à l'avenir, fais attention à ce que tu demandes, parce que tu l'auras. Joyeux Noël, Alexandre !

Je reste planté là, regardant ce drôle de type s'éloigner. Les enfants se précipitent vers lui, mais les plus petits semblent effrayés. *Les bébés ressentent tout.*

Mélissa me rejoint.

— Ça va, Alex ? Tu as l'air bizarre.

— Ça va. Un léger malaise, trop de monde, je déteste ça. On rentre ?

— Attends, je n'ai pas encore ton cadeau. Tu veux quoi pour Noël ?

— Oh non, chérie, je n'ai besoin de rien. Je n'en peux plus de toute cette foule. Je veux juste être tranquille, avoir la paix. Rien que toi, moi et notre bébé. Seuls au monde.

Le Père Noël nous regarde partir dans un long soupir exaspéré.

La nuit s'annonce longue. Très longue.

L'homme qui détestait Noël
par Olivier Bal

New York, 24 décembre 1886

Le carillon lointain d'une cloche réveilla Thomas Nast dans un sursaut. Le souffle court, il eut besoin de quelques instants pour reprendre ses esprits. Thomas était chez lui, dans son appartement, à New York. Pas là-bas, à Bergwald… C'était un cauchemar. Rien de plus.

Il tenta d'ouvrir et de refermer ses mains ankylosées… Ses doigts perclus de rhumatismes le faisaient souffrir. Dans son métier, cette rigidité était un terrible handicap. Une punition. Comme si ses doigts l'abandonnaient… Car Thomas Nast était un grand illustrateur. Depuis vingt-huit ans, il officiait au prestigieux *Harper's Weekly*. Avec ses caricatures cinglantes, il avait participé au formidable essor du magazine. D'un coup de crayon, il avait fait et défait des carrières politiques. Son talent était reconnu dans le monde entier. Ou du moins l'avait-il été…

L'appartement était glacé. Du givre encadrait les carreaux des fenêtres. Dehors, un rideau de neige tombait en oblique sur la rue bouillonnante. Tout en se préparant, Nast leva les yeux vers son calendrier. Vendredi 24 décembre 1886. Le jour était venu. Celui qu'il redoutait tant. Le quinquagénaire avait toujours détesté Noël. Mais, avec les années, c'était de pire en pire. Des semaines avant le moment fatidique, la tension montait, les mauvais rêves revenaient. Thomas avait pensé, un temps, que cette histoire finirait par se tasser, que les gens passeraient à autre chose. Comme il s'était trompé ! Et dire que tout cela avait débuté avec un simple dessin…

Comme chaque matin, à 7 h 37 précises, Thomas poussait la porte de son immeuble. Il replaça son haut-de-forme et, en évitant de glisser sur la neige détrempée, traversa la rue. Elle était encombrée de chariots de marchandises, de fiacres et de diligences, qui formaient une file désordonnée. Obéissant à ses habitudes, l'illustrateur pénétra dans la Fraunces Tavern et s'installa près de la cheminée. Bientôt, Walter vint prendre sa commande. Ce matin, tous les serveurs portaient un même bonnet rouge à pompon blanc, sur lequel était cousue une clochette qui faisait un tintamarre de tous les diables. Quand il lui déposa son café sur sa table, Thomas l'invectiva :

— Walter… Vous ne pourriez pas retirer ce couvre-chef ridicule ? Le bruit est insupportable.

— Mais c'est Noël, monsieur Nast !

— Justement…

Thomas s'efforça de se concentrer sur la lecture du *New York Times* du jour. *Cling-cling*... À chacun des passages du garçon de café, le raffut de la clochette l'excédait un peu plus. *Cling-cling.* Des rires s'élevaient de la table d'à côté… *Cling-cling.* Dans le brouhaha ambiant, Thomas crut surprendre une voix : « Tu n'es qu'un rat. Un sale petit rat. »

Bergwald, Bavière, 24 décembre 1847

De mémoire de montagnard, c'était l'hiver le plus froid qu'on ait connu dans les Alpes du Chiemgau. Thomas avait sept ans. Chaque matin, son père et ses frères aînés, Johann et Heinrich, devaient passer des heures à dégager la neige amoncelée autour du chalet. La forêt de Bergwald semblait décidée à les engloutir. Thomas dessinait sur la table de cuisine. Depuis tout petit, l'enfant passait son temps à crayonner. Il aimait donner vie. Sous la mine de graphite, voir émerger des navires, des visages, des créatures fantastiques. Tout était possible, là, entre ses doigts. Son talent faisait la fierté de sa mère. Moins de son père, Franz Nast, ancien joueur de hautbois dans la fanfare du 9e régiment d'infanterie de Bavière. Blessé à l'aine lors d'une bataille, Franz laissait défiler ses journées, près du poêle, une bouteille à la main. Tandis que sa mère, Anna, elle, s'escrimait à ramener un peu d'argent à la maisonnée. Aux aurores, elle avait quitté le chalet, avec Magdalena, la sœur de Thomas, pour vendre des plantes médicinales au marché de Ruhpolding. Elles reviendraient le lendemain, si la météo le permettait. Les garçons étaient seuls avec « Gros-bois », comme ils avaient surnommé leur père, après que le plus jeune l'eut croqué en instrument de musique boursouflé.

Franz faisait une sieste dans la chambre parentale, quand la porte s'ouvrit. Ses deux frères étaient de retour. À leurs bras, des collets vides. La chasse avait encore été infructueuse. Ils frappèrent leurs bottines couvertes de neige avant de refermer à double tour derrière eux.

— Ça a recommencé, à Urschlau cette fois.

— De quoi ? demanda Thomas.

— La Chasse sauvage, ils sont revenus… Trois maisons vidées en quelques heures. Ils ont tout brûlé, tué tout le monde.

La Chasse sauvage, c'était la rumeur du moment. Une bande de pillards qui sillonnait, à ce qu'on racontait, les forêts de la région en semant mort et dévastation. Thomas n'était pas bien vieux, mais sentait que ses deux aînés, qui adoraient le terroriser, en rajoutaient volontiers.

— Il paraît qu'ils viennent les nuits sans lune. On entend un carillon, et ils sont à vos portes. Quand ils partent, ils ne laissent aucune trace derrière eux. Rien…

— Parce qu'ils s'envolent sur leurs chevaux squelettes !!!

Les deux gaillards se jetèrent sur leur jeune frère en hurlant. Le gamin parvint à se dégager et se faufila jusqu'au renfoncement sous l'escalier, comme il le faisait souvent. Là, au moins, on le laissait tranquille. On l'oubliait aussi parfois. L'autre soir, il avait surpris une discussion entre ses parents, alors qu'ils se pensaient seuls.

— Ce n'est pas une légende, avait dit sa mère. Le hameau de Brem a été dévasté. Il y a eu cinq morts. On devrait peut-être aller passer quelques jours chez ma cousine à Ruhpolding.

Son époux avait répondu, les yeux rivés sur les flammes du poêle :

— Non. On ne craint rien. Ce ne sont que des racontars. Les légendes n'existent que si l'on veut bien y croire…

New York, 24 décembre 1886

En retard d'une poignée de minutes sur son horaire habituel, Nast arriva devant l'entrée des bureaux du *Harper's Weekly*. Sam, le portier, porta un doigt à son calot en signe de salut, et le laissa passer.

— Bonjour, monsieur Nast. Et joyeux Noël !

Thomas maugréa en retour et entra dans l'imposant bâtiment de cinq étages qui abritait les ateliers de composition, les presses et la rédaction du magazine. Dans l'immeuble que les employés avaient surnommé la Fourmilière, il régnait toujours un chaos, une agitation unique. Nast aimait ça. Cette effervescence. Il travaillait au *Harper's* depuis qu'il avait dix-huit ans. Sa vie, il l'avait passée entre ses murs. Les marques noires indélébiles de l'encre sur son index et son majeur en attestaient.

2 200 dessins… Il en avait tant fait durant ces années. Grâce à son humour acerbe, il avait croqué la société américaine dans sa décadence et ses pires travers. À sa petite échelle, il avait essayé de faire bouger les lignes. Dénoncé la corruption rampante, défendu l'émancipation des Noirs d'Amérique… Il avait créé des symboles, reconnus aujourd'hui par tous. L'âne et l'éléphant, associés aux partis démocrates et républicains, c'était lui. L'Oncle Sam, son haut-de-forme, sa barbichette, encore lui… Et pourtant, on ne retenait de sa carrière que ce monstrueux personnage. Sa bedaine gonflée, ses bajoues rougeaudes, son bonnet et son costume rouges.

Bergwald, Bavière, 24 décembre 1847

Le dîner avait été frugal, une soupe sans goût, agrémentée de quelques morceaux de lard séché. Comme tous les soirs, on avait mangé dans un silence lourd, entrecoupé par le raclement des cuillères dans les assiettes. Puis chacun était allé se coucher. Thomas dormait avec ses deux frères, sous les combles.

Il fut le premier à ouvrir les yeux. Par-delà les bourrasques, l'enfant avait perçu un léger tintement. Il descendit l'escalier, posa les pieds sur le sol gelé. *Cling-cling.* Le carillon semblait plus proche. Par la fenêtre, on n'y voyait rien. Qu'un décor en gribouillages blancs, haché par la neige. Trois coups firent trembler la porte et une voix forte :

— Il y a quelqu'un ? Ouvrez !

Thomas recula. Et si c'était eux ? La Chasse sauvage… L'enfant était terrorisé. Son père émergea de sa chambre, repoussa son fils sur le côté.

— Qui va là ?

— Un voyageur égaré. La tempête est terrible, dehors. Je cherche un endroit où m'abriter une poignée d'heures. Je vous paierai.

— Nous n'ouvrons pas la nuit. À personne.

Franz se saisit de son fusil suspendu à une patère, déposa quelques cartouches sur le rebord de la cheminée, derrière lui.

— Partez. Je suis armé.

— C'est bon… Je m'en vais… on ne s'énerve pas, l'ami. J'irai quérir l'hospitalité ailleurs.

Les bruits de pas qui crissaient dans la neige furent bientôt couverts par le hurlement du vent. Thomas et son père restèrent ainsi, immobiles, pendant une longue minute. Un craquement sur le toit, un autre. Un fracas lourd venant de l'étage. Des cris de terreur. Ses frères… Mû par un instinct de survie, Thomas se réfugia sous son escalier. Tout au fond, parmi les ombres. Son père, lui, semblait totalement paniqué. L'instant suivant, un coup de feu. Thomas vit Franz porter la main à sa gorge et s'écrouler. Du sang. L'enfant remonta ses genoux contre son torse. Incapable de bouger, pouvant à peine respirer…

Les marches grincèrent au-dessus de sa tête. Quelqu'un descendait. Un individu apparut. Sur ses épaules, une peau de bête. Ce n'était pas un homme. Mais un géant. Un ogre. Tout en rangeant son pistolet à sa ceinture, une pipe collée à ses lèvres, il regarda autour de lui. Il avait une barbe blanche, touffue, des cheveux gris desquels dépassaient des brindilles, des feuilles. Des yeux bleus, plus froids encore que le pire des blizzards. Un ventre qui aurait pu dévorer le monde. À sa main gauche, un sac en toile. En quelques gestes lents, il commença à fouiller le chalet, tiroir après tiroir. Sa besace avalait tout. Les couverts en laiton, les bougeoirs, les vêtements… Il avait même vidé le coffre à jouets des enfants. La poupée de Magdalena, les chevaux en bois de Thomas… À l'autre bout de la pièce, dans un râle, son père ouvrit les yeux et tenta de se redresser. Le géant sortit un long couteau et, dans un grognement, enfonça la lame dans le torse de Franz. Son père se cabra, ses jambes remuèrent un peu. Et ce fut fini. L'enfant, au fond de sa cache, laissa échapper un hoquet de terreur. Le barbu tourna ses yeux de givre vers lui.

— Ho… ho… ho… Qu'avons-nous là ?

New York, 24 décembre 1886

Thomas avait été relégué aux oubliettes. On l'avait installé au dernier étage de la Fourmilière. Les temps changeaient. Avec l'arrivée de la photographie, le journalisme prenait un nouveau visage. Plus de point de vue, plus de satire, seule la réalité, crue, vulgaire, primait. Lui prenait la poussière. Il n'y avait plus qu'une seule fois par an, en ce jour précis, que le directeur du magazine, Craig Bending, montait encore jusqu'ici. Pour chaque fois lui faire la même demande :

— Alors, Nast… Vous nous avez concocté un beau dessin de Santa, cette année ?

— Je ne me sens pas très inspiré, monsieur Bending… Un autre illustrateur, Arthur ou William, ferait parfaitement l'affaire.

— Non, c'est votre bébé. Les lecteurs attendent le Santa Claus annuel de Nast. C'est un rendez-vous important pour le *Harper's*.

— Je ne sais pas trop…

— Vous n'avez pas vraiment le choix, mon vieux. Si on vous garde, c'est en grande partie pour Santa. On boucle en début d'après-midi. Vous avez six heures…

Bergwald, Bavière, 24 décembre 1847

Le Géant venait d'abaisser sa lourde carcasse devant l'escalier. De son couteau, il cherchait à atteindre l'enfant. Toujours tassé contre le mur du fond, Thomas voyait la lame lacérer le vide à quelques centimètres de ses jambes. Après s'être escrimé en vain, dans un soupir, l'Ogre se releva et retourna s'asseoir.

— Maudit gosse… Tu n'es qu'un rat. Qu'un sale rat. Que vais-je faire de toi ?

Il attrapa un morceau de pain, le trempa dans le ragoût tiède laissé sur la table.

— Comment avez-vous pu manger ça ? Ça a un goût de fange… Écoute, le marmot. On ne va pas passer la nuit ici. Il fera bientôt jour et j'ai d'autres maisons à visiter… Tu vois, je pourrais te tirer dessus, mais les balles coûtent cher. Alors, sors d'ici, qu'on en finisse.

— Jamais…

— Bien. Ça sera donc une balle…

Le tueur se saisit du fusil de son père, vérifia qu'il était bien chargé. Alors qu'il attrapait les cartouches sur la cheminée, il fit tomber l'un des carnets de dessin de Thomas laissé à côté. Intrigué, il s'en saisit, le feuilleta. Les croquis de l'enfant défilaient sous ses yeux.

— Qui dessine comme ça ?

D'une voix faible, Thomas répondit :

— Moi…

— Vraiment ? Hé, hé… Je te propose un marché, le gosse. Tu me tires le portrait, et si le résultat me plaît je te laisserai vivre.

— Je… je ne peux pas…

L'homme jeta le carnet et un crayon vers la cache de l'enfant. De sa main libre, il saisit une clochette pendue à son cou et la remua. Le son aigu était insupportable.

— Je m'impatiente, le rat… Quand les cloches sonnent, la mort approche.

Au même moment, par le jeu du miroir de l'entrée, Thomas surprit un mouvement à l'étage. C'était son frère aîné, Johann. Il avait le bras plaqué contre son flanc ensanglanté. Dans sa main, il tenait un petit couteau. L'assassin ne l'avait pas remarqué. Johann, affaibli, descendait l'escalier, mais s'écroula sur le dos. Il parvint à se relever, son bras tendu vers le monstre, qui le détaillait avec un air vaguement amusé.

— Eh bien, vous avez la peau dure par ici !

— Laissez… laissez mon frère ! articula Johann.

Dans un bond, le Géant se rua sur le garçon, le désarma avec aisance, et le plaqua contre lui, en lui enserrant le cou, prêt à l'étrangler. Puis, il se tourna vers Thomas.

— Dessine-moi, le rat. Ou j'achève ton frère.

New York, 24 décembre 1886

« Le rat… » En se réveillant, Thomas manqua de basculer en arrière. Il était toujours à son bureau, dans la Fourmilière. Il baissa les yeux. Le dessin était là devant lui. Terminé. Parfait. Le bonhomme joufflu le fixait avec son sourire en coin, une poupée serrée sous son bras, sa pipe à la main. Dans sa main droite, Thomas tenait son crayon. C'est lui qui l'avait fait, évidemment. En cet instant, un assistant de rédaction, missionné par le directeur, pointa son nez et s'empara du croquis avant même qu'il ne puisse réagir.

— Enfin, Thomas. Il était temps. Il est parfait votre Santa ! Je l'emmène à la direction.

— Non, si vous faites ça, je le jure, je démissionne.

— Toujours la même rengaine, Nast. Vous faites partie des meubles ! Souriez un peu, bon sang, c'est Noël !

Ça avait commencé exactement de la même manière, en décembre 1863. Un soir, Nast était allé chez sa sœur, Magdalena. Elle avait voulu revenir sur ce qui était arrivé, cette nuit-là, en Bavière. Il lui avait livré la même version, usée et rapiécée : « Je ne me rappelle plus. J'étais caché. Je n'ai rien vu. » Sa vie bâtie sur un mensonge. Nast avait mal dormi. Le lendemain, il était arrivé au bureau groggy. On lui avait commandé une illustration sur la bataille de Chattanooga mais sa main droite, comme habitée, avait commencé à le dessiner, lui. Le monstre. « Chaque année… à la même date, tu prendras ton crayon… »

Une barbe était apparue. Une bouche édentée qui riait aux éclats, une panse énorme, le baluchon sur son épaule, son couteau à sa ceinture. Et ce regard. Enfin, Nast s'était saisi d'un crayon rouge et avait colorié le vêtement de cette couleur. Rouge. Rouge encore. Le sang, partout… jusqu'aux tréfonds de son âme. Une voix l'avait sorti de ses pensées.

— C'est quoi ça, Nast ?

Au-dessus de lui, le cofondateur du magazine, Fletcher Harper.

— Je… Je ne sais pas. Rien. Un mauvais souvenir.

Il avait voulu jeter le croquis, mais son patron le lui avait arraché des mains.

— C'est parfait. C'est ce qu'il me faut. On prépare un article sur la tradition de la Saint-Nicolas. Refaites-moi ça en plus jovial. Il est terrifiant votre bonhomme, là.

— Mais ce n'est pas…

— Je vous ai à la bonne, Nast. Mais ne poussez pas le bouchon. Je veux le dessin d'ici ce soir.

C'est ce jour-là, le 24 décembre 1863 qu'est officiellement né Santa Claus. Avec le temps, on avait nommé Thomas Nast l'inventeur du Père Noël. Car personne avant lui n'avait si parfaitement personnifié le bon géant. Jusqu'alors, saint Nicolas n'était qu'une légende, vague et floue, qui variait selon les pays, les cultures… Nast lui avait donné corps. Donné vie. Partout désormais, l'imagerie de Thomas avait été copiée. Dans les journaux du monde entier, les publicités, les livres pour enfants, les jouets… Et maintenant dans les photographies. Où qu'il pose les yeux, où qu'il aille, sa hantise était là. Ça durait depuis vingt-trois ans. Des dessins de Santa, Thomas avait dû en exécuter des centaines pour le *Harper's Weekly*. Il avait cru, un temps, qu'il tenait là sa vengeance. En travestissant son horreur, en transformant le monstre en un être jovial, bienveillant, peut-être gagnerait-il enfin, tout en tenant sa promesse. Mais ça ne s'était pas passé ainsi…

Bergwald, Bavière, 24 décembre 1847

Le regard de son frère, Johann, qui l'implorait. Sa mèche blonde sur son visage, le sang qui se répandait sur sa chemise de nuit. D'une main tremblante, Thomas se mit à crayonner. L'Ogre, ses cheveux longs emmêlés, sa barbe épaisse. Le corps de son frère, si ridicule, serré contre celui du monstre. À ses pieds, le sac rempli de ses larcins. Sa pipe fumante. Ses yeux plissés braqués sur lui. Ce petit sourire. La mort. Là. Personnifiée.

Après de longues minutes, l'enfant fit glisser le carnet jusqu'à la table à manger. L'homme s'en saisit et l'observa, en happant de longues bouffées de sa pipe.

— Pas mal du tout… Tu vois, le vieux Nikolaus tient toujours ses promesses. Les enfants sages s'en sortent. Les autres…

D'un mouvement puissant, il serra le cou de son frère. Un craquement. Et il n'était plus là. Comme si le monstre tenait entre ses mains une vulgaire poupée de chiffon. Las, l'assassin abandonna le corps de Johann, se redressa, essuya ses mains gantées sur son ventre rebondi, laissant des traces rouges sur son pardessus. Il enfourna le dessin dans l'une de ses poches, passa le sac de toile sur son épaule. Il ouvrit la porte, un froid glacial envahit le chalet.

— Je vais te laisser, le gosse. Mais je te préviens : *jamais* tu ne parleras de moi, à quiconque… Par contre, tu vas me faire une promesse… Chaque année, à la même date, tu prendras ton crayon et tu feras mon portrait. Sinon, tu entendras ma cloche sonner et je te retrouverai, où que tu te terres…

Dans un rire tonitruant, l'homme disparut dans le maelstrom. L'enfant perçut le son d'une clochette qu'on agitait. Puis, plus rien. Alors, il se mit à pleurer.

New York, 24 décembre 1886

Thomas avait tenu sa promesse. Depuis ce jour maudit, année après année, il avait dessiné Nikolaus, le tueur de la Chasse sauvage. Il avait voulu, si souvent, retenir son geste, cette pulsion de terreur qui l'envahissait.

Tenté de boire jusqu'à plus soif, mais toujours, malgré lui, arrivait un moment où ses mains lui désobéissaient et faisaient naître l'horreur. C'était ce qui était arrivé ce jour de 1863, à la rédaction du *Harper's Weekly*. Son cauchemar lui avait échappé. Il s'était ensuite répandu, partout, comme un souffle glacé. Le monstre avait gagné. Comment peut-on effacer le pire de ses souvenirs, si, partout où vous posez les yeux, il est là ?

Maussade, usé, Thomas, se rendit chez sa sœur Magdalena. Elle l'avait invité, ne supportant pas l'idée qu'il soit seul pour Noël. La perspective de passer la soirée avec son beau-frère Wilhelm, d'une suffisance insupportable, et leurs jumelles agitées ne l'enchantait guère. Mais Magda était tout ce qu'il lui restait, alors…

Il arriva à sept heures et demie. Un petit sapin avait été confectionné par la famille. Aux branches, des figurines en porcelaine à l'effigie de Santa Claus. Thomas s'efforça de ne pas trop les regarder, demanda un nouveau verre de Jägermeister. La liqueur alcoolisée le calmerait peut-être. Les deux gamines, surexcitées, tirèrent sur ses manches.

— Oncle Thomas, fais-nous un dessin !

— Pas ce soir, les filles.

— Allez. Dessine-nous papa Santa !

— J'ai dit non !

Il avait crié, sans s'en rendre compte.

— Laissez votre oncle tranquille, il a l'air fatigué.

Durant la soirée, Thomas avait fait honneur au dîner gargantuesque préparé par Magda. Une dinde accompagnée de knödel, comme le voulait la tradition bavaroise. Mais il avait trop bu. Il était temps de rentrer.

Alors qu'il s'apprêtait à partir, sa sœur lui glissa à l'oreille : « Attends encore un peu. Nous avons préparé une belle surprise pour les filles. »

On frappa à la porte. Wilhelm alla ouvrir. Nast eut la certitude de voir toutes les figurines de Père Noël du sapin se tourner vers lui au même moment. Et leurs risettes s'étirer en des rictus déments. Une silhouette se découpa à l'entrée de la pièce. Un manteau rouge. Une longue barbe. Il était là. De retour. Il était revenu le chercher. Thomas, sans pouvoir se maîtriser, se jeta sur l'intrus. De ses bras faibles, il commença à l'étrangler en hurlant. Wilhelm parvint à le maîtriser. Sa sœur l'enlaça. Nast était en sueur, les yeux exorbités. Il répétait : « Il est là… il est là pour moi. »

— Qu'est-ce qu'il te prend, Thomas ? Tu es fou ? C'est juste notre voisin, Collins. Il a accepté de se déguiser en Santa pour les filles.

Alors, Thomas découvrit un homme apeuré, la barbe de travers, le cou couvert de marques rouges, de griffures.

— Je… je dois y aller.

Il saisit sa veste, quitta l'appartement de Magdalena, se retrouva dans les rues désertes. Personne ne savait qui était réellement Santa Claus. Personne à part lui. Ces jouets que le Père Noël portait dans ses bras n'étaient pas ceux qu'il s'apprêtait à offrir, mais ceux qu'il avait volés. Ce poupon serré contre lui n'en était pas un, mais le cadavre de son frère. Le rouge de son costume… le sang de ses victimes. Thomas était seul avec son secret. Et, désormais, par sa faute, son cauchemar l'encerclait, l'étouffait. Où qu'il porte les yeux, où qu'il aille. Santa était là. Il l'attendait…

Tandis qu'il courait dans New York, partout, résonnait le son des cloches, et des centaines, des milliers d'enfants étaient en train de découvrir leurs cadeaux, Nast comprit. Il lui faudrait partir. Là où ce maudit démon ne le retrouverait pas. Alors, peut-être, serait-il libre.

Guayaquil, Équateur, 24 décembre 1902

Les années avaient passé. Thomas avait fui, cherché à atteindre le bout du monde. Il avait accepté un poste de consul en Équateur, à Guayaquil. Il avait vécu heureux ici. Une vie simple. Quelques visites officielles, des dîners où les rares ressortissants américains se persuadaient qu'ils avaient un rôle à jouer en ces terres. Il s'était laissé porter. Pendant quelque temps, il pensait avoir gagné.

Nast s'apprêtait à célébrer un nouveau Noël, sans avoir vu l'ombre du monstre. À Guayaquil, comme partout, on fêtait la Nativité, mais le démon rouge n'avait pas trouvé son chemin jusqu'en ces lieux reculés. Il sirotait un verre de brandy sur sa terrasse, quand il fut interpellé par une étrange agitation, en contrebas, vers El Parque Seminario. Là-bas, on avait dressé un chapiteau. De la structure en toile s'élevaient des vagues d'applaudissements. Intrigué, le consul se saisit de sa canne et descendit, clopin-clopant, jusqu'au centre-ville. Plus il approchait, plus la clameur devenait forte. Il acheta un ticket, se glissa à l'intérieur. Ça sentait la sueur, l'alcool et le tabac mêlés. Un rai de lumière traversait la salle et envoyait des images en noir et blanc sur un grand écran. Des images qui bougeaient. Vivantes. Il en avait entendu parler, bien entendu. Le « Cinématographe », une invention française. Mais il ne pensait pas qu'il parviendrait jusqu'ici. Aussi vite. Plusieurs films se succédèrent. L'arrivée d'un train dans une gare, une sortie d'usine. Autour de lui, on s'exclamait : « *Es un hechizo !* » Un sortilège, en effet… Jamais il n'avait vu un tel spectacle. Une porte ouverte sur un ailleurs.

Après un long noir, un titre apparut : « *Santa Claus*. Un film de George Albert Smith »… L'ancien illustrateur sentit son cœur se contracter. Partir d'ici. À l'image, une silhouette progressait sur un toit. Son costume, son bonnet… Il était là. Il l'avait retrouvé. Thomas recula, mais la foule compacte lui empêchait toute retraite. En cet instant, le géant se tourna vers l'écran et avança vers le public. Ses yeux semblaient chercher une personne. Une seule… Lui. Nast fut pris d'une terrible quinte de toux, l'air lui manquait. L'impression que son cœur était pris dans un étau. Il s'effondra.

Une voix lourde résonna dans sa tête : « Je t'avais dit que je reviendrais pour toi, si tu arrêtais de me dessiner. » Alors qu'autour de lui, on tentait de le secourir, personne ne remarqua que les doigts de Nast s'agitaient sur la terre ocre. Du bout de ses ongles, il essayait de dessiner quelque chose. Un ventre, une barbe, bientôt piétinés. Après une courte agonie, ses mains se figèrent, ses yeux s'écarquillèrent. Et Thomas Nast s'éteignit. Cette nuit-là, dans la moiteur de Guayaquil, parmi l'agitation autour du consul américain, certains crurent entendre le tintement d'une cloche qui s'éloignait.

Nast emporta son secret avec lui. Depuis, chaque année, la nuit du 24 décembre, des centaines de millions d'enfants s'endorment en espérant que le Père Noël visitera leur habitation. Sans qu'aucun se doute que, derrière cette barbe, ce sourire malicieux… se cache en réalité le pire des monstres.

C'est le propre des légendes, on ne sait jamais vraiment d'où elles viennent, en quels sombres territoires elles prennent source… et c'est peut-être mieux ainsi.

Merry Old Santa Claus, par Thomas Nast. Gravure sur bois publiée le 1er janvier 1881 par le *Harper's Weekly*. © Domaine public.

Puzzle

par Jean-Luc Bizien

Pour Serge Brussolo et *L'Homme aux yeux de napalm.*

Paris, 21 décembre, 23 h 30

Le Père Noël n'était pas au mieux.

Il remorquait sa hotte d'une main lasse tout en maudissant les enfants – ces gnomes vicieux qui ne disaient pas bonjour, merci, au revoir et ne pensaient qu'à tirer sur sa barbe qu'ils croyaient postiche. Des chiards qu'il rêvait de gifler à toute volée devant leurs parents, pour leur apprendre les bonnes manières – aux uns comme aux autres.

S'appuyant contre une des façades lépreuses du passage noyé de ténèbres, il leva le nez vers le ciel, n'y put observer aucune étoile et se contenta des diablotins de buée qui jaillissaient de ses lèvres au rythme de sa respiration. Pris d'une envie soudaine, il étudia, au bout de la ruelle, le ballet infernal des voitures et des piétons, soumis à la frénésie d'achats de rigueur, puis il se soulagea contre la façade de l'immeuble, referma sa braguette et ramassa sa hotte.

Il reprit sa marche hésitante, sans avoir noté la présence, dans son dos, d'une silhouette athlétique, vêtue de sombre, qui le suivait en se faufilant d'un porche à l'autre pour n'être pas repérée.

Parvenu au pied de son immeuble, il plongea la main dans une poche de son manteau à la recherche de ses clés. L'ombre se rapprocha alors. Le Père Noël fit volte-face et hoqueta de surprise. Il leva une main dans un geste de protection quasi enfantin, en avisant la silhouette massive et encapuchonnée.

— Qui êtes-vous ? bégaya-t-il. Qu'est-ce que vous me voulez ?

— Police, fit l'inconnu en exhibant une carte professionnelle. Rentrez chez vous, monsieur Bal.

Tournant aussitôt les talons, il lâcha par-dessus son épaule :

— Joyeux Noël.

22 décembre, 1 h 30

Le capitaine Manoukian s'arrêta dans l'entrée de l'UASG[1], au 15, rue d'Amsterdam. Il ôta sa capuche et, surpris par la chaleur d'étuve qui régnait dans les bureaux, se défit de son survêtement. Il ne conserva qu'un t-shirt, révélant ses bras musculeux. Le gauche était couvert de tatouages.

— Tiens ! lança Drouin. Voilà notre boxeur arménien favori.

Manoukian lui adressa un bref signe de tête.

— T'es tout seul ?

1. Unité d'accueil et de sécurisation gare Saint-Lazare.

— Non, fit Wietzel depuis l'abri de son écran de contrôle.

— Salut, fit Manoukian avant de revenir à Drouin.

— Ça a recommencé, grogna ce dernier.

Il désignait un paquet enrubanné, dont l'emballage présentait à sa base une tache poisseuse, qui ne tarderait plus à se muer en flaque sombre.

— Je vois, commenta l'OPJ[1]. Personne n'a touché à rien ?

— C'était posé devant la porte, fit Wietzel en s'approchant. On l'a juste rentré, pour éviter que quelqu'un le tripote ou le fauche.

— Des images, via les caméras de surveillance ?

— J'étais en train de checker ça, mais si c'est comme d'habitude…

— Vous avez contacté l'IJ[2] ?

— Direct, dès qu'on a pigé. Servaz devrait être là d'un instant à l'autre.

— OK. Je file au Central. Vous m'envoyez les rapports. Vous avez rédigé un télégramme[3] ?

— Illico.

— Bien. Bonne soirée, les gars.

— Bonnes fêtes, Patron !

---

1. Officier de police judiciaire.

2. Identité judiciaire. Les techniciens qui collectent les indices exploitables sur les scènes de crime.

3. Les affaires criminelles donnent lieu à la rédaction de ces « télégrammes », qui relatent les grandes lignes de chaque dossier. Toutes les informations contenues sont récoltées dans une base de données nationale. Par recoupement, on sait très vite si un meurtre ayant les mêmes spécificités a déjà été répertorié.

Manoukian laissa entendre un ricanement aigre.

On ne pouvait rêver pire Noël.

*

Le rouquin monta au dernier étage sans faire craquer la moindre marche. Il s'astreignait à cette discipline depuis des années et parvenait, en tout lieu, en toutes circonstances, à se mouvoir en silence. Arrivé sur le palier, il longea le couloir et s'arrêta devant la porte de son logis. Il s'empara de ses clés, libéra les trois loquets et prit une longue inspiration.

Parfait. La vieille cinglée et ses chats ne changeraient jamais !

Certes, il s'était pris de bec avec la Polonaise sénile qui s'entêtait à adopter des chats et vivait recluse dans un amoncellement immonde de caisses débordant de litière souillée – combien en élevait-elle ? Dix ? Douze ? Dans un trente mètres carrés, la puanteur était effroyable et nombre de voisins s'en étaient plaints. Quand les chats ne se soulageaient pas sur le parquet, ils miaulaient au point de vriller les nerfs des habitants les plus sereins.

Comment parvenait-elle à nourrir sa horde ? À l'évidence, la Polonaise ne roulait pas sur l'or. Elle se contentait d'emmerder la Terre entière, au point que le rouquin avait songé à en venir aux mains. Elle avait la tête plus dure qu'un clou, il aurait pris un malin plaisir à l'enfoncer dans un mur, pour rentabiliser ses années de pratique du krav-maga…

Mais, pour l'heure, cette puanteur effroyable était salvatrice.

Il entra chez lui, déposa son sac sur le parquet et considéra la tablette de sa cheminée avec bonheur. Il avait rapporté quelques pièces supplémentaires, qui compléteraient le tableau. Le puzzle avançait bien.

On serait prêt pour Noël.

2 heures

Manoukian parqua sa moto devant le commissariat central[1] du 8e arrondissement. Des éclats de voix lui parvinrent.

— On l'a jamais coffré, râlait le lieutenant Descosse. Il a pu remettre le couvert.

— Après quatre ans sans bouger ? fit son binôme Laipsker. Et la marmotte, elle fout le chocolat dans le papier d'alu…

— Au moins, elle n'est pas exhibitionniste.

— C'est quoi ce délire ?

— On t'a jamais parlé de cette auberge où il y avait des marmottes empaillées qui…

— Pas la soirée diapos des anciens combattants ! coupa Manoukian. Vous avez du neuf ?

— Oui, *patron*, fit Laipsker.

— Tu t'es vexé ?

— Non, *patron*.

Manoukian demeura *poker face*.

— Donc ?

— Le télégramme a confirmé quatre Pères Noël disparus depuis une semaine. On a eu Servaz, qui est

1. Il est situé au Grand Palais, avenue du Général-Eisenhower.

sur site. Il procède à la recherche ADN et à l'identification du cadavre d'après les reliquats.

— C'est sûrement un des signalés disparus, ajouta Descosse.

— Aucune nouvelle des autres ?

— Non, mais on n'est que le 22, ça laisse de la marge.

Le capitaine saisit le dossier qu'on lui tendait.

— Je vais étudier ça. Merci !

— De rien… *patron*.

Manoukian retint un soupir.

Et rancunier, avec ça !

2 h 15

Les nouveaux trophées avaient rejoint les autres sur la cheminée. Bientôt, le cadavre *exquis* serait achevé. Le rouquin s'emplissait les poumons du parfum douceâtre de la mort. L'odeur, pourtant prégnante, était masquée dans le voisinage par la puanteur des fauves de la vieille. Il n'y avait donc pas nécessité à aérer – et à se priver de ces effluves enivrants.

Il songea aux discussions en prison.

— Nous rêvions juste de liberté.

À l'approche des fêtes, on évoquait dans les cellules cet insaisissable tueur de Pères Noël, qui découpait ses victimes avant de livrer d'abominables paquets à la police. Non sans avoir, au préalable, prélevé un trophée.

Les gars avançaient les hypothèses les plus folles – une cérémonie impie, baptisée « le Rituel de l'ombre », qu'on évoquait à peine, de peur d'attirer l'attention du monstre.

C'était à la veille de sa libération que le rouquin avait eu la révélation : il perpétuerait l'œuvre du tueur originel, qui avait disparu depuis quelques années, à en croire les taulards.

La presse ne s'était pas fait l'écho de cette sombre affaire. Peut-être n'était-ce qu'une légende urbaine ? Une manière pour les enfermés de banaliser leurs propres crimes ?

Le rouquin haussa les épaules.

Vraie ou fausse, cette histoire lui avait fourni un but.

Rien ni personne ne l'en détournerait.

2 h 30

Manoukian s'étira et retrouva ses adjoints.

— Alors ?

— Rien. On surveille, on patrouille.

Le capitaine renifla. Surveiller, patrouiller… On n'allait quand même pas foutre un flic derrière chaque Père Noël !

— Patron ? lança Descosse.

— Ouais ?

— Vous pensez que c'est notre gars, ou un putain de *copycat* ?

— Si c'est bien lui, on n'aura aucun indice. Ce fumier a toujours su effacer ses traces. Pas de nouvelle disparition ?

— Non. On croise les doigts.

Manoukian acquiesça. Le tueur de Pères Noël cessait ses activités le 24 décembre. On n'avait jamais pu en savoir plus…

Il laissa ses yeux courir à la surface des portraits affichés. Les dénommés Calmel, Malzieu, Khara et Gustawsson n'avaient pas reparu. Quatre Pères Noël s'étaient évaporés et leur sort ne faisait aucun doute. Il faudrait faire vite, avant que les chaînes d'info en fassent leurs choux gras.

— Laipkser, tu sais si l'info a pu fuiter ?

— Avec le télégramme qui a fait le tour des bureaux…

Manoukian grimaça.

23 décembre, 8 h 45

Le présentateur de la chaîne d'informations en continu agitait ses lunettes colorées. Il savourait chaque phrase comme s'il se fût agi d'un bon vin.

— Le tueur de Pères Noël a encore frappé et c'est la terreur dans les rues de Paris. Figurez-vous que cet assassin – parce qu'il n'y a aucun doute, il s'agit bien d'un assassin, n'en déplaise à la maire de Paris, occupée à élever les surmulots !

Il se mit à détacher chaque syllabe, sur un ton grandiloquent :

— Cet as-sa-ssin, vous dis-je, s'attaque à ceux qui, d'ordinaire, apportent la joie dans les cœurs des enfants. Les médias l'ont surnommé « le Dépeceur ». Il découpe ses victimes avant de les offrir empaquetées aux forces de police. Vous ne rêvez pas ! C'est bien dans ce monde que l'on vit aujourd'hui ! Selon des sources proches de l'enquête, qui ont eu accès aux premières constatations des médecins de l'institut médico-légal de Paris, le tueur est pour le moment insaisissable. Alors qu'au 36, rue du Bastion, on s'abstient de tout commentaire, je pense à titre personnel, si c'est encore permis, que s'attaquer à un symbole de l'Occident – pardonnez-moi de le penser, mais les fêtes de Noël sont un symbole occidental –, ce n'est pas l'action d'un déséquilibré, mais bien d'un groupe terroriste venu semer la pagaille dans…

Le rouquin observa la pantomime du chroniqueur, derrière lequel des plans se succédaient, montrant les lieux de ses dernières attaques. Les flics étaient sur ses traces. Il faudrait agir avec précaution, s'il voulait achever son grand œuvre.

La question rôdait en lisière de son esprit : les fuites dont bénéficiait le « journaliste d'opinion » étaient-elles réelles… ou orchestrées par les services de police ?

Pour recouvrer sa sérénité, il huma avec délices les effluves de cadavre qui flottaient dans l'air.

Il devrait procéder à une, voire deux opérations dans la journée, et si tout se déroulait sans accroc…

On serait prêt pour Noël.

9 h 30

Le rouquin avait vérifié que son sac à dos contenait tout le nécessaire – chloroforme, instruments chirurgicaux, corde, sacs de congélation hermétiques, paquets de la poste, papier cadeau, ruban…

Il ferma la porte, remisa les clés dans une poche, fit volte-face et se figea.

La foldingue se tenait dans le couloir et *il avait été surpris*.

Il se mordit l'intérieur des joues.

Elle feignit de ne pas voir son regard haineux, se contentant d'un salut de la tête. Depuis qu'ils s'étaient accrochés, elle ne desserrait plus les dents en sa présence. Il nota qu'elle traînait avec elle un sac plastifié, barré d'un logo Castorama. Sans doute récupéré en faisant les poubelles ou en allant chouiner à l'Armée du salut.

« Profite ! songea-t-il avec amusement. Un de ces quatre, je frapperai à ta porte et tu finiras sur ma cheminée. »

Parvenu sur le trottoir, il accéléra l'allure, sourire aux lèvres.

Noël s'annonçait joyeux.

24 décembre, 6 heures

Manoukian avait donné l'ordre d'intervention à 6 heures précises.

Les hommes caparaçonnés dans leurs équipements lourds enfoncèrent la porte du dénommé Lebel, au dernier étage d'un immeuble sans cachet du 8e arrondissement. Ils plongèrent à l'intérieur du petit appartement, arme au poing, vociférant des ordres.

L'intervention ne dura que quelques secondes.

Le suspect était absent.

Les résultats étaient tombés au cours de la nuit. « Il a commis une erreur, avait commenté Servaz en les apportant à Manoukian. On a de l'ADN sur le ruban du paquet. On a consulté la base de données, le gars est connu de nos services. Libéré depuis peu, après quelques années en cabane. »

Tout correspondait : la précédente vague de meurtres avait cessé quand le dénommé Lebel était tombé pour une sordide histoire de stupéfiants et de trafic de vidéos pédopornographiques. À peine était-il libéré que les assassinats de Pères Noël reprenaient.

« Il a perdu la main pendant son séjour en taule », avait diagnostiqué Laipsker.

Dans l'appartement inoccupé, les trophées macabres, qui achevaient de se momifier sur la cheminée, retournèrent le cœur des policiers.

— Putain…, murmura Descosse. On se croirait dans un bouquin de Chattam.

— Tes bouquins avec un flic franc-mac, c'est ça ?

— Non, patron. Un autre. Je vous les passerai, à l'occasion.

— Les rippeurs[1] ont fait le taf ? éluda Manoukian, peu enclin à lire les enquêtes imaginées par des auteurs ignorant tout de la réalité des faits.

— Ils s'en occupent, assura Laipsker.

Les hommes de l'IJ effectuèrent tous les prélèvements nécessaires.

Le luminol révéla des projections abondantes de sang, pourtant nettoyées avec application.

12 heures

On plaça les scellés, et Manoukian s'en retourna au commissariat central. Les rippeurs le rejoignirent en

1. Surnoms des policiers qui, dans une unité d'investigation, sont chargés entre autres des enquêtes de proximité.

fin de matinée. Ils avaient interrogé la quasi-totalité des occupants de l'immeuble.

— La plus proche, c'est une folle qui vit sur le même palier. Trop focalisée sur ses chats pour avoir vu ou entendu quoi que ce soit.

— Elle s'appelle comment ?

— Abel-Norek, Agnieszka Abel-Norek. Une Polonaise qui a épousé un Français il y a des siècles. Veuve depuis quatre ou cinq ans, elle vit enfermée avec sa ménagerie. À moitié sourde… et complètement gâteuse.

Manoukian acquiesça. Baignée par la puanteur des matous et sourde comme un pot ? On ne pouvait pas la blâmer de n'avoir pas su ce qui se tramait de l'autre côté du palier. En revanche, les autres voisins…

— Tu me les convoques l'un après l'autre, ordonna l'OPJ. Et tu les cuisines un peu, histoire d'en apprendre davantage.

26 décembre, 10 heures

Les résultats des prélèvements arrivèrent deux jours plus tard. Servaz les apporta lui-même, perturbé par sa découverte.

— Les fragments momifiés appartiennent bien aux disparus.

— Il y a un truc qui vous chiffonne ?

— Ouais. Le sang qui a été nettoyé…

— Eh bien quoi ?

— C'est celui de Lebel.

Manoukian en resta stupéfait.

— J'ai eu du mal à l'accepter, poursuivit Servaz, mais le tueur de Pères Noël a été tué puis découpé dans son propre appartement, compte tenu des quantités de sang répandues au sol.

— Débité ? intervint Descosse.

— Probablement pour disséminer les morceaux dans les containers à poubelles, à travers Paris.

— Putain…, râla Descosse. Ça va être coton, comme puzzle.

— Vous savez ce que ça veut dire ? intervint le capitaine.

— Oui, fit Servaz. Ça veut dire qu'on a un *copycat* sur les bras.

Épilogue

24 décembre, 12 heures

Agnieszka Norek adressa un sourire radieux au petit Jésus. Elle renonça à écarter l'un des chats, qui se frottait à l'étable miniature. Entre deux ronronnements, le matou envoya rouler un à un tous les personnages. Le père Abel aurait été fou de rage, lui qui détestait les chats.

Encore un point de divergence, qui les opposait autrefois. D'ailleurs… N'était-ce pas ce point précis qui avait fait déborder le vase ? Excédée après une énième dispute, Agnieszka avait planté la lame d'un couteau de cuisine dans la poitrine de son époux.

Elle avait répété son geste soixante-sept fois.

Avec délectation.

Ensuite, elle avait découpé la dépouille, l'avait répartie dans des sacs-poubelle et avait sillonné les rues de la capitale pour se débarrasser des morceaux dans des containers à déchets. Elle avait joué les veuves éplorées, racontant à qui voulait bien l'entendre que son mari avait succombé à une attaque.

Sans préciser la nature de l'attaque.

Chez son nouveau voisin, elle avait deviné un profil de prédateur. Détestant la concurrence, elle avait attendu patiemment le moment propice pour mettre un terme définitif, brutal – et savoureux ! – à leur relation.

Soixante-sept coups de couteau, une fois encore. Il était mort un peu vite et n'avait pu suivre jusqu'au bout ce voyage intérieur expérimental qu'Agnieszka aimait tant mener.

Revenant à la réalité, elle distribua les gamelles. Un sourire énamouré apparut sur les lèvres d'Agnieszka. C'était ça, l'esprit de Noël : s'efforcer de donner du bonheur à tous, même aux chatons affamés !

Le plus dur, cette fois…

Ç'avait été de se débarrasser des os.

Fort heureusement, le Père Noël avait rapporté, dans sa hotte, de bien beaux outils à la facture irréprochable, qui ne demandaient qu'à être utilisés.

On avait encore tant de Noëls à fêter.

PS : Tous les membres de la LDI[1] sont présents dans ce texte. Il vous appartient de les retrouver. Joyeux Noël !

1. Ligue de l'Imaginaire.

Noël maudit

par Mireille Calmel

— Chienne ! Chienne ! Chienne !

Subir. Ne pas bouger. Malgré la douleur.

Malgré les lacérations que le ceinturon inscrivait sur ses épaules nues.

— Chienne ! Chienne ! Chienne ! continuait à éructer André de Hongrie au-dessus d'elle.

Son premier coup de poing l'avait envoyée chuter. Depuis, repliée sur le flanc, elle ne songeait qu'à se protéger la tête avec les bras, le ventre avec les genoux.

Ce n'était pas la première fois. Onze années qu'elle subissait les vomissures de ce porc. Les premiers temps de leur mariage, célébré alors qu'ils avaient tout juste huit ans, ce n'avaient été que déjections verbales. La violence, la vraie, était venue plus tard, quand il avait compris qu'il ne serait jamais véritablement le roi de Naples. Qu'elle seule, par la volonté de son grand-père, avait les pleins pouvoirs et que la décision du pape de les couronner ensemble n'y avait rien changé.

André de Hongrie était un rustre. Un violent. De nature. D'ambition. D'orgueil. Quand la nuit se refermait sur eux, sa rancœur exultait.

Accepter.

Elle ne pouvait rien d'autre.

Elle n'avait que dix-neuf ans. Et la guerre pour la succession à ce trône ne lui offrait aucun allié auprès de qui se plaindre.

Un pied rageur percuta ses reins, la poussa sur le parquet ciré du cabinet de son époux. Sa tempe heurta le montant de la cheminée. Les flammes crépitèrent. Un instant, elle craignit de les voir s'emparer de sa chevelure ébouriffée. Elle ramena ses mains sur son crâne, s'en coiffa.

Il en profita pour abattre le cuir sur sa joue.

— Où les as-tu cachées ? Vas-tu parler, crevure ?

Non.

Plutôt mourir que les lui livrer.

Elle devinait ce qu'il en ferait. Palsambleu ! Des filles. Des jumelles ! Nées six mois plus tôt, alors qu'il était en voyage, devant une moniale qui s'était ensuite échappée de la chambre en hurlant au démon. Le temps qu'elle revienne, accompagnée d'une flopée de religieuses brandissant des crucifix, Enrico Caraccido, son fidèle serviteur, avait enveloppé les fillettes dans un linge et, à sa demande, avait quitté le château d'Aversa pour empêcher qu'on ne les saisisse et les enterre vivantes. Elle ne l'avait pas revu depuis. Mais elle savait, oui, elle savait où ses enfançonnes avaient été emportées.

Un vrombissement sourd près de son oreille. André venait de jeter des bûches dans l'âtre. Il se pencha, la saisit par le coude.

— Parle ou je t'embrase, sorcière !

Elle frémit. Il le ferait.

Elle referma ses poings sur le dessus de sa tête, balaya du regard ces langues ardentes qui grimpaient à l'assaut du conduit noirci par la fumée. La chaleur rougissait déjà ses joues. Une coudée de plus, elle en subirait la morsure. Deux, sa peau cloquerait.

— Où sont-elles ? hurla-t-il en l'attirant vers le brasier.

Elle se débattit, les narines dilatées par la peur, le regard fou.

Voyant qu'elle résistait, il la frappa au visage. De son poing libre, bagué. Elle sentit sa joue se déporter, sa pommette éclater, ses mains lâcher.

Il l'agrippa par les cheveux.

— Tu feras moins la fière quand ces broussailles crépiteront.

Mourir. Ravagée par la souffrance. Par le désespoir.

Cela faisait longtemps qu'elle s'était faite à l'idée.

Brûlée vive…

Non.

Son regard éperdu tomba sur le tisonnier appuyé au montant de la cheminée. Sa main se referma dessus, puis l'autre. Elle piqua de l'avant, avec toute la force de son désespoir.

Il y eut un silence. Un moment figé.

Puis quelques gouttes poisseuses maculèrent le parquet.

André de Hongrie avait cessé de vociférer.

Les moments qui avaient suivi restaient puissamment ancrés dans sa mémoire. Elle l'avait vu reculer, embroché en plein ventre, éructer une bave sanglante. Elle l'avait regardé heurter un tabouret, le renverser. S'écrouler. L'agonir d'injures. Envahie par un calme qu'elle n'avait plus éprouvé depuis une décennie, elle avait ramassé le bas de sa robe et l'avait chiffonné.

Malgré sa douleur, elle avait plaqué le tissu sur sa bouche et son nez. Jusqu'à ce qu'il cesse de se débattre.

De respirer.

Ensuite, enveloppée jusqu'aux yeux dans une mante, elle avait bravé l'obscurité opaque qui recouvrait encore la cité d'Aversa.

Elle s'était enfuie en claudiquant. Sans croiser quiconque dans les couloirs. Cela n'avait rien d'étonnant. Dès la brune[1], craignant que la violence du roi ne les atteigne, ses serviteurs se terraient dans leurs quartiers, ne surgissant que sous la contrainte d'un tintement de clochette. Pour une fois, cela lui seyait. Ils ne pourraient répondre quand on leur demanderait à quel moment elle avait quitté le château.

Au petit jour de ce 19 septembre 1345, la galère de Jacques de Gabert avait quitté la baie de Naples, l'emportant loin de son crime. Une somme rondelette avait convaincu le Marseillais de prétendre qu'elle avait pris son bord la veille, avant le crépuscule. Elle espérait ainsi qu'on ne l'accuserait pas. Mais elle ne se faisait aucune illusion. Elle était Jeanne Ire, comtesse de Provence, souveraine des royaumes de Naples et de Jérusalem, et les dissensions qui entouraient son accession au trône allaient se renforcer avec la mort d'André. Sans compter que le frère de ce dernier, Louis le Grand de Hongrie, ne rêvait que de conquêtes. Il aurait tôt fait de crier vengeance pour mieux lui déclarer la guerre et tenter de s'approprier ses terres.

Elle devait s'assurer que ses filles étaient en sécurité avant de revenir la tête haute. Avant de répondre par la

1. Nuit.

froideur et le mépris aux accusations de son beau-frère et d'organiser la défense de son royaume pour le cas, fort probable, où il l'envahirait.

C'était ainsi, déterminée et libre enfin du joug de cette chabriera[1], que, malgré son visage tuméfié et sa souffrance, elle avait gravi en toute discrétion le chemin escarpé conduisant à Rocca Sparviera.

Rocca Sparviera.

Le rocher des éperviers.

Comme chaque jour, de l'aube au couchant, les rapaces tournoyaient au-dessus du donjon austère et de la partie haute du village. Une cinquantaine de feux abritant ses serviteurs et leurs familles.

De l'étroite fenêtre de sa chambre, elle dominait les gorges de la Vésubie. De celles de l'aula[2], la vallée du Paillon d'un côté et la déchirure abrupte du col Saint-Michel de l'autre. Le nord était barré par une paroi rocheuse. Cinq cent soixante-quatre toises[3] séparaient le castel du cœur de la vallée. Un défi que seuls quelques marchands à dos de mulet relevaient au gré des saisons après s'être arrêtés, à mi-chemin, dans le bas de sa seigneurie, à Coaraze.

Alors que les habitants du comté de Provence s'apprêtaient à célébrer la Nativité en attachant des branches de houx et de lierre aux poutres, Jeanne de Naples inspirait à pleins poumons l'air vif. Quelques flocons tourbillonnaient, s'accrochant aux toitures, aux arêtes de

1. Chiure de m… de.
2. Pièce de vie et de réception d'un château médiéval.
3. 1 099 mètres.

granit à peine blanchies. L'hiver semblait suspendu à l'automne. Il tardait à poser pied.

Cela lui allait bien.

Elle se sentait légère. D'autant plus qu'en cette veille de Noël elle venait d'achever l'Avent[1] dans les bras d'Enrico Caraccido.

Quelque trois mois auparavant, il s'était précipité vers elle dès que les guetteurs du château l'avaient annoncée. Il s'était effrayé devant ses traits violacés, creusés par la douleur et l'épuisement.

Il avait fini par lui avouer son admiration. Qui d'autre qu'elle, avec trois côtes cassées, aurait été capable, par sa seule volonté, d'arriver à pied jusqu'à cet escarpement ?

C'était la première fois qu'on lui offrait un tel compliment. La première fois qu'un homme la regardait autrement qu'avec déférence ou, dans le cas de son époux, avec cruauté. Elle l'avait embrassé. Il lui avait fallu attendre que ses os se ressoudent, que son corps renaisse pour lui offrir davantage que ce baiser. Depuis, elle savourait chaque instant dans ce refuge. Un œil sur ses filles qu'une des voluptueuses matrones du village d'en bas, installée au château, nourrissait en plus de son cadet. L'autre sur cet homme au tempérament aussi doux que fougueux, selon l'heure et son envie.

Elle pivota vers lui, un sourire à ses lèvres gonflées par la morsure de leur désir mêlé, et se heurta à ses traits soucieux.

---

1. L'Avent durait un mois, de jeûne, de pénitence et d'abstinence.

— Tu ne devrais pas t'inquiéter de cette rumeur de sorcellerie, soupira-t-elle.

Il était venu la lui rapporter deux heures plus tôt. Elle l'en avait distrait.

Peu lui importait ce que pensaient les villageois. Ils n'oseraient pas se dresser contre elle, encore moins s'ils la soupçonnaient d'être une ensorceleuse. La faute en incombait à la nourrice qui n'avait su tenir sa langue. Peut-être aussi au colporteur monté jusqu'à Rocca Sparviera au milieu de l'automne. La vision des jumelles les avait troublés, l'un et l'autre. La nourrice avait cessé de trembler. Le colporteur s'en était allé.

— Comme si avoir des jumelles n'y suffisait, tu n'as assisté à aucun office depuis ton arrivée. Il est normal que les gens doutent, murmura Enrico.

Elle vint s'asseoir au bord du lit, caressa sa joue mangée d'une barbe aussi brune que l'iris de son regard.

Un Napolitain. Le cœur à l'image du Vésuve. Bouillonnant sous la surface. Jusqu'au débordement. Elle n'était pas sûre de l'aimer. Mais cela n'avait guère d'importance. Elle n'avait besoin que de respect et de fidélité.

— Accompagne-moi à la messe de minuit, insista-t-il.

— Quatre heures de marche jusqu'à l'église et autant pour revenir…

— À dos de cheval cette fois, plaida-t-il en rajustant une mèche aux teintes de miel derrière son oreille.

— C'est vrai, se décida-t-elle.

Depuis qu'elle avait tué son époux, l'idée d'entrer dans une chapelle la terrifiait. Peut-être parce qu'elle n'éprouvait aucun remords. Peut-être parce qu'elle ne voulait pas avoir à s'en confesser. Mais Enrico avait raison. Il était temps d'affronter l'œil de Dieu. Comment, sinon, dans quelques semaines, serait-elle capable de soutenir celui de son beau-frère sans ciller ?

Jeanne leva un regard soulagé vers les confins étoilés.

Elle n'avait pas dérogé à ses habitudes en arrivant devant la petite église. Tout juste avait-elle aperçu deux matrones se signant sur son passage et quelques regards méfiants au moment où elle s'était installée dans l'alcôve qui lui était réservée lors de ses séjours à Rocca Sparviera. Debout, trois pas derrière elle, Enrico s'était tenu à sa place habituelle. Celle d'un serviteur vigilant, paré à toute éventualité. Quiconque en ayant douté aurait pu apercevoir son poignard à sa ceinture. Au moment de l'eucharistie, elle avait de nouveau senti la suspicion l'envelopper. N'affirmait-on pas que les sorcières se consumaient sur place au contact de l'hostie ? Elle avait accepté en bouche celle que lui avait tendue le curé puis avait regagné son siège, les mains jointes et l'air suffisamment recueilli pour que l'on ne puisse douter de l'intensité de sa foi. Les chants des enfants de chœur, la crèche vivante au pied de l'autel, le sermon bienveillant du curé avaient achevé de déposer sur le lieu cette atmosphère de recueillement et de sérénité qui préside à la liesse. Au moment de s'en aller elle n'avait plus croisé que des visages joyeux et empreints, à son égard, de respect.

Le curé l'avait arrêtée en lui demandant des nouvelles de son époux. Elle avait menti avec plus d'aplomb qu'elle ne s'en serait crue capable, affirmant qu'il était resté à Naples dans l'espoir d'apaiser les velléités de conquête de son frère Louis de Hongrie. Dans le contexte incertain de leur affrontement, André lui avait conseillé de s'éloigner et de ne revenir qu'après les festivités[1]. Le curé avait approuvé cette initiative avant de lui souhaiter une belle tablée pour rompre le jeûne de l'Avent. Elle s'était remise en route soulagée. Enrico avait eu raison. Une messe avait suffi pour la libérer doublement. La rumeur de son accointance avec le diable allait s'éteindre d'elle-même et nul ne songerait à la suspecter du meurtre de son époux quand ses gens l'apprendraient.

Tout était donc pour le mieux en cette veille de Noël. Un vent d'ouest avait dispersé les nuages, le firmament ruisselait sur la neige pour mieux éclairer alentour, et, au bout de ce chemin, ses serviteurs achevaient de déposer les plats qu'ils avaient cuisinés et que selon la tradition ils partageraient.

La nuit s'étirait sur sa complicité avec Enrico tandis qu'ils cheminaient côte à côte au pas lent de leurs chevaux.

Brusquement, pourtant, Jeanne sursauta sur sa selle.

Elle tourna un œil troublé vers Enrico.

— Qu'as-tu dit ?

— Rien. Pourquoi ?

Elle déglutit. Son cœur s'était emballé. Elle leva les yeux vers le donjon qui se découpait de sombre sur le ciel constellé.

— Qu'y a-t-il, Jeanne ?

1. Au Moyen Âge, les agapes duraient du 25 décembre au 6 janvier.

Elle balbutia :

— Une voix. J'ai entendu une voix m'annoncer que le banquet me serait mémorable.

Il sourit.

— Aurais-tu perçu mes pensées ? Je suis affamé.

Elle ne répondit pas. Un vide immense se creusait dans son ventre, un gouffre semblant aspirer tout ce qui l'entourait. Tout sauf cette masse puissante ancrée dans la roche austère.

Sans même y penser, elle talonna sa jument, décollant l'animal du flanc de son voisin. Enrico ne se laissa pas distancer. Il revint près d'elle, observa d'un regard inquiet ce profil creusé par l'angoisse. La sentit l'envahir, le pénétrer.

Le cheval qu'il montait était plus puissant. Il le poussa de l'avant. Pour arriver avant elle et pouvoir la rassurer. Ou la soutenir s'il le fallait. Jeanne n'était pas d'un naturel craintif. Rien ne justifiait l'effroi lu sur ses traits. Rien sinon son instinct de mère. Ce même instinct qui lui avait dicté de tuer son époux pour sauver ses filles, quand elle avait compris que, sous la morsure des flammes, elle les lui livrerait.

Il sauta de selle devant la tour, Jeanne sur ses talons. La porte béait.

Il l'entendit gémir, s'engouffra sans attendre dans l'escalier, le gravit quatre à quatre.

Derrière lui, Jeanne ne respirait plus, ne pensait plus. Elle agissait, tirée de l'avant par un murmure ricanant. Les yeux brouillés d'un voile sombre, elle bouscula Enrico, immobilisé au seuil de l'aula, se pétrifia à son tour.

Ses serviteurs étaient installés de chaque côté d'un plateau abondamment garni. Égorgés, ils se vidaient encore de leur sang, la joue dans leur bol. La nourrice siégeait au bout de la table, tête en arrière, nuque brisée. Ses bras ballaient. À la place de sa poitrine opulente s'ouvraient deux plaies.

Jeanne réprima un haut-le-cœur. Son œil continuait pourtant à balayer l'espace. Il s'arrêta sur ses filles étendues entre deux plats d'argent.

Elle courut vers elles dans un sursaut, fol, d'espoir.

Il mourut aussitôt.

Peau noircie, cloquée. Les enfançonnes avaient été défigurées par les flammes. Leurs entrailles remplacées par les seins de la nourrice.

Elle hoqueta, tremblant de tous ses membres, s'écroula dans les bras d'Enrico. Il l'emporta dehors, la déposa sur le tapis de neige. La froidure la ranima. Elle hurla en bondissant sur lui pour le battre. Il ne bougea pas. Il fallait qu'elle recrache sa douleur, sa fureur.

La sienne lui broyait les entrailles.

Le petit jour les cueillit ainsi, noués l'un à l'autre, enveloppés dans un silence cramoisi.

Insupportable.

Quand elle s'en sentit capable, ils firent le tour des habitations sans trouver de survivant. Un poignard ramassé au pied d'une grange portait le sceau de la maison de Hongrie. Étaient-ce les dires du colporteur de l'automne qui avaient rameuté les chiens du frère d'André, leur permettant de se dissimuler dans les cavités rocheuses et de trouver le meilleur moment pour se venger d'elle ? du meurtre qu'elle avait commis ?

Cela sembla le plus plausible à Enrico.

Mais elle… elle, avait reconnu la voix ricanant à son oreille, la prévenant du cadeau macabre qui l'attendait. Trop de fois, par le passé, cette même voix l'avait couverte d'injures et d'insanités.

Aux portes de l'enfer où sa violence l'avait sûrement conduit, André avait-il offert ses filles au diable ?

Elle ne le saurait jamais.

Mais ce lieu en garderait la trace.

Elle quitta Rocca Sparviera le jour même après avoir demandé à Enrico de tout enflammer.

Parvenue au dernier lacet du chemin, celui derrière lequel s'effacerait le brasier, elle se retourna sur sa selle et hurla cette sentence dans le vent mauvais :

— Roche sanglante, roche maligne, un jour viendra où sur tes ruines ne chanteront plus ni coq ni poule. Ici ne vivront plus que les éperviers.

De ce jour et jusqu'à l'abandon du hameau en 1723, relayant la douleur de Jeanne, la malédiction de Rocca Sparviera emporta tous ceux qui tentèrent de la défier.

Santa Claus
par Maxime Chattam

Mère Noël avait ce petit côté agaçant à force de vouloir bien faire :

— Tu as vérifié la météo ?

— Oui, grommela-t-il par-dessous son épaisse barbe.

« Petit côté agaçant » était un euphémisme. Il ne pouvait plus la supporter. Rien d'évident, juste une accumulation, l'empilement des micro-petites choses qui, indépendamment, ne posaient pas grand problème, mais les unes sur les autres faisaient déborder la boîte où il entassait ses irritations et frustrations. Cette obsession qu'elle avait de toujours l'inspecter de la tête aux pieds avant qu'il ne sorte pour lui demander s'il n'avait pas oublié ci ou ça – alors même qu'il était juste là, sous ses putain d'yeux et qu'elle le voyait très bien ! Le ton de sa voix lorsqu'elle n'osait pas lui adresser un reproche et préférait tourner autour du pot d'un air mielleux. Son incapacité à poser des questions directes lorsqu'il s'agissait d'aborder un sujet sérieux, et plutôt balancer une phrase puis le fixer en attendant qu'il comprenne et qu'il la relance. Ses prétextes toujours plus tordus pour se refuser à lui le soir, « non, c'est la Sainte-Jeanne aujourd'hui », « pas en ce moment, c'est la Semaine Sainte », « impossible, je suis fongique » et d'autres encore dont il n'entravait pas le début de compréhension. Voilà le genre de choses qui débordaient à présent de sa boîte à irritations et frustrations, sa BIF comme il l'appelait. Et la BIF, dernièrement, elle dégueulait de partout, le couvercle en pleine convulsion quotidienne dès que Mère Noël approchait.

Mais que pouvait-il faire ? Il n'allait pas quitter celle qui faisait tourner la baraque quand même ? Il mangerait quoi sinon ? Et ses fringues ? Et puis qui gérerait les réparations de la maison ? Et les factures ? Il détestait s'en occuper. Presque autant que de réceptionner, trier et répondre aux listes des gosses ! À vrai dire, il n'avait pas la moindre fichue idée de ce qu'il faudrait faire et comment le faire pour vivre comme ils le faisaient. Non, il était coincé avec elle. Pas le choix.

— Tu es sûr de vouloir sortir comme ça ? insista-t-elle.

Rien que sa voix aiguë était devenue un supplice. Il allait se percer les tympans avec une aiguille à tricoter enduite d'acide plutôt que de devoir l'écouter davantage.

À cet instant, il était en slip. Celui, beige, un peu large sur les hanches et lâche sous les bourses, sa lourde bedaine recouvrant l'élastique du devant, le nombril tel un œil omniscient. Ou débile. Dans son esprit il était un œil omniscient, mais dans le miroir, il paraissait davantage un macaron noir déformé par le poids de la graisse, une orbite vide et puante – car pour se l'être déjà nettoyé une fois, par hasard, il savait que les poils et miettes qui parvenaient à s'y pelotonner finissaient par y moisir et dégageaient une odeur infecte (les gens pensent rarement à se laver l'intérieur du nombril de fond en comble).

— Oui, bien sûr, répondit-il de sa voix glaireuse – il n'avait encore presque pas prononcé une phrase complète depuis le réveil. Je vais sortir comme ça. Mon Dieu, que tu es conne parfois !

Mère Noël fit mine de ne rien entendre et déposa le café chaud qu'elle venait de lui préparer sur la commode branlante – encore un meuble qui avait besoin d'être réparé mais qui souffrait qu'il daigne s'y atteler enfin un jour…

Les vêtements du jour étaient posés sur le fauteuil. Pantalon rouge aux ourlets de coton blanc, veste semblable, et gros bonnet au pompon molletonneux. Il passa le tout et vint ajuster l'ensemble en s'observant dans la psyché piquetée qui occupait l'angle de leur chambre. Il constata la couperose bien prononcée sur ses joues, son nez qui ressemblait de plus en plus à une énorme merde de chien – chez lui l'alcool lui épatait l'appendice certes, mais, au lieu de le faire virer au rouge, il le lui teintait progressivement de nuances marron. Les sacs sous ses yeux n'avaient rien à envier à son ventre. Décidément, un charme fou.

— Voilà, une bonne gueule de Père Noël, lâcha-t-il, amer, pour lui-même.

Pas grave, les gosses s'en foutaient eux, ils ne voyaient que l'ensemble, sans entrer dans le détail, heureusement.

Depuis le rez-de-chaussée, la crécelle de Mère Noël éructa et il dut se tenir au rebord de la commode pour supporter sa voix :

— Chou, je t'ai mis les clés du traîneau dans le vide-poche !

Le Père Noël pouvait entendre sa BIF déverser son trop-plein de tous les côtés, et il fallait croire que la nature était mal fichue (ou perverse), mais tout ce qui en glissait tombait droit sur ses couilles. Il en grimaçait.

— Tu sais, le vide-poche qui est sur le guéridon, celui sous la photo de nous aux Maldives !

Il fallait qu'elle se taise. De toute urgence. Mais elle insista :

— Bon, je file chez Elena me faire ma permanente. Tu prends tout ton temps cette fois, que je sois là pour t'accueillir à ton retour, entendu ?

Elle se tirait. Loin. Longtemps. Le Père Noël s'accrochait à cette pensée pour tenir. Il était débarrassé. Pour l'instant.

— Chou ?

Le bois de la commode craqua sous les phalanges blanchies du Père Noël qui serra le rebord pour ne pas exploser.

— Chou ? Tu m'as entendu ?

Il souffla, longuement, tête renversée en arrière. Expulser la colère qui lui bloquait les poumons. Son psy insistait là-dessus, il lui disait que sa BIF pouvait être recyclée, c'était très à la mode, ça, d'être écolo, et même la rage pouvait être réemployée à autre chose. Alors, le psy lui disait qu'il devait expirer, sortir de lui tout ce qui menaçait de le faire sauter et dans cet acte il trouverait une énergie nouvelle pour repartir dans le bon sens.

Dans un bref instant de lucidité, le Père Noël se vit dans la psyché, dans sa tenue, rouge comme un dindon hystérique, arc-bouté sur ses jambes fléchies, arrimé à la commode qu'il agrippait tel un étau, la tête renversée en arrière, le bonnet de travers, les joues gonflées, en train de respirer pour éviter la saturation. Il était grotesque. Tant pis. Il recyclait, comme le lui avait dit le psy.

Ce n'était pas son truc, de se confier à un inconnu, et certainement pas son truc que de lui raconter des choses très intimes sur lui, sur son enfance. Mais il n'avait pas le choix. C'était une obligation, et Mère Noël veillait à ce qu'il ne rate aucun rendez-vous. Si elle savait tout ce qu'il lui mettait dans la poire pendant ses séances ! C'était à ça que le Père Noël utilisait le psy : déverser tout ce qui faisait déborder sa BIF, et le psy avait beaucoup aimé l'image de la BIF.

— Chou ? Tu as fait une crise cardiaque ? s'inquiéta-t-elle depuis le rez-de-chaussée.

Ah, ça t'arrangerait bien, hein ? Et tu ferais quoi sans moi, toi ? Tu me remplacerais par qui ? Le voisin maigre comme une limande ? Le réparateur de la machine à laver qui était venu le mois dernier et ses lunettes sur lesquelles on pouvait lire les empreintes digitales de ses deux mains ?

Mère Noël posa un pied sur la première marche, faisant claquer son talon contre le bois. À l'idée qu'elle puisse monter et lui imposer sa présence de nouveau, Père Noël trouva la force de répliquer le plus fort possible :

— Les clés dans le vide-poche, j'ai entendu.

— Ah, bien. Il va vraiment falloir qu'on aille te faire contrôler l'audition, chou. Tu sais, les appareils sont très discrets désormais, ce n'est pas une honte que d'être appareillé, et même que ça te donnera un petit côté moderne.

— C'est dans le fond de ta gorge qu'on va entendre la modernité si tu ne pars pas *maintenant* !

— J'y vais !

Et elle claqua la porte. Beaucoup trop fort, comme toujours, au point de faire vibrer la maison, tressaillir les cadres. Père Noël expira tout son saoul. Enfin tranquille.

Il s'accorda une demi-heure devant la télé pour décompresser. Que sa BIF s'apaise. Elle ressemblait à une casserole sur le feu, remplie d'eau bouillante, faisant clapoter le couvercle avec les remous des bulles, prête à en foutre partout. Alors, il attendit que la température baisse, et que le couvercle revienne tranquillement se reposer sur le dessus. Puis, lorsqu'il se sentit à nouveau serein, il prit les clés et sortit devant le garage ou était garé le traîneau.

Un quart d'heure plus tard, il descendait au ralenti dans le quartier nord, sur la rue qu'il avait marquée d'un X rouge sur sa carte. Père Noël était de la vieille école, pas de GPS, pas de téléphone portable, rien que du bon vieux papier, qui ne tombe jamais en panne, qui a toujours de la batterie, qui ne peut pas se faire hacker, pirater traquer, manipuler, diffuser contre votre gré. Fiable et efficace. Le papier et ses ancêtres existaient depuis des millénaires, toujours aussi utiles, est-ce que leur téléphone portable durerait ne serait-ce qu'un seul petit siècle ? Non, sûrement que non. De la foutaise donc. Une mode.

Sur la carte, il y avait beaucoup de X rouges. Chaque mouflet qui lui avait écrit de son écriture la plus candide et dégueulasse avait eu droit à sa croix. C'était la méthode. Mais seulement cinq étaient entourés. Des cas spéciaux.

Père Noël roulait au pas, guettant le trottoir d'un air distrait, écoutant Milli Vanilli dans son autoradio. Il aimait beaucoup Milli Vanilli. La douceur, la bienveillance qui se dégageaient de leurs tubes le rassuraient. Il lui avait semblé entendre une fois qu'ils étaient des imposteurs, que ça n'était pas leurs voix, mais il s'en moquait. Qu'est-ce que ça pouvait faire à la fin du moment que les chansons étaient bonnes, non ? Qu'importe le flacon, pour peu qu'on ait l'ivresse et toutes ces conneries.

Le gamin qui correspondait à la première croix apparut sur la droite, son sac à dos sur les épaules. Pile comme Mère Noël lui avait annoncé, à l'heure exacte.

Père Noël coupa la musique à contrecœur, fit glisser le traîneau à hauteur du mioche, et baissa la fenêtre côté passager.

— Hé ! Gregory !

L'enfant sursauta, il n'avait rien entendu venir, et s'immobilisa, surpris. Le vent lui dressa un épi sur l'arrière du crâne.

Père Noël s'arrêta pour qu'ils puissent se parler sans crier.

— Tu es Gregory, n'est-ce pas ?

— Euh… J'ai pas le droit de parler à des inconnus.

Père Noël pouffa et se désigna, lui et son véhicule.

— Je suis un inconnu pour toi ? Vraiment ? Et tu ne reconnais pas mon traîneau ?

L'enfant fit un pas en arrière pour mieux aviser l'ensemble.

— Euh…

— Je suis le Père Noël, enfin !

— On dirait pas vraiment un traîneau. C'est une vieille camionnette.

Après les heures qu'il avait passées à la peindre au pochoir, le mal qu'il s'était donné pour trouver les bons motifs, les découper, et flanquer son van d'arbres merveilleux, de neige et d'un long traîneau en bois tiré par huit rennes, la virulence de la remarque lui retourna l'estomac. Sale petit con. On se donne un mal de chien et voilà ce qu'on récolte.

— Tu crois vraiment que le Père Noël se déplace encore dans un *vrai* traîneau ? De nos jours ? Tu as quel âge pour être aussi naïf ? Non, ne me dis pas, je le sais. Mais l'exploitation animalière, t'as entendu parler ? La pollution aérienne, tu connais ? Tu as idée du bilan carbone d'un seul renne, Gregory ? Non. Bien sûr que non. Tu t'en fous du moment que t'es gâté à Noël, n'est-ce pas ?

Père Noël serra son volant pour se calmer. La BIF menaçait de s'ouvrir à nouveau et ça n'était pas du tout le bon moment.

— Bon, souffla-t-il. Tu le veux ton cadeau ou pas ?

Le petit Gregory avait reculé instinctivement, pas très rassuré.

Père Noël acquiesça, il avait l'habitude.

— Alors, si tu es bien Gregory qui a huit ans, qui habite au 17 de cette rue, et qui va à l'école tous les jours tout seul, comme un grand, alors je pense que tu es le bon enfant, je ne me suis pas trompé.

Le visage du gamin marqua la surprise. Mais il n'approcha pas pour autant, toujours habité par une méfiance naturelle. Père Noël savait s'y prendre, alors il insista (il n'avait pas que ça à faire, et certainement pas que ce mioche-là à traiter dans la matinée) :

— Tu as bien commandé un circuit de voitures, non ?

À ces mots, l'enfant fut stupéfait. Oui, c'était bien le vrai Père Noël, même si l'apparence, les mots et surtout le véhicule laissaient à désirer. Pour autant, un dernier détail l'empêcha d'approcher davantage.

— Mais c'est pas aujourd'hui, Noël, c'est dans huit jours !

Père Noël hocha la tête, blasé. Il embraya, il connaissait le discours par cœur.

— Techniquement, tu as raison. Maintenant, si je rentre dans le détail des calculs de dates, en fait, ça ne tombe pas du tout le 25 décembre de nos calendriers. Biais historiques. Changements de calendrier au fil des siècles, position des étoiles et tout le toutim… En gros, je te la fais courte : le véritable Noël ne tombe pas tout pile le 25 décembre. Et moi, j'ai une fenêtre de tir chaque année pour tout traiter, après c'est compliqué si je déborde. Faut que je me justifie, et crois-moi, c'est beaucoup d'ennuis. Et puis… Tu crois vraiment que je peux arroser tous les enfants de la planète en une seule fichue nuit ? Franchement ? Bah, non. Je suis comme tout le monde : je prends de l'avance.

Gregory ne semblait toujours pas convaincu, alors Père Noël enfonça le clou :

— Écoute, mecton, ton père s'est barré à l'autre bout du pays avec une autre femme, ta mère a pas un rond, elle bosse tôt le matin et ça t'oblige à aller à l'école tout seul, je sais que ça doit pas être la fête tous les jours à la maison, alors, tu es dans ma liste des enfants prioritaires, regarde.

Père Noël lui montra sa carte avec toutes les croix rouges, et il désigna le X entouré qui correspondait à sa rue.

L'enfant était abasourdi. Mère Noël avait bien bossé. Tout était exact.

— Alors, tu le veux ton circuit ou pas ? insista le Père Noël en désignant l'arrière de la camionnette.

Gregory hésita, puis acquiesça mollement, vaincu par la promesse du rêve.

— Très bien. Allez, passe sur le côté que je te donne ça et qu'on en finisse, t'es pas le seul sur ma liste aujourd'hui !

Père Noël décrocha sa ceinture et se glissa, lui et sa bedaine impressionnante, entre les deux sièges pour passer à l'arrière.

Un instant plus tard, la porte latérale du traîneau coulissa, effaçant les rennes au passage, ne laissant qu'un paysage de forêt et de neige. Le Père Noël était à l'intérieur, dans l'obscurité, il tenait un gros paquet emballé dans un papier cadeau rouge et doré qu'il tendait à l'enfant.

— Tiens. C'est pour toi.

Le gamin approcha timidement, mais le paquet était trop loin pour qu'il puisse s'en saisir, alors il avança et monta dans la camionnette.

Père Noël le fixait de ses yeux injectés d'alcool et de sang. La barbe s'écarta pour dévoiler son sourire.

L'enfant eut peur. Ce n'était pas un sourire gentil. Seulement cruel.

Extrêmement cruel.

*

La bûche crépitait un peu trop dans la cheminée. Les gaz libérés par la chaleur des flammes explosaient à une cadence soutenue. C'était à cause de l'essence du bois choisie. Claus avait mis du mélèze dans l'âtre et n'importe qui d'un peu pragmatique et habitué à se chauffer ainsi savait que les conifères étaient le pire choix possible en la matière. Ça et de n'avoir pas fait sécher les billots pendant au moins deux ans pour que leur taux d'humidité descende le plus bas possible. Non, il avait décidément fait n'importe quoi. C'était idiot, surtout qu'il le savait très bien, mais il refusait de gâcher et, par ici, les conifères c'était un peu comme le sable dans le désert. Claus se souvenait de celui-ci en particulier, tombé l'hiver dernier lors d'une tempête féroce. Il l'avait vu grandir ce mélèze, frêle et tendre jusqu'à devenir fier et solide. Et puis un coup de vent…

Claus soupira en jetant un dernier coup d'œil aux braises incandescentes qui chauffaient son souvenir, il en profita pour attraper sa tasse et sirota un peu du thé de Noël encore brûlant avant de retourner à son journal.

Il grimaça en déployant ses jambes pour les allonger sur le repose-pied. Le temps commençait à le rattraper après toutes ces années dehors à œuvrer pour le bien de tous. À cette pensée, Claus leva les yeux vers le sapin, dans un coin du salon, et l'étoile beaucoup trop petite qui réfléchissait mollement la lumière du feu de cheminée. Elle était sous-dimensionnée par rapport à leur sapin, mais c'était une tradition chez Claus, mettre son étoile au sommet, celle qui symbolisait toutes ses années de labeur sur le terrain.

Claus sourit et se remit à lire son journal.

Dix minutes plus tard, son fauteuil était vide, le thé à peine bu, et le feu commençait à mourir, faute d'avoir été entretenu.

La femme de Claus entra dans la pièce et ramassa le journal qui traînait au sol, sur le vieux parquet craquant. Elle avisa un article qui occupait l'essentiel de la page, et comprit.

Claus apparut à cet instant, emmitouflé dans son manteau rouge, son épaisse barbe blanche glissée à l'intérieur.

— Je sais ce que tu es en train de faire et ça ne te concerne pas, dit-elle, inquiète.

— Oh, que si ! Ça dure depuis trop longtemps.

Elle se posta devant lui, ferme.

— Regarde-toi. À ton âge. Tu crois que tu vas faire quoi ?

— Je ne peux pas rester là et attendre.

— C'est à la police d'agir. Tu sais, ces jeunes fringants et compétents qui savent comment fonctionnent les portables, l'ADN et toutes ces choses qui te dépassent.

— Ils ne font pas assez. Sinon, tout ça serait déjà terminé.

La vieille femme soupira et son menton s'agita nerveusement. Elle connaissait sa tête de mule de mari mieux que quiconque et savait qu'il serait impossible de lui faire renoncer. D'un geste, elle lui ordonna de retirer la grosse veste rouge qu'il arborait :

— Mets au moins ta doudoune grise, tu vas attirer tous les regards avec ton vieux manteau flashy.

Elle lui tendit la doudoune, attrapa son écharpe immaculée laissée sur le portemanteau, la lui passa autour du cou, sortit sa longue barbe blanche de sous le col où il venait de l'enfouir, et lui mit ses gants dans la main.

— Tu sais encore conduire ? lui demanda-t-elle. Je veux dire : une vraie voiture et pas ton jouet dans la neige là…

Il répondit en attrapant les clés de la vieille Ford accrochées au clou.

— Tu sais ce que je pense, dit-elle l'œil brillant.

Il plissa les lèvres, approuva d'un air grave puis, avant de sortir, se retourna pour ajouter :

— Je suis toujours rentré le soir, dit-il en jetant un regard vers l'étoile au sommet de leur sapin de Noël. Je ferai comme toujours, ne t'inquiète pas.

Il lui déposa un baiser sur la joue et sortit dans le froid.

*

Père Noël avait bien travaillé cet hiver. Il s'était donné du mal pour rendre visite à tous les gosses signalés par une croix rouge entourée sur la carte. Il n'en avait manqué aucun. Et si Mère Noël était un épouvantail qui remplissait sa BIF plus vite qu'un robinet qui goutte, il fallait au moins lui reconnaître ça : elle ne se trompait jamais lorsqu'il fallait préparer les rencontres. Nom, âge, itinéraire, grandes lignes de sa vie, et le ou les cadeaux qu'il avait commandés sur sa lettre au Père Noël. Elle lui faisait des petites fiches cartonnées avec toutes les informations bien énumérées, et elle ajoutait même la photo de l'enfant, pas toujours la plus avantageuse ou récente, mais assez pour identifier le marmot lorsque Père Noël le croisait enfin dans la rue.

Cette année, il y avait cinq croix entourées sur sa carte. Deux de plus que l'année passée, et une de plus qu'il y avait deux ans, sa meilleure année jusqu'à présent.

Trois garçons et deux filles. Père Noël avait toujours eu un faible pour les garçons. Il trouvait les filles plus difficiles. Plus fourbes. Moins lisibles. Mais cette fois, Mère Noël avait insisté pour qu'il en prenne au moins deux, c'était son exigence à elle, et s'il voulait avoir la paix pour la saison, jusqu'au prochain Noël, il devait lui faire quelques concessions.

Il rangea son costume de Père Noël dans la housse – ça aussi c'était une concession, pour qu'elle lui foute la paix, sinon il l'entendrait râler pendant deux plombes qu'il était pas foutu de prendre soin de sa tenue de travail, que c'était elle qui devait tout faire dans cette baraque – et il demeura en slip dans la chambre pendant un petit moment à se gratter les cheveux gras qu'il lui restait sur l'arrière du crâne. Il serait bien descendu ainsi, mais il savait qu'il se ferait engueuler aussi sec, que ça n'était pas une tenue pour déambuler dans une maison, que si quelqu'un débarquait et le trouvait en slibard, ça allait encore faire jaser, même si Père Noël trouvait ça débile puisqu'ils ne recevaient jamais aucune visite. Personne ne les connaissait ici, ils n'avaient ni famille, ni amis, et c'était bien mieux comme ça. Il lâcha un long soupir. Sa BIF était à peu près stable depuis plusieurs jours, elle lui lâchait la grappe maintenant qu'il avait traité les gosses, mais il suffirait de pas grand-chose pour qu'elle déborde à nouveau, et il n'avait pas du tout, mais alors pas du tout envie de se faire gâcher le moment par cette vieille enquiquineuse. Alors Père Noël enfila un bas de jogging et un vieux t-shirt qui traînait sur le haut de la pile. Toujours les mêmes vêtements, et c'était logique puisque c'était ceux qui se trouvaient toujours sur le dessus de la pile !

Sa lourde silhouette fit grincer les marches lorsqu'il descendit, et il trouva sa femme assise dans la cuisine, devant un monticule de lettres. Toutes avec la même adresse : *Père Noël – Pôle Nord*, et toutes avec des écritures naïves et ridicules de lardons qui savent à peine écrire.

— Pourquoi tu t'emmerdes ? demanda Père Noël. Fous-les à la poubelle maintenant ! C'est passé, Noël.

Mère Noël haussa les sourcils, accablée. La fumée de la cigarette qui pendait entre ses lèvres sèches lui enveloppait le visage d'un linceul diaphane et mouvant, venant se prendre dans les boucles de sa permanente.

— Heureusement que t'es pas le cerveau de l'opération, chou.

— Mais c'est vrai, on a traité cinq gamins, la fête est terminée, pourquoi tu t'acharnes ?

Elle cracha la fumée de sa clope par les narines d'un air énervé, et pivota vers lui. D'un geste délicat, elle prit sa cigarette et la déposa dans le cendrier sur la table.

— C'est bien pratique d'avoir toutes ces informations sur les enfants, pas vrai, chou ?

Ne voyant pas où elle voulait en venir, il leva les épaules.

— Bah, oui.

— Et tu crois que je les obtiens comment ?

— Bah, avec les lettres qu'écrivent les lardons au Père Noël…

L'air toujours aussi dépité, elle approuva.

— Lettres que je récupère comment ?

— Bah… à ton travail, à la poste.

— Et donc, si toutes ces fichues lettres ne reçoivent aucune réponse, que crois-tu qu'il va se produire ?

Père Noël prit un instant pour réfléchir, puis il eut l'œil qui pétilla de malice. Retenant à grand-peine son rire, il lâcha :

— Le Père Noël va débarquer pour nous en coller une ?

Mère Noël secoua la tête, de la fumée de sa cigarette encore dans les cheveux.

— Chou, tu es vraiment bête parfois. Les parents vont finir par demander à la poste pourquoi ils n'ont jamais reçu la moindre réponse. Tu sais que c'est un service que nous offrons, une réponse pour toute lettre envoyée au Père Noël.

— C'est débile.

— Non, c'est pratique ! Je te rappelle que c'est comme ça que je peux taper les noms de tous ces mioches sur Internet et recroiser les infos avec ce que leurs parents mettent sur les réseaux sociaux ! Avant de sélectionner les profils les plus fragiles, les plus isolés. Et d'aller espionner tous les jours sur la route pour vérifier qui ferait un candidat idéal à nos « services ». Si je ne volais pas un sac entier des lettres envoyées par notre bureau de poste, nous n'aurions pas ce point de départ idéal pour chasser !

— OK, OK, OK…

La voix de crécelle commençait à inonder la BIF. Pire, elle insistait :

— Alors, la moindre des choses, c'est de respecter mon travail ! Je vais devoir envoyer une lettre à chacun, pour qu'aucun parent ne puisse suspecter quoi que ce soit. Voilà, chou, pourquoi je suis là à « m'emmerder » comme tu dis si bien. Pour protéger nos affaires ! Ne pas éveiller les soupçons !

C'était parti. Elle n'allait plus s'arrêter. Il était bon pour la journée sur ce sujet. Elle allait tourner en boucle, encore et encore, jusqu'à ce qu'il se confonde en excuses, qu'il valorise sa part du boulot, qu'il dise qu'elle est incroyable, que sans elle il ne serait rien, et bien entendu, ce soir il ne fallait pas compter sur elle pour lui dire oui.

Mais ça lui était égal au Père Noël, tout ce bordel. Parce qu'il avait une pleine moisson de lardons enfermés dans sa cave. De quoi tenir facilement plusieurs mois. C'était à lui d'être gâté, lui qui avait reçu ses jolis cadeaux de Noël, et il ferait comme un enfant sage, il prendrait son temps pour découvrir ses nouveaux jouets, savourant le déballage, et les heures qu'il passerait avec chacun d'eux. Les garçons, en particulier. Les filles, il ferait uniquement lorsque Mère Noël le lui imposerait, pour qu'elle regarde, elle était comme ça Mère Noël, une mateuse. Une jouisseuse par procuration. Père Noël suspectait qu'elle se rejouait un truc de son enfance, où cette fois elle était bourreau et non victime, mais il préférait ne pas trop aller sur ce terrain, ça ne l'intéressait pas et c'était un peu dégueulasse quand on y pensait.

Noël était passé, et sa hotte à lui s'était garnie plutôt que de se vider. De quoi faire enrager le vrai Père Noël, à n'en pas douter. À cette idée, il poussa un grognement amusé.

— Tu te moques de moi, chou ? C'est ça ?

— Non, pas du tout. Je pensais au Père Noël…

— Et ça te fait rire ?

Soudain prise d'un terrible doute, Mère Noël se redressa pour demander :

— Tu sais qu'il n'existe pas ?

— Sans déconner ?

Il pouffa et lui tourna le dos. Il était temps d'éviter la vieille chouette et d'aller s'amuser un peu. Il avait rêvé ce moment pendant si longtemps. Depuis l'été dernier qu'il patientait, lorsque leur cheptel précédent s'était évaporé, usé. Depuis, il avait dû attendre. C'était la règle de la famille, ne jamais agir par précipitation. C'était ce qui lui avait coûté d'être arrêté la première fois, et il était bien décidé à ne plus commettre d'erreur. Mère Noël y veillait. Désormais, il fallait tout planifier. Étudier les proies potentielles. Agir seulement pendant les fêtes de fin d'année, lorsqu'il faisait noir tôt le matin, qu'il y avait moins de monde dans les rues, que les gens restaient au chaud chez eux, loin des fenêtres, et que lui pouvait passer presque inaperçu avec son traîneau, car quoi de plus normal qu'un Père Noël pendant les fêtes ? Un de plus ou de moins…

En traversant le salon, il vit les traces de cendres sur la moquette et le couvercle de sa BIF tressauta d'un coup.

— Merde ! Je t'ai déjà dit de fermer cette foutue trappe de cheminée, sinon le vent souffle les cendres à l'intérieur, bordel !

En guise de réponse, il entendit un sifflement aussitôt suivi d'un claquement humide qui ressemblait à une serviette mouillée qui tombe de haut sur le carrelage. Puis quelque chose s'effondra à grand bruit dans la cuisine, chaise renversée et masse molle qui s'étale sur le carrelage.

— Hé ! Ça va ? fit-il en manquant un peu d'assurance.

Elle lui remplissait la BIF, mais il l'aimait bien quand même, s'agirait pas qu'elle fasse une rupture d'anévrisme ou un truc semblable. Pas en ce moment, avec les cinq lardons dans la cave !

Puis l'ombre s'étendit sur la moquette du salon, elle arrivait.

Père Noël se raidit aussitôt.

Ce n'était pas sa femme qui se tenait sur le seuil, mais un homme. Un type étrangement familier. Une version de lui en moins moche, moins ratée. Moins rongée par le vice et la méchanceté probablement. Par l'alcool aussi.

Un type massif, cheveux et barbe blanche, qui le fixait de ses yeux bleus comme la banquise la plus pure.

— Je sais ce que tu fais, dit l'homme d'une voix assurée.

Père Noël recula instinctivement d'un pas. L'autre continuait, tout en approchant lentement :

— J'ai récupéré la liste de tous les anciens condamnés, les pervers dans ton genre qui vivent dans la région où les enfants disparaissent. Quand j'ai vu que ta femme travaillait à la poste du coin, j'ai compris. Votre mode opératoire. C'était évident. Des enlèvements d'enfants uniquement à la période de Noël, en s'en prenant exclusivement à des victimes isolées, plus faciles d'accès, sans jamais laisser de traces. Comment pouviez-vous les choisir ? Les approcher ? Par leur lettre au Père Noël, là où ces enfants innocents confient ce qu'ils ont de plus cher. C'était toi. Toi et elle.

Il fit un mouvement du menton vers la cuisine et Père Noël n'aima pas du tout l'air que le vieux barbu affichait, comme si Mère Noël n'était plus un problème.

— Ensuite, j'ai vu que tu avais une obligation de suivi psy, j'ai trouvé le thérapeute dont tu dépendais. C'est fou comme ces gens peuvent laisser traîner leurs notes sur les patients avec leurs renseignements… et leur adresse. Et me voilà.

— Qu'est-ce que tu veux ? fit le faux Père Noël d'une voix dure où un début de peur transparaissait.

— J'ai une haine profonde pour celles et ceux qui salissent la magie de Noël, alors je vais te le demander une seule fois : où sont-ils ?

Père Noël prit son air le plus simplet possible pour répondre :

— Qui ça ?

Le barbu parut très contrarié. Il leva alors la main qu'il tenait derrière sa cuisse, et fit apparaître un long crochet usé. Père Noël recula encore, surpris, trop pour réagir. Il n'eut que le temps de se dire que cet homme sentait l'animal, le renne peut-être, et que ce crochet ressemblait à ceux qu'on utilise pour suspendre les carcasses de venaison afin de les faire vieillir. Et puis il y eut un choc brutal lorsqu'un corps étranger froid perfora sa boîte crânienne et transperça son cerveau pour venir ressortir par son nez.

Le faux Père Noël fut pris de convulsions, il agonisa dans les cendres de sa cheminée et mourut peu après.

Pendant ce temps, Claus enfonçait la porte de la cave, c'était le plus évident, et il trouva les cinq enfants recroquevillés les uns contre les autres dans une petite cellule de fortune. Il les fit sortir et veilla à ce qu'ils ne passent ni par la cuisine ni par le salon pour gagner l'extérieur du pavillon.

Une fois dans le jardin, Claus prit le plus petit à part. Il s'appelait Gregory et tremblait. Pour le rassurer, il lui glissa quelque chose dans la main et referma ses doigts dessus.

— Parfois les méchants gagnent, et parfois les gentils gagnent. Crois en ta bonne étoile et fais le bien autour de toi. Le monde ressemble à ce qu'on en fait.

Gregory acquiesça timidement. Puis il pencha la tête sur ce que le vieux monsieur barbu lui avait mis dans la main.

C'était une étoile de shérif.

Lorsqu'il releva les yeux, l'homme n'était plus là.

Au-dessus des cinq enfants, les étoiles brillaient. Une un peu plus que les autres. Au loin les sirènes de police se rapprochaient.

Dîner de famille

par Olivier Descosse

Noël de merde. Un de plus.

Je vais encore devoir me farcir ce cirque à la con, et pas moyen de faire l'impasse. Personne n'est dupe. On ne peut pas se blairer. Si on se parle, c'est uniquement par intérêt. Il faut bien sauver les apparences. L'enjeu est vital pour tout le monde.

Ma fortune, et par ricochet celle de ceux qui m'entourent, est assise sur un double mensonge. Celui de l'idéologie que j'ai créée de A à Z, et celui de la mise en pratique que j'en fais au quotidien.

Dans ce système, la famille est le cœur du réacteur. Je veux parler d'une famille traditionnelle, avec un père, une mère, et deux beaux enfants bien sains, de préférence blonds aux yeux clairs. Pas de ces simulacres dont nous abreuve le complot démocrato-wokiste, où les parents sont du même genre et adoptent ou procréent de façon artificielle des rejetons qui voudront changer de sexe en atteignant la puberté. Encore moins de ces tribus de sauvages venues d'ailleurs, dont les femmes pondent à la chaîne des mioches inutiles qui viendront grossir les rangs des assistés. Quand ils n'égorgeront pas un passant, ou ne se feront pas exploser dans une gare ou un lycée au milieu d'une foule bien dense.

Non, je prône des valeurs classiques, immuables, ancestrales. Des valeurs qui se délitent. En gros, l'ordre et la morale, dans une société placée sous la protection d'un Dieu sévère mais juste. J'y ai ajouté un zeste d'écologisme et de décroissance – la défense de la planète est très tendance – et une promesse de futur dans un paradis post-mortem que les gens appellent de leurs vœux.

Ils sont tellement désespérés que ça marche à fond.

Surtout, j'ai eu l'intelligence de ne pas tomber dans le piège du pouvoir. Je parle du pouvoir temporel, bien sûr. Celui qui permet de gouverner la société. De la conduire dans une direction ou dans une autre, toutes aussi absurdes et vaines. Ce type de projet ne m'aurait mené nulle part. Personne n'a le courage d'assumer un changement radical de paradigme. Les politiques sont trop mous et pensent uniquement en termes électoraux. Quant au peuple, il a une peur bleue de filer les clés du pays à un type qui remettrait tout ce bordel au carré. Il préfère foncer dans le mur en s'oubliant dans des divertissements débiles.

En revanche, et c'est là que ça devient drôle, ils sont d'accord pour me subventionner. Et grassement. Parce que ce que j'ai créé pour eux est d'ordre spirituel. Aucun risque de débordement dans la vraie vie.

Je leur ai concocté une Église, si on peut appeler ma fondation une Église, qui leur permet de se défouler sans prendre le moindre risque. Tout y passe. Les Noirs, les Jaunes, les Arabes, les pédés, les mécréants et mon préféré, les meurtriers de fœtus. La liste des cibles à désigner est longue comme le bras, et je n'en oublie aucun. Après tout, on est en démocratie.

Deux fois par mois, je me produis sur des scènes grandes comme des stades. Là, je balance mon discours dans des enceintes géantes devant une foule conquise d'avance. Quand je m'anime, mes disciples – je devrais peut-être dire mes adeptes – sont en transe. Ils boivent mes paroles comme du petit-lait, prient, crient, pleurent et hurlent à la fin quand je disparais dans un nuage bleuté, en route vers cette promesse de bonheur que je leur vends pour une fortune. Adhésions, cotisations, dons, vente d'objets dérivés… J'ai bâti un business de dingue qui transforme tout ce que je touche en or.

Pourtant, ce soir, il faut payer le prix. Et la note est salée au regard de la soirée qui m'attend. Mais pas le choix. Un salopard de journaliste vient de publier un article sur moi. Racket, escroquerie, mais aussi manipulations, viols, incitation à l'automutilation, au suicide… Je serais un monstre. Mon Église ne serait qu'un outil me permettant d'assouvir mon besoin de fric, ma soif de domination, mon appétit sexuel.

Il n'a aucune preuve de ce qu'il avance. Je suis trop prudent pour ça. Il cherche seulement à me déstabiliser. À me faire réagir. Il agit en sous-marin, pour le compte de mes nombreux détracteurs. Ces enfoirés qui sont prêts à tout pour m'abattre.

Ironie de la situation, ses amis et lui ignorent à quel point ils ont mis dans le mille. Et ils ne savent pas tout.

J'ai attaqué ce connard en justice, mais ce ne sera pas suffisant pour éteindre l'incendie. Ce réveillon de Noël à la campagne, dans la propriété que je me suis payée à la sueur de mes prêches, avec la bande de nazes que je me cogne depuis plus de trente ans, est le seul moyen de lui clouer le bec. Ils sont mon alibi. Ils l'ont toujours été. Sans eux, sans le simulacre de famille aimante, équilibrée, pure et dévouée que j'ai créé de toutes pièces, rien de tout ce que j'ai construit ne serait encore debout.

Et c'est bien ce qui m'emmerde.

J'ai besoin d'eux. Comme ils ont besoin de moi.

Une fois de plus, j'arrive le dernier. Je gare mon Q7 sur le perron, à côté de la Mercedes de ma femme. La Tesla de mon gendre est là aussi. Ma fille et lui fonctionnent seulement à l'électricité. Deux bons bobos élevés au lait bio, qui partagent les valeurs de ma charmante épouse. Tout ce que j'aime…

Dès que je passe la porte, l'envie de gerber me prend aux tripes. Les décorations de Noël dégoulinent de partout, comme des serpentins sur un gâteau d'anniversaire. Ils ont même mis des cadeaux au pied du sapin. La totale.

Il n'est que 17 heures, mais la table du dîner a déjà été dressée. Personne n'a l'intention de s'éterniser. Comme d'habitude, six couverts pour trois générations. Deux couples. Un enfant. Un célibataire.

— Y a papy !

Ma petite-fille vient de m'apercevoir. Elle a crié et s'est enfuie. Pas surprenant avec ce que je lui ai fait subir. Éloïse a dix ans. Un ange aux cheveux de paille, parfaite pour les photos de promotion. Elle est encore tendre à souhait, comme un agneau de lait. Plus pour longtemps, mais pour l'instant très comestible. Je lui ai rendu visite une fois ou deux, l'année dernière. Je pense que sa mère est au courant, comme son mari. Ils ferment leur gueule, font semblant de ne pas savoir.

Sans moi, sans mon pognon, bye-bye la vie de rêve. Et de toute façon, ma fille connaît la musique. Charlotte était un vrai bonbon au même âge. Avec elle, je ne me suis pas gêné non plus. Qui plante la graine récolte le premier fruit…

J'accroche mon manteau à la patère de l'entrée. Je n'aurai pas à le chercher pendant deux plombes quand je mettrai les voiles. Une fois que mon fils aura pris les photos qui vont bien, celles qui afficheront notre bonheur factice sur le Net, je dégage.

D'ailleurs, quand on parle du loup… Cet abruti de Zuck est déjà vautré dans le canapé, scotché comme d'hab à son portable. En réalité, il s'appelle Yoann. J'ai horreur de ce prénom – c'est ma femme qui l'a choisi – et je l'ai surnommé comme ça à cause du geek qui a créé Facebook. Vu le temps que cette amibe passe sur les réseaux, c'était un raccourci facile. À trente balais, il n'a pour seul objectif que de se branler devant du porno, de fumer des joints et d'extorquer du blé à sa mère pour payer ses caprices.

— Salut Pa.

Il ne s'est même pas levé. Il doit être encore défoncé. Tant mieux. Au moins, je n'aurai pas à lui faire la bise. Je ne l'ai pas vu depuis le dernier Noël et il ne me manque pas. En fait, il ne m'a jamais manqué. Tout simplement parce qu'il ne m'a jamais intéressé. C'est juste une ombre sans consistance. Un inutile qui fait partie des meubles. Les raclées que je lui ai données toute son enfance n'en ont pas fait un homme.

Je lui réponds d'un signe de tête distrait et traverse le salon, direction la cuisine. Le reste de la smala doit être là-bas, en train de préparer ce putain de dîner de fête.

Tous les ans, c'est le même menu. Tradition oblige. Le gros gigot à l'os, la côte de bœuf, le cuissot de chevreuil ou de sanglier, selon l'arrivage. Une orgie de barbaque, comme on les aime dans le pays profond.

Et je dois dire que moi aussi, je suis client. Je suis capable de m'enfiler un rôti de deux kilos, presque cru, sans ciller. Pendant que je me goinfre, les autres me regardent en prenant un air pincé. À part moi, pas de viandards dans la famille. Ils subissent mes goûts et mes couleurs. Bien obligés. Ils savent aussi que ce rituel est nécessaire. On va instagramer le festin, avec en arrière-plan nos tronches enfarinées, afin de prouver au monde que je ne suis pas l'affreux pour lequel on veut me faire passer. Que je peux continuer à me faire du fric en vendant mes Évangiles.

Ma chère épouse est déjà à la manœuvre. Elle a enfilé un tablier en cuir par-dessus sa robe de rombière. Pas pour éviter de se tacher. Comme à son habitude, elle ne fait pas grand-chose. Elle se contente de mettre la bidoche au four et de réchauffer les plats commandés chez le traiteur. C'est juste une mise en scène, raccord avec le rôle de femme au foyer qu'elle joue à ma demande et sur lequel je communique. En réalité, c'est une poivrote qui n'est même pas capable de se faire cuire un œuf. Elle me dégoûte. Mais nécessité fait loi. Je dois continuer à me traîner ce boulet qui fait partie intégrante de mon système.

Accoutrée de la même façon, Charlotte se tient debout à côté d'elle. Aussi stupide, gavée de cachetons, elle plane à trois mille. Telle mère, telle fille. Les deux vestales sont plantées comme des ronds de flan devant le four immense qui sert à faire rôtir des animaux entiers. J'adore la chasse. Avec les jeunes enfants, c'est mon péché mignon. J'ai acheté cette bergerie pour cette seule raison. Elle est nichée au centre de trente hectares de bois où le gibier pullule.

Je reste sur le pas de la porte. Aucune envie de m'approcher de ces deux bécasses. Et c'est réciproque. Elles ne font pas un pas vers moi. Ce soir, tout le monde subit. On serre les dents, les fesses, et on avale. C'est pour la bonne cause.

Je demande quand même, comme j'aurais évoqué la météo :

— Où est Franck ?

Franck, c'est mon gendre. Peut-être le moins débile de ce troupeau de veaux. Pas un intellectuel, certes, mais lui au moins, il a la tête sur les épaules. Il est boucher de formation. Un terrain sur lequel on s'était bien trouvés. Il découpait la viande, je la bouffais. Depuis que j'ai refusé de subventionner la chaîne de magasins qu'il voulait monter, nos relations se sont refroidies.

— Avec Philippe, répond ma femme. Ils sont allés faire un tour au chenil.

Mon garde-chasse et factotum. Mi-homme des bois, mi-trousse à outils. Il est limite attardé mental. Je le soupçonne même de baiser les cadavres de biches avant de les découper. Il s'occupe de la baraque et des chiens quand je n'y suis pas, c'est-à-dire la plupart du temps. Le pognon ne tombe pas du ciel. Enfin, quand même un peu dans mon cas. Même si je dois mouiller la chemise pour l'aider à rejoindre mon compte en banque.

— Je monte dans mes quartiers. Appelez-moi quand on commence.

Deux heures de paix. Je vais pouvoir me délasser un peu avant d'entamer les hostilités. Cette semaine, je n'ai pas dételé. La période qui précède les fêtes est toujours surchargée. Les fidèles sont en ébullition. Je répands la bonne parole par visioconférence – payante bien sûr – à des milliers de brebis égarées qui ne demandent qu'à se faire tondre la laine sur le dos.

Mon domaine réservé est à mon image. Sobre et dépouillé. Les mauvaises langues diraient « austère », mais je me fous des mauvaises langues. Avec le temps, j'ai appris qu'on pouvait les arracher quand elles faisaient trop de bruit.

J'attrape une canette de Coca dans le minibar, retire mes pompes et m'allonge sur le lit. J'ai hésité à rejoindre Philippe, histoire de passer le temps devant un bon spectacle. J'adore le voir nourrir mes bêtes. J'en ai une bonne trentaine. Des braques et des beagles pour traquer le cerf, bien sûr, mais aussi des dobermans et des dogues pour la sécurité de la propriété. Il faut voir les molosses se jeter sur la bidoche. La déchiqueter avec leurs crocs en grognant comme des damnés. Une vraie curée. Quand ils sont dans cet état, mieux vaut ne pas les approcher.

Mais ce soir, j'ai la flemme. Je vais plutôt me faire couler un bain. Ensuite, je me caresserai un peu en repensant à la dernière fois où je me suis occupé d'Éloïse. Au moins, je serai détendu en rejoignant la smala pour le dîner.

La perspective provoque une sensation de chaleur dans mon bas-ventre. Je me laisse aller et profite de l'instant. Cet endroit m'apaise. Il a toujours été un refuge, loin de la guerre que je mène chaque jour pour assurer ma subsistance.

Peu à peu, la torpeur me gagne. Mes yeux se ferment malgré eux. Je les rouvre aussitôt et secoue la tête. Il ne faut surtout pas que je m'endorme. Je serais capable de faire le tour du cadran et personne n'oserait venir me réveiller. Ils ont tous peur de moi, de mes réactions, de mes colères. Quand cent kilos de nerfs se mettent à gueuler, c'est vrai que ça impressionne.

Mes paupières pèsent trois tonnes. Putain, c'est le pied. Cette sensation de flottement, suivie de celle de s'enfoncer dans un puits noir. C'est peut-être ce que l'on ressent à l'instant où on passe l'arme à gauche. Une paix profonde, puis le néant.

Je dérive quelques secondes mais la réalité me rattrape vite. Il faut que j'arrête de jouer avec le feu. Sinon, je risque d'écraser pour de bon.

Je me force à émerger. Une image surréaliste apparaît aussitôt dans mon champ de vision. Je ne suis plus dans ma chambre, mais dans la salle à manger, assis en bout de table, à ma place habituelle. Toute la tribu est là, sagement installée devant le festin. Il y a aussi Philippe, mon garde-chasse. Qu'est-ce qu'il fout là, ce demeuré ? On n'a jamais invité les domestiques à fêter Noël avec nous.

Sans réfléchir, je tente de bouger un bras. En vain. Idem pour l'autre. Mes jambes ne valent pas mieux. Je suis cloué à mon fauteuil, paralysé, incapable de remuer un petit doigt.

La panique s'insinue au plus profond de mon être. Je tente de parler, aucun son ne sort de ma bouche. Juste une espèce de râle immonde qui me fout encore plus les chocottes. Les autres ne font pas attention à moi, comme s'ils n'avaient pas conscience de ce qui est en train de m'arriver.

J'essaie de me calmer. Je dois être en train de rêver, c'est clair. J'ai franchi le Rubicon sans m'en apercevoir, et je vogue sur les eaux agitées d'un cauchemar. Un songe bien glauque, dans lequel je suis enfermé à l'intérieur de mon propre corps.

Pourtant, tout semble si vrai. Le dîner de fête. Le cuissot de chevreuil présenté dans un plat en argent. L'odeur de barbecue qui parfume la salle à manger.

— Tu es réveillé, papy ?

Ma petite-fille m'adresse un sourire. Un sourire que je ne lui connaissais pas. Elle a l'air possédée. Comme toute la bande, au demeurant. Ces parasites me fixent maintenant avec une expression étrange. Je perçois sur leurs visages une sorte de jouissance, comme s'ils venaient de gagner le gros lot.

— Je te sers ? demande ma femme.

Je cligne des paupières. Le seul mouvement que je suis capable de faire. Elle se lève, prend l'assiette posée devant moi et découpe une grosse tranche du bestiau. Puis elle la pose devant moi pendant que les autres la regardent faire.

— Saignant, comme tu l'aimes.

Je baisse les yeux sur la chair encore sanguinolente. Dans le même temps, j'ai la sensation que mon cœur explose dans ma poitrine. Trop occupé à comprendre ce qui se passait, je ne l'avais pas remarqué jusque-là, mais je n'ai plus de jambes. Elles ont été sectionnées net, juste en dessous des fesses. À la place, deux moignons, comprimés dans de la gaze gorgée d'hémoglobine.

Un hurlement rentré jaillit de mes lèvres. Mon regard remonte vers ma poitrine et l'horreur prend un tour supplémentaire. Je n'ai plus de bras non plus. Il ne reste de moi qu'un tronc, maintenu par une corde au dossier de ma chaise.

— Non, mon chéri, me lance ma douce moitié sur un ton affectueux. Tu ne rêves pas. Mais comme tu vas être obligé de fermer ta grande gueule pour cette fois, je vais t'expliquer.

J'écoute.

Et plus j'entends ce qu'elle me raconte, plus je suis terrorisé.

Cette pute a mis un anesthésique dans mon Coca. Une fois que je me suis endormi, mon gendre est monté dans ma chambre. Il a injecté dans mon corps un produit au nom imprononçable. La seule chose que je comprends, c'est que cette saloperie m'a plongé dans cet état cataleptique. Il en a profité pour me mutiler, en prenant soin de bien garrotter mes membres pour éviter que je crève d'une hémorragie massive. Du boulot propre, digne du boucher qu'il est. Puis ils m'ont descendu, ligoté à cette chaise et ils ont attendu que je me réveille.

Pendant ce temps, les femmes ont fait rôtir une de mes cuisses. Celle dont une partie est dans mon assiette. Le reste suivra. C'est un long week-end. Ils ont tout leur temps. Ils ont projeté de me dévorer afin de faire disparaître mon cadavre. Pas que ça les emballe, ils ont horreur de la viande, mais c'est le meilleur moyen de ne pas laisser de traces. Quant aux restes, Philippe s'en servira pour nourrir les chiens.

Quand elle a terminé, un silence s'abat sur la salle à manger. Je n'arrive toujours pas à croire que tout ça n'est pas un rêve. Une hallucination sortie tout droit de mon cerveau de psychopathe, mise en scène délirante de la haine que me voue cette bande de cons.

Alors, comme pour mieux enfoncer le clou et me faire réaliser que tout est vrai, ma chère et tendre m'enfourne un morceau de barbaque dans la bouche sous le regard amusé des convives.

— Le corps du Christ. Tu te souviens ?

Le goût de la viande braisée sature mes papilles. Pourtant, je ne reconnais pas celui du gibier. Il a une saveur différente, plus proche du veau ou du porc, et dont je me souviens clairement. Une saveur impossible à oublier.

Celle de la chair humaine.

J'en ai fait plusieurs fois l'expérience, à l'occasion de « séminaires » organisés pour des adeptes particulièrement motivés, et généreux. Ils voulaient communier avec Notre Seigneur, au sens premier du terme.

L'ingurgiter…

Mes synapses se mettent à crépiter. Les visages qui me fixent prennent des allures de saints vengeurs. La table, celle d'une Cène démoniaque.

En une fraction de seconde, je viens de comprendre que ce cauchemar est bien réel. Ce n'est pas l'arrivée de Jésus que ma famille va célébrer.

C'est la Pâque.

Et l'Agneau de Dieu, ce soir, c'est moi.

97

par Sébastien Drouin

Célestin Clément ne put réprimer une grimace lorsque résonna la clochette signalant son entrée dans la boutique. Il détestait par-dessus tout se faire remarquer et sentir les regards interrogateurs se tourner vers lui lorsqu'il entrait dans un magasin. L'idée même de voir accourir un vendeur, un sourire factice aux lèvres, lui posant la sempiternelle question tant redoutée « Est-ce que je peux vous aider ? », l'avait poussé plus d'une fois à tourner les talons. Célestin aimait à se définir comme quelqu'un de timide et de réservé mais, en vérité, il n'aimait tout simplement pas les gens. Aux humains, il préférait les objets. Les objets ne posent pas de questions inutiles ou intrusives. Les objets ne vous contredisent jamais. Et, quand ils deviennent embarrassants, il suffit de les vendre ou de les mettre à la poubelle.

À son grand soulagement, il était le seul client et le propriétaire ne s'était pas encore rendu compte de sa présence. Si ce n'était la petite musique qui s'échappait d'une vieille radio au fond du magasin, il aurait pu douter que la boutique d'antiquités fût bien ouverte. Célestin huma l'air autour de lui. Aux effluves de térébenthine et d'essence de bois rares se mêlaient les odeurs de vernis, de cire, de poussière et de tabac froid. Il essuya ses chaussures trempées sur le paillasson et referma son parapluie.

En déambulant dans les allées, il balayait du regard les centaines d'objets qui encombraient les moindres recoins de la boutique. Tout semblait y être rangé sans logique, sans la moindre notion d'époque ni de provenance. Pourtant, Célestin repéra rapidement ce qu'il était venu chercher : un cadre en bois datant du XVIIIe siècle. Il vouait une véritable passion à ces encadrements particuliers, entourés d'un liseré noir et fabriqués pendant une brève période après la Révolution. Il en avait accumulé près d'une cinquantaine, qui recouvraient les murs de son appartement, au grand dam de Lise, sa femme, qui haussait les yeux au ciel à chaque nouvelle acquisition.

L'objet tant désiré, ainsi que la peinture qui allait avec – une vieille croûte sans intérêt –, était accroché au mur, coincé entre une tête de sanglier poussiéreuse et un miroir de style rococo. Le cadre n'était pas du tout mis en évidence, preuve pour Célestin que l'antiquaire n'avait aucune idée de sa valeur.

Alors que Célestin était sur le point d'aller au comptoir, son regard fut accroché par tout autre chose : une petite horloge astronomique qu'un rayon de lumière semblait lui indiquer. L'objet, fait de bois noble et de métal finement ciselé, ne mesurait pas plus d'une vingtaine de centimètres. Le cadran en ivoire, jauni par les années, était savamment gravé de symboles cabalistiques et plusieurs aiguilles y indiquaient les quartiers de Lune, les équinoxes, les solstices ainsi que tous signes du zodiaque. Deux petits squelettes de métal entouraient la face avant de leurs bras.

Célestin prit l'horloge et la fit tourner dans ses mains. Il nota alors quelque chose d'intrigant sur sa face arrière : une sorte d'œilleton en laiton, semblable à un judas. Une inscription était gravée sur une petite plaque de cuivre fixée juste au-dessous :

Ne regarde pas si tu ne souhaites pas savoir.

« Savoir quoi au juste ? » se demanda Célestin. Comment pourrait-il se dire qu'il ne souhaitait pas savoir, alors qu'il ne savait même pas ce qu'il y avait à apprendre ?! Poussé par la curiosité et malgré l'avertissement, il colla son œil contre l'œilleton. Sa vue s'ajusta et se focalisa au bon endroit, comme lors de ces tests qu'il avait effectués quelques mois plus tôt chez son ophtalmologue.

97

Juste un nombre. C'en était presque décevant. Il regarda une seconde fois dans l'œilleton.

97

Dépité, Célestin reposa l'horloge. Mais, sans qu'il comprît pourquoi, il reprit l'objet, qui exerçait sur lui une sorte de fascination. Il serait parfait sur sa cheminée. Mais il eut beau l'inspecter, aucun prix n'était indiqué.

Ne voyant personne derrière le comptoir, il appuya sur la sonnette. Un instant plus tard, un homme au visage émacié sortit à grand-peine d'une trappe menant au sous-sol. L'antiquaire se redressa en faisant craquer ses genoux, épousseta sa vieille veste de tweed élimée et planta ses yeux sombres dans ceux de Célestin.

— Mmm ? se contenta-t-il de marmonner.

— Bonjour ! J'ai remarqué cette petite horloge en bois, là-bas.

— Ah, l'horloge astronomique ! soupira l'antiquaire. On me l'a déposée il y a plus de vingt ans. Son propriétaire n'est jamais revenu la chercher. Elle est du milieu du XVIIIe, je dirais. C'était probablement un prototype. Le nom de l'horloger n'est pas inscrit.

— Et l'œilleton derrière ?

— Vous avez regardé dedans ?

— Non, pourquoi ? répondit Célestin sans savoir la raison exacte de ce mensonge.

— En regardant dedans, un nombre apparaît. Il est censé vous indiquer le nombre de jours vous restant à vivre. C'est ce que m'a dit son ancien propriétaire !

« 97 », se dit Célestin alors qu'un petit frisson parcourait son échine.

— Qui peut croire à ce genre de bêtises ? plaisanta-t-il.

— Certains croient bien à l'astrologie, fit remarquer l'antiquaire en haussant les épaules.

— Elle est à combien ?

Le vendeur réfléchit en se grattant l'occiput.

— Voyons, voyons… Cent euros ?

Bien que l'offre lui semblât plus que raisonnable, Célestin força une grimace et fit mine de réfléchir.

— Soixante-dix ? tenta-t-il.

— J'en ai plus qu'assez de la voir prendre la poussière… Vendu.

Célestin ne laissa rien paraître de sa satisfaction. Il devait maintenant se concentrer sur la vraie raison de sa venue.

— Oh, j'ai aussi remarqué ce petit cadre, là-bas, celui un peu écaillé et légèrement fendu, précisa Célestin en dévalorisant volontairement le cadre pour en faire baisser le prix. Je l'offrirais bien à ma femme. Elle peint un peu. C'est plus un hobby qu'autre chose…

Il se fendit d'un sourire un peu moqueur que Lise aurait détesté. Son interlocuteur resta de marbre.

— C'est un cadre qui date de la Révolution. Ils n'ont été fabriqués que pendant quelques années. Les petits liserés…

— Combien ? le coupa Célestin qui avait compris que l'antiquaire savait exactement ce qu'il vendait.

L'antiquaire se gratta à nouveau l'arrière du crâne avant de répondre.

*

Célestin remonta dans sa voiture en pestant :

« 520 euros ! 450 pour un cadre, 70 pour l'horloge ! »

Il s'était fait avoir comme un débutant ! Mais quelque chose d'autre le chiffonnait. Il lui avait semblé que l'antiquaire lui avait légèrement souri au moment même où il lui avait remis l'horloge. Non pas le genre de sourire d'une personne satisfaite d'avoir fait une bonne affaire, mais plutôt le léger retroussement de lèvres de quelqu'un qui se délecterait de vos malheurs à venir. Un rictus malicieux et un brin pervers.

Quelques heures plus tard, le cadre au liseré noir avait rejoint les autres sur l'un des murs du salon et la petite horloge avait trouvé sa place sur la cheminée. Avant de l'y installer, Célestin n'avait pas résisté à l'envie de regarder une seconde fois dans l'œilleton.

97

Qui pouvait croire à des conneries pareilles ? se rassura-t-il en allant se coucher auprès de sa femme. Mais, ce soir-là, il mit bien du temps à trouver le sommeil.

Le lendemain, Célestin se servit comme à son habitude un grand bol de café dans le salon, tout en regardant les nouvelles sur sa tablette. Quand Lise, qui déjeunait face à lui, lui demanda s'il s'était occupé de la révision de la chaudière, il ne lui répondit même pas. Son esprit perturbé était absorbé par tout autre chose. Posée sur la cheminée, l'horloge semblait le narguer, comme quelqu'un qui vous fixe depuis le fond d'une salle bondée. Une pensée l'accaparait, et il en serait ainsi tant qu'il n'y aurait pas cédé : il devait regarder à nouveau dans cet œilleton. Lise soupira et débarrassa la table, sans qu'il y prêtât la moindre attention.

Célestin secoua la tête et tenta de se concentrer. Il dut relire trois fois le premier paragraphe tant les mots qui défilaient devant ses yeux lui semblaient vides de sens. Pourquoi avait-il envie de regarder à nouveau s'il ne croyait pas à ce que lui avait dit l'antiquaire ? Cela n'avait rien de rationnel ni de logique. Agacé, il posa son grand bol de café dont il n'avait pas bu une gorgée, se leva et retourna l'horloge pour regarder dans le judas.

96

Le nombre avait baissé d'une unité depuis la veille. C'était donc un décompte. Et si l'antiquaire avait dit vrai ? « Ridicule ! » hurla la partie rationnelle de son cerveau. Comment une machine pourrait-elle savoir le nombre de jours qui lui restaient à vivre ? Lorsque sa femme revint l'embrasser avant de partir au travail, Célestin, hagard, lui demanda de regarder dans l'œilleton et de lui dire ce qu'elle voyait. Il devait absolument vérifier quelque chose.

Lasse, Lise colla son œil contre le judas.

— Je vois un nombre… 13 505.

— 13 505 !? Tu as dû mal regarder.

— 13 505 ! Je sais ce que je vois. Tu es très bizarre ce matin. Et cette horloge… Je la trouve franchement macabre !

Seul après le départ de sa femme, Célestin regarda de nouveau dans le judas. Le nombre 96 était revenu. Il se redressa et fit les cent pas en se massant les tempes. Il devait comprendre. Comment l'horloge pouvait-elle afficher un nombre différent pour chaque personne ? Il fit un rapide calcul mental. En admettant que l'antiquaire ait dit vrai, et c'était une hypothèse absolument ridicule – aucun doute là-dessus –, il restait à sa femme 13 505 jours à vivre ! Trente-sept ans ! Et lui seulement 96 jours ! Il ressentit une pointe de jalousie mêlée d'injustice. Il n'avait rien contre l'idée que Lise puisse vivre un peu plus que lui, mais un peu seulement… pas trente-sept ans de plus ! D'autant qu'ils avaient le même âge !

Les jours suivants, Célestin constata que le nombre diminuait d'une unité chaque matin. Il finit par sortir nerveusement un calendrier du tiroir de la cuisine – celui avec ses horribles petits chatons, qu'il avait été obligé d'acheter aux pompiers – et posa son doigt tremblotant sur la date du jour. L'horloge affichait le nombre 93. Il avança son doigt de 93 jours et tomba sur le 24 décembre. Et dire qu'il détestait déjà Noël…

Les jours s'égrenaient et Célestin dut bien reconnaître que, même si une partie de son cerveau refusait d'admettre qu'il s'agissait d'un décompte menant à sa mort, l'autre partie était tétanisée par cette perspective. Son angoisse montait, comme un tsunami submergeant tout sur son passage. Il avait l'impression de devenir fou, tiraillé à chaque instant entre sa rationalité et sa peur. Dans l'espoir d'obtenir quelques réponses, il se rendit chez l'antiquaire mais trouva porte close. Sur la devanture était collée une petite affiche sur laquelle on avait écrit : *Fermeture définitive pour cause de décès*. Il se demanda si l'antiquaire avait lui aussi regardé dans l'horloge et s'il s'en était débarrassé pour cette même raison…

Durant les derniers jours avant Noël, Célestin se mit en tête de dresser la liste des causes possibles de décès. Et la liste était longue, très longue ! C'est incroyable le nombre de raisons qu'ont les gens de mourir ! À se demander comment il avait pu passer entre les gouttes depuis toutes ces années… Il fit un check-up complet pour évacuer la piste d'une maladie fulgurante, d'une défaillance cardiaque ou d'un AVC. À part un peu de cholestérol, son bilan était parfait. Par sécurité, il décida de bannir le beurre, le sucre et les graisses saturées. Il s'était mis à faire du tapis de course chaque jour et à soulever des haltères, sans trop forcer non plus : le cœur pouvait lâcher lors d'un effort trop intense ! Il décida que, le jour J, il ne prendrait ni les transports en commun ni sa voiture et qu'il limiterait ses déplacements. À mesure qu'il évacuait les causes de décès évidentes, d'autres émergeaient, plus effrayantes les unes que les autres : accident domestique, incendie, balle perdue, chute d'escalier, électrocution, glissade dans la salle de bains… La liste était interminable. Il commanda deux extincteurs, changea les piles de l'alarme incendie, répara la latte de parquet qui ressortait légèrement depuis plus de cinq ans et cloua le tapis de l'escalier. Il fixa la rambarde du balcon et fit remettre aux normes l'électricité de l'appartement. À part un attentat, un météore ou un tremblement de terre, il ne voyait plus ce qui pourrait causer sa mort.

*

Dans l'œilleton, le chiffre 2 fut remplacé par un 1. Célestin se leva ce matin de Noël avec une enclume dans le ventre. Il n'avait pas dormi depuis des semaines. Les traits tirés, il se rongeait les ongles en attendant le moment fatidique, sursautant à chaque claquement de porte. Pour le repas de Noël, sa femme et lui avaient invité comme chaque année leur fille Stéphanie, son mari Olivier ainsi que Justine, la sœur cadette de Célestin. Lise passa la journée à préparer à manger, Célestin vérifiant le moindre de ses gestes, éteignant le gaz et le four dès qu'elle avait le dos tourné ou remettant soigneusement en place le couteau qu'elle avait laissé traîner.

— Mais qu'est-ce que t'as, à la fin ? s'emporta soudain sa femme. Tu es insupportable depuis quelques semaines !

— Tu as une idée du nombre de feux qui démarrent en laissant des plaques allumées ? se justifia Célestin.

Excédée, Lise le fusilla du regard.

— J'ai commandé des huîtres. Va les chercher, s'il te plaît, pendant que je continue à cuisiner, lui demanda-t-elle.

Elle avait sérieusement besoin d'air.

Célestin se raidit. Il devait sortir… L'idée lui apparut tout à coup terrifiante.

Tenaillé par la peur, il enfila tout de même son manteau et quitta l'appartement. Hors de question de monter dans l'ascenseur : il pourrait se décrocher et s'écraser quatre étages plus bas ! La concierge le prit pour un fou en le voyant descendre l'escalier, fermement accroché à la rampe pour éviter de glisser. Il risqua un œil angoissé à l'extérieur de l'immeuble et n'osa sortir qu'après avoir longuement vérifié qu'aucun danger ne le guettait. Avant de traverser la rue, il s'assura qu'aucune voiture n'était à moins de cinquante mètres. Sur le chemin de la poissonnerie, il s'assura qu'aucun pot de fleurs, aucune échelle, aucune tuile ni aucun échafaudage ne risquait de lui tomber dessus. Au prix d'un effort surhumain, il parvint à récupérer le plateau d'huîtres et fut soulagé d'arriver sain et sauf chez lui. Le dos plaqué contre la porte d'entrée, il avait l'impression d'être le survivant d'un périple en territoire hostile.

À 20 heures, Célestin était toujours en vie. Stressé, mais en vie ! La sonnette de l'appartement le fit sursauter. Tout en faisant entrer les invités, Lise en profita pour saluer leur voisin qui, comme à son habitude, jetait toujours un œil par la porte lorsque quelqu'un sonnait chez eux.

— Vous n'allez pas faire trop de bruit, j'espère, râla le quinquagénaire vêtu d'un vieux gilet sale par-dessus son pyjama.

— C'est Noël, monsieur Lafitte. Il peut y avoir un peu de bruit mais on sera raisonnables, promis. Bonne soirée et joyeux Noël !

Le voisin rentra chez lui en bougonnant et Lise referma la porte.

— On devrait peut-être inviter M. Lafitte, tu ne crois pas ? demanda Lise à Célestin. Il est toujours seul, le pauvre.

— J'espère que tu plaisantes ! C'est un emmerdeur et il me fout le cafard ! maugréa Célestin avant de prendre les manteaux de chacun.

Stéphanie, Olivier et Justine échangèrent un regard, mais s'abstinrent de tout commentaire.

Bien que tout le monde ait noté l'extrême nervosité de Célestin, le repas de Noël se déroula presque sans encombre. Célestin crut tout de même sa dernière heure arrivée quand Olivier fit sauter le bouchon de la bouteille de champagne sans l'avoir averti. Il refusa de toucher aux sablés au parmesan de sa femme, se souvenant tout à coup que George Bush avait failli mourir étouffé en mangeant un bretzel. Quand Lise lui demanda de s'occuper des huîtres, comme il le faisait habituellement, il préféra déléguer la tâche à son beau-fils. Combien y avait-il de personnes chaque année qui se retrouvaient aux urgences, à pisser le sang, la main entaillée après avoir ouvert ces saletés de coquillages !

— Ça sent le gaz, non ? cria-t-il trois fois en se précipitant dans la cuisine pour vérifier le four et la cuisinière. Jusqu'à ce que Lise, à bout de nerfs et furieuse, le rejoignît devant les fourneaux.

— Tu as pris de la drogue ? Ou alors tu es devenu complètement cinglé ?

— On n'est jamais trop prudent avec le gaz, répondit Célestin, un peu gêné de mettre sa femme dans un tel état.

— Je ne sens pas le gaz. Personne ici ne sent le gaz ! Il n'y a que toi qui sentes le gaz. Tu veux quoi au juste ? Nous pourrir Noël ??? C'est ça ? s'emporta Lise qui tentait de se contenir.

Célestin promit à sa femme d'essayer de se détendre. Mais dès qu'elle eut le dos tourné, il coupa la chaudière en se remémorant soudain qu'il avait oublié de la faire réviser ! Comment avait-il pu oublier la chaudière ! Il l'avait échappé belle…

Il passa le reste du repas à inspecter le saumon, à la recherche d'une arête perfide qui aurait pu se coincer dans sa gorge et le faire mourir dans d'atroces souffrances.

La fin du repas approchait et Célestin commença à se demander s'il n'avait finalement pas légèrement surréagi. Il regarda l'horloge. Elle indiquait presque minuit. Dans quelques minutes, il se dirait certainement qu'il avait été complètement idiot. Comment avait-il pu, lui, le cartésien, se laisser envahir par ces pensées irrationnelles ? Tentant de faire bonne figure devant ses invités, Lise revint de la cuisine avec des assiettes de bûche à la crème de marrons, dont elle s'était fait une spécialité. L'horloge sonna soudain minuit et Célestin sentit tout le stress accumulé disparaître d'un seul coup. Il était toujours en vie. Ce vieil imbécile d'antiquaire lui avait raconté n'importe quoi. Et il avait mordu à l'hameçon comme n'importe quel gogo. Sans consulter Célestin, Lise décida d'apporter une part de sa bûche au voisin. Après tout, c'était Noël pour ce pauvre homme aussi. Elle en coupa une tranche dans une assiette et sortit sur le palier pour aller gentiment l'offrir à M. Lafitte.

Soulagé d'être encore en vie, Célestin planta sa cuillère dans la bûche aux marrons. Il s'arrêta en plein mouvement, comprenant qu'il avait oublié une cause possible de trépas… L'empoisonnement… Il regarda sa part de bûche. Lise avait-elle une raison de le tuer ? L'avait-il tellement poussée à bout qu'elle avait décidé de se débarrasser de lui ? Où avait-elle un intérêt financier à le voir mourir ? Est-ce pour cela qu'elle vivrait trente-sept ans de plus que lui ? Il regarda les autres convives. Ils dégustaient tous la bûche de Lise en s'extasiant. En les voyant se régaler, Célestin se dit qu'il était en train de devenir complètement fou. Il se promit de jeter cette horloge à la poubelle dès le repas terminé.

Il ouvrit grand la bouche pour savourer le merveilleux dessert préparé avec amour par son épouse adorée. Mais la cuillère n'atteignit jamais son palais. L'immeuble fut pulvérisé en une fraction de seconde par une gigantesque explosion. Déprimé par des années de solitude et à l'idée de passer un autre Noël en entendant ses voisins s'amuser dans l'appartement d'à côté, M. Lafitte avait décidé de mettre fin à ses jours en ouvrant le gaz de son four et en y glissant sa tête. Lorsque Lise sonna chez lui pour lui apporter une part de bûche aux marrons, la sonnette produisit une minuscule étincelle…

*

En arrivant sur les lieux du désastre, Pierre Allard grimaça. Le quartier ressemblait à une scène de guerre. L'explosion avait détruit une bonne partie de l'immeuble ainsi que les vitres des bâtiments alentour. Les étages supérieurs menaçant de s'écrouler sur les sauveteurs, un large périmètre de sécurité avait déjà été installé et ses collègues pompiers s'activaient dans les décombres, à la recherche de survivants.

L'odeur ne laissait planer aucun doute : l'explosion était due au gaz. Il enjamba plusieurs corps sans vie. Plus loin, deux autres pompiers transféraient une rescapée sur un brancard. Lise avait miraculeusement échappé à la mort. Pierre Allard se pencha sur un corps recouvert en partie de gravats. Sa tête était passée à travers un joli cadre en bois entouré d'un liseré noir. Célestin n'avait pas eu le temps de réaliser quoi que ce soit.

Le pompier avisa alors une petite horloge tombée juste à côté de la victime. Intrigué par l'étrange objet, il le prit et souffla dessus pour en chasser la poussière. Il remarqua un petit œilleton sur la face arrière et une plaque de cuivre gravée d'une inscription :

Ne regarde pas si tu ne souhaites pas savoir.

« Savoir quoi ? » se demanda le pompier avant de coller son œil contre l'œilleton.

La malédiction du presbytre

par Éric Giacometti

Nicée, province romaine de Bithynie, actuelle Turquie, juillet 325

— J'affirme que le Christ et son Père n'ont pas la même essence divine. Du fond de mon âme je rejette la Trinité. Jésus est inférieur à Dieu.

À peine Arius avait-il terminé son discours qu'une vague d'indignation monta des bancs de l'hémicycle.

Blasphème ! Hérétique !

Les cris et des insultes fusaient de ses opposants les plus résolus.

Le vénérable presbytre[1] d'Alexandrie restait stoïque, les bras croisés sur sa maigre poitrine, et contemplait l'assemblée d'un regard grave. Tout allait se jouer maintenant. Ici à Nicée, devenue depuis deux mois le centre spirituel de toute la Chrétienté. Deux cent soixante-dix évêques, diacres, patriarches et théologiens tenaient concile sur ordre de Constantin le Grand. Ils venaient de partout, de Cappadoce,

1. Désignait un sage, un ancien, dans une communauté chrétienne, investi d'une autorité spirituelle et théologique. Le mot « prêtre » en est dérivé.

d'Éphèse, de Carthagène, de Tarse, de Byzance, de Rome… Il y avait même les Éthiopiens à la peau sombre. Une nouvelle tour de Babel. Ça caquetait en syriaque, en arménien, en arabe, en grec et en latin. Pour la plus grande gloire du Christ.

À Constantinople, l'empereur, lui, bouillait d'impatience. Le vent mauvais de la dissension s'était levé sur les provinces de l'empire. Les croyants se partageaient en deux clans hostiles, les arianistes, partisans d'Arius, et les homoousiens, tenants de la sainte Trinité. Constantin, qui avait assis son pouvoir sur la religion du crucifié, redoutait un schisme qui fracturerait l'empire. Et il avait choisi son camp.

Le brouhaha enflait dans l'agora écrasée par la chaleur de juillet.

Le général Olivius Balus, légat envoyé par l'autocrate, essuya son front trempé de sueur. Expert en éradication des barbares germaniques mais piètre théologien, il ne désirait qu'une chose, repartir en campagne pour massacrer du Goth et du Vandale. Il croisa le regard d'un de ses évêques, un barbu grassouillet assis au premier rang, un panier d'osier tressé posé à ses pieds. Ce dernier hocha discrètement la tête. C'était le moment attendu.

Balus leva le bras d'un air qui se voulait impérial.

— Merci à toi, Arius, lança le général d'une voix forte, qui veut ajouter quelque chose avant de procéder au vote ?

— Moi !

Le gros évêque de Myre, à la barbe aussi drue qu'un buisson de Galilée, se leva. C'était un ancien marchand qui avait fait fortune dans le commerce d'étoffes précieuses avant d'être touché par le message du Christ. Il avait abandonné ses affaires, mais pas son goût pour la bonne chère. Un temps proche d'Arius, il s'en était détourné quand ce dernier avait commencé à professer ses doctrines sulfureuses. L'évêque barbu arriva devant le presbytre, le panier entre les mains, et renversa son contenu aux pieds de son adversaire. Des figurines de terre cuite s'éparpillèrent sous les yeux stupéfaits de l'assemblée. L'évêque brandit l'une des statuettes aux formes féminines et généreuses, le front ceint de cornes.

— La déesse égyptienne Isis… Et au sol d'autres divinités païennes ! Je les ai trouvées dans la maison d'Arius ce matin.

— Es-tu à ce point à court d'arguments théologiques pour m'offrir ces cadeaux empoisonnés ?

— Je demande à l'empereur une enquête pour hérésie, tonna le gros évêque. Contre Arius, loup païen déguisé en brebis du Christ.

Les opposants hurlaient à pleins poumons. On commençait à s'empoigner dans les travées. Balus leva de nouveau le bras.

— L'accusation est grave, mais j'accède à ta demande. Soldats, emparez-vous du presbytre séance tenante.

Un centurion empoigna le vieillard sans ménagement pour le traîner hors de l'enceinte. Un silence de mort s'abattit sur le concile. Balus croisa le regard complice de l'évêque de Myre et lança d'une voix enjouée :

— Le vote est maintenu. Que les partisans d'Arius lèvent la main en faveur de sa doctrine ou qu'ils se taisent à jamais.

Le gardien déverrouilla la porte du cachot. Une senteur putride monta aux narines de l'évêque de Myre quand il entra dans la cellule humide. Le presbytre d'Alexandrie était assis à même le sol, ses maigres genoux collés contre sa poitrine.

— Le concile a tranché pour la sainte Trinité, murmura l'évêque, Jésus t'a rejeté, Arius.

Le prisonnier leva la tête, ses prunelles dardaient un feu ardent.

— Toi le marchand fourbe ! Ton panier d'osier, rempli de cadeaux empoisonnés, a causé ma perte, murmura le presbytre, et je persiste, le Christ n'est pas Dieu, il n'en fut qu'une humaine émanation.

— Nous avons scellé le dogme. Pour les siècles des siècles.

Arius l'invectiva au moment où l'évêque lui tournait le dos pour quitter la cellule :

— Tu te crois le meilleur serviteur de Jésus, tu en seras l'ennemi le plus dangereux. Mes disciples y veilleront. Sois maudit, marchand. Pour les siècles des siècles.

*

New Amsterdam, Nouveau Monde, 1655
Journal personnel de Johanes Lucas Van der Bizen, adjoint au gouverneur de la Nouvelle-Amsterdam.

12 décembre

Ce matin, le Sinterklass *est arrivé au port, en provenance d'Anvers, après deux mois de traversée. Quand ils sont montés à bord, les employés de la capitainerie ont découvert un affreux spectacle. Il ne restait qu'une trentaine de passagers et de membres de l'équipage encore vivants. Dans un état misérable et affamés. Le navire a été mis en quarantaine.*

18 décembre

Selon l'officier du Sinterklass, *une querelle serait à l'origine d'un affrontement généralisé, puis des décès. Un prêtre, membre de l'Inquisition, devenu fou, aurait poignardé un aristocrate hollandais.*

19 décembre

... Un matelot a retrouvé le journal intime du père Descossi, le prélat devenu fou, sous son matelas. Je l'ai récupéré pour le lire. Peut-être en saurai-je plus sur les incidents.

24 décembre

J'ai peur. Descossi a été envoyé au Nouveau Monde afin d'évangéliser les sauvages. Lors de la traversée, il aurait surpris des conversations inquiétantes sur une malédiction proférée par un certain Arius au premier siècle de notre ère. Ce qu'il écrit ensuite dépasse l'entendement. Si cela se révèle exact, alors que Dieu ait pitié de nos âmes. Le Sinterklass *est un navire maudit et ses passagers encore plus.*

Gazette de New Amsterdam, *24 décembre*

Le corps de l'adjoint au gouverneur, Johanes Lucas Van der Bizen, a été retrouvé flottant dans le port. Il aurait succombé à une sauvage agression avant d'être jeté depuis un ponton.

*

Troy, État de New York, 23 décembre 1823

Miss Harriet Butler ferma soigneusement la porte de son appartement derrière elle, retira son manteau de laine trempé par la neige fondue et l'accrocha dans l'entrée. Son cœur battait à toute allure. Elle passa dans la cuisine se faire chauffer une casserole d'eau et fila s'asseoir dans le salon. Elle tenait un journal à la main. La dernière édition du *Troy Sentinel*, sortie le matin même. Le prestigieux titre était lu par tous les esprits éclairés de la ville. Il se murmurait qu'on le feuilletait jusque dans les salons des clubs prestigieux de Manhattan.

Elle l'ouvrit. Son cœur bondit à nouveau et un large sourire éclaira son pâle visage. Le conte était imprimé. L'heureuse nouvelle allait se répandre dans toute la ville, puis bien au-delà.

Au moment où elle allait se préparer son thé pour savourer cet instant merveilleux puis rejoindre sa famille, la cloche de l'entrée tinta. Elle se leva, contrariée par cette intrusion.

Devant la porte se tenait un prêtre catholique aux cheveux grisonnants, habillé d'une soutane noire maculée de neige. C'était un homme d'une soixantaine d'années, au visage étroit et au nez aussi anguleux qu'une anguille. Il l'observait avec assurance, comme si c'était lui, l'occupant de la maison et elle, la visiteuse.

— Bonjour, miss Butler, puis-je m'entretenir avec vous ? Je suis le père Norieka.

— C'est que… Je ne suis pas catholique et si c'est pour des dons, j'ai déjà offert…

— Je ne vous demande pas d'argent. J'ai lu avec attention le texte paru dans le *Troy Sentinel*. Il n'était pas signé. Je suis passé voir le directeur de la rédaction dans l'après-midi pour connaître son auteur. Et ils m'ont obligeamment donné votre nom et votre adresse. Me permettez-vous d'entrer ? C'est important.

— J'ai très peu de temps, mon père. Je dois me rendre dans ma famille à l'autre bout de la ville. Mais soit.

Le prêtre pénétra dans la maison. La jeune femme l'invita à s'asseoir sur une chaise devant la table du salon.

— Miss Butler, je voudrais savoir pourquoi vous avez fait publier ce conte. Vous n'en êtes pas l'auteur, n'est-ce pas ? Ne serait-ce pas un certain Thomas Clarke Moore de New York ?

La jeune femme hésita quelques secondes.

— C'est assez compliqué… J'allais me faire du thé, vous en voulez, mon père ?

— Avec plaisir.

Elle passa dans la cuisine, puis revint vers le prêtre avec un plateau garni d'une casserole d'eau, d'une théière et de deux tasses de porcelaine rose.

— Ce texte a été refusé par tous les grands journaux du pays, dit le curé, le regard inquisiteur, et pour une excellente raison, nous nous sommes toujours arrangés pour qu'il ne soit pas publié. Nous avons essayé d'en dissuader le directeur du *Troy*, hélas c'était trop tard.

— Nous ?

— Nous œuvrons pour la plus grande gloire du Christ.

— Comme tous les chrétiens, mon père, répliqua-t-elle d'une voix sèche en prenant la casserole pour verser l'eau dans la théière.

— Avez-vous conscience de la gravité de votre acte ? En ce moment même, l'un des miens rend visite à Thomas Clarke à New York. Miss Butler, je dois vérifier si vous êtes complice de son blasphème. Je ne veux pas faire de mal à une innocente. J'espère que vous avez été bernée par cet homme qui…

Norieka ne put terminer sa phrase et hurla.

Harriet lui avait jeté l'eau bouillante au visage. Le prêtre plaqua les mains sur ses yeux alors que la jeune femme lui assenait un coup de casserole sur la tempe. Le malheureux tomba à la renverse sur le sol.

— Je n'ai pas été bernée, glapit Harriet, je descends d'une vieille famille hollandaise arrivée à bord du *Sinterklass*. Ça vous dit quelque chose, peut-être…

— *Sinterklass*, le bateau maudit. Le nom hollandais de…

— Santa Klaus… Saint Nicolas… Eh oui. Vous ne pouvez plus rien faire, mon père. Le texte va se répandre dans le pays comme un incendie dans un champ de coton avant la récolte. Le directeur du *Troy Sentinel* a signé un accord avec d'autres journaux.

Elle frappa encore deux fois le malheureux sur le crâne. Un craquement sinistre se fit entendre. Le père Norieka ouvrit une dernière fois ses yeux brûlés alors que miss Butler se penchait contre son oreille.

— *Merry Christmas*, mon père.

*

Siège de la World Beverage Company,
Chicago, 23 décembre 1932

Stuart B. Werber, PDG de la WBC, le plus gros fabricant de soda et de bière de la côte Est, reposa la fine liasse de papiers jaunis, à en-tête du Vatican, sur son bureau. Derrière lui, contre un mur rouge écarlate, s'alignaient dix gigantesques bouteilles en verre opaque, de la taille d'un quarterback de football. Werber poussa le coffret de cigares en acajou devant le cardinal assis en face de lui.

— Votre Éminence… Un cigare ?

— Je ne fume pas, répondit le prélat d'une voix tendue. Je veux votre avis sur le rapport que je vous ai transmis.

— Cela paraît bien… fantaisiste.

— Tout est vrai, je vous l'assure.

Le PDG se leva pour s'asseoir sur son bureau et croisa les bras.

— Résumons-nous. Au concile de Nicée, un hérétique du nom d'Arius a maudit Nicolas, l'évêque de Myre, devenu le fameux saint prodigue en cadeaux. Et moi qui pensais qu'il venait du Groenland, pas de Turquie… Bref… Ensuite, les disciples d'Arius persécutés ont essaimé en Europe et favorisé le culte d'un saint Nicolas distribuant des présents. Fêté le 6 décembre. Parmi eux, des Hollandais ont émigré dans le Nouveau Monde, à bord du *Sinterklass*, pour propager la coutume et le personnage. Rien de répréhensible à tout cela…

— En apparence, mon fils. En apparence.

— Je ne suis pas catholique… Je continue la lecture. En 1823, le *Troy Sentinel* publie un conte anonyme, *A Visit from St Nicholas*, qui s'inspire de saint Nicolas et le met pour la première fois en scène comme un personnage ressemblant au Père Noël tel qu'on le connaît. Les cadeaux dans la cheminée, le traîneau, etc. Le conte rencontre alors un succès populaire incroyable. Et surtout la date de célébration change, passe du 6 au 24 décembre, soit la veille de l'anniversaire de la naissance de Jésus.

— Oui, le sacrilège suprême !

— Et c'est ce conte qui inspirera par la suite un dessinateur pour le croquer en bon gros bonhomme barbu, avec son manteau rouge et son teint fleuri.

— C'est toujours vrai, je vous l'assure, murmura le cardinal.

— Ce texte aurait donc été écrit par les descendants des disciples d'Arius. Quel nom ! L'un de vos prêtres aurait d'ailleurs été assassiné en 1823, à Troy, dans son enquête. Pardonnez-moi, Votre Éminence, mais quel est le but de cette malédiction ?

Le cardinal se leva pour se planter devant lui.

— C'est pourtant clair, le Père Noël est une création infernale des disciples du maudit presbytre d'Alexandrie. Son succès est tel désormais qu'il éclipse la naissance de Notre Sauveur. Ce pauvre saint Nicolas est devenu malgré lui l'ennemi du Christ !

Le PDG ne put s'empêcher de marquer sa surprise. L'envoyé du pape reprit.

— Les enfants pensent à leurs cadeaux rutilants et rechignent à se rendre à la messe de Noël. Ils deviennent envieux et frustrés. Tous les parents se croient obligés d'offrir des présents encore plus beaux et plus coûteux l'année suivante. Une spirale infernale. L'esprit de Noël a été perverti. Quel enfant se soucie d'un bébé né dans une étable quand il reçoit un pistolet de cow-boy ou une poupée de princesse ? Le Père Noël est l'antéchrist du matérialisme !

— Et en quoi ma société est-elle concernée ?

— Votre directeur de la publicité appartient à cette secte. Nous l'avons su par des employés catholiques de votre firme. Cet homme vous a persuadé d'utiliser le Père Noël pour vos boissons dans le monde entier. Renoncez à ce funeste projet, je vous en conjure.

Le PDG de WBC se leva et posa la main sur l'épaule du cardinal.

— Je vais y réfléchir. Mais nous avons déjà travaillé sur les visuels de la campagne et investi beaucoup d'argent. Ce sont des millions et des millions de bouteilles expédiées. Des publicités sur tous les continents…

Il désigna de l'index une affiche sur laquelle on voyait un bon gros Père Noël rougeaud en train de boire un soda au goulot. Le cardinal se signa.

— Vous ne comprenez pas. C'est la malédiction du presbytre ! Elle va s'accomplir.

— Je suis un homme d'affaires, hélas. Joyeux Noël, Votre Éminence ! Je vous raccompagne.

Le PDG attendit que le prélat passe la porte, puis retourna à son bureau et prit son téléphone. Il composa le numéro du directeur de la publicité de son groupe, qui décrocha. Tout sourire, Stuart B. Werber aspira une nouvelle bouffée de son cigare et murmura dans le combiné.

— Le plan dépasse toutes nos espérances. Je viens de recevoir la visite d'un envoyé du pape. Le Vatican tremble de peur.

— Le pape lui-même ne peut lutter contre la publicité et le marketing, ricana son interlocuteur.

— Quelle ironie, conclut Werber, l'ennemi d'Arius, saint Nicolas[1], le marchand maudit, deviendra le Père Noël pour l'éternité. Le presbytre est enfin vengé.

Il marqua un silence de quelques secondes, sa voix se fit plus caverneuse, comme si elle surgissait du fond des siècles.

— Ainsi commence le règne du véritable antéchrist.

1. Arius et saint Nicolas ont existé et se sont opposés sur la sainte Trinité pendant le concile de Nicée. Arius a été considéré comme hérétique. Harriet Butler a bien publié la nouvelle « A visit from St Nicholas » dans le *Troy Sentinel* du 8 décembre 1823, mais le texte fut écrit par Clement Clark Moore, théologien protestant à l'université de New York. Cette nouvelle a connu une popularité foudroyante aux États-Unis et a inspiré un caricaturiste, Thomas Nast, en 1862, pour immortaliser la figure du Père Noël tel qu'on le connaît de nos jours. Enfin, si la société WBC est fictive, c'est bien une célèbre marque de boisson gazeuse qui a utilisé le Père Noël pour propager son image dans le monde entier en 1931. Cette nouvelle est à prendre avec sagacité et humour, bien entendu…

Le divin enfant

par Johana Gustawsson

J'ai tout laissé en plan : les huîtres, les chateaubriands enduits de beurre persillé, les blancs en neige de la mousse au chocolat. Le vin qui tiédira dans l'atmosphère surchauffée de la cuisine, la pâte à pain préparée pour confectionner des baguettes au levain.

Tout. Et j'ai fait couler un bain pour calmer mes contractions.

La cuisine ressemble à un champ de bataille, à croire que les enfants se sont chargés de préparer le réveillon. Le plan de travail est maculé de farine et d'huile d'olive. Les ingrédients sont posés pêle-mêle, dans un désordre dont la seule pensée me donne le tournis. J'ai même oublié le beurre et les jaunes d'œufs sur le comptoir.

Les contractions ont commencé à 7 heures ce matin, alors que je lançais le dîner. Elles ont ceinturé mon abdomen par vagues et, trente minutes plus tard, se sont étendues au bas du dos. Filip est rentré à l'aube d'un voyage d'affaires en Asie, à temps pour célébrer Noël en famille. Il dormait, je ne voulais pas le réveiller, du moins pas si tôt. C'était forcément une fausse alerte : il nous restait encore deux mois avant l'arrivée d'Anna et la grossesse s'est déroulée sans complications. Je suis encore jeune, c'est peut-être pour ça.

Je caresse mon ventre rebondi, comme si la chaleur de ma paume pouvait atténuer la douleur lancinante. Je réagis certainement au stress de ces fêtes de Noël qui ne se déroulent pas comme prévu, comme je l'ai souhaité et imaginé. Ce dernier Noël avant l'arrivée de notre douce Anna.

Je suis donc partie aux urgences un peu avant 8 heures, seule, car Filip a dû rester avec Théo et Liv. Le troisième enfant ne reçoit jamais autant d'attention que les autres, c'est bien connu. Mais ce qu'on semble oublier, c'est qu'à l'autre bout du cordon ombilical est attachée la mère – moi, en l'occurrence –, qui doit assumer seule les conséquences de ce qui a été produit à deux. Je n'étais pas l'unique femme à arriver seule à la maternité, mais ce n'est pas une raison pour qualifier cette situation de normale. C'est commun, je l'admets, mais certainement pas normal.

Le gynécologue a insisté pour que je reste, mais j'ai refusé de me retrouver seule, sans Filip, un 24 décembre à l'hôpital, pour donner naissance à notre enfant. Devant mon refus, le médecin m'a dit d'un air pincé qu'il s'opposait à me laisser quitter l'établissement si je ne signais pas une décharge pour désengager leur responsabilité en cas de poursuites.

C'est tout de même fou, cette histoire, je me suis dit en cherchant un stylo dans mon sac à main – pas question de toucher celui qu'il me tendait, couvert de bactéries. C'est mon enfant qui habite mon ventre, que je sache ! Pourquoi quiconque aurait-il le moindre droit sur ce corps qui est, jusqu'à preuve du contraire, le mien ? Je ne lui ai pas dit les choses comme ça, évidemment, mais je l'ai pensé très fort.

Je paraphais leur maudit document quand il m'a prévenue que je risquais de passer la soirée à souffrir, comme s'il me le souhaitait, cet affreux bonhomme. Il a ajouté qu'il n'aurait pas d'autre choix que de déclencher l'accouchement demain. Un 25 décembre.

J'ai levé des yeux surpris et pleins de larmes sur son visage bouffi : « Déclencher l'accouchement ? », j'ai répété, un peu bêtement, je l'avoue. Je lui ai dit que je souhaitais donner naissance par césarienne, et qu'Anna ne sortirait pas de mon corps autrement. Et certainement pas le jour de Noël.

Quelle blague, quand même. Et le reste de la famille, on en fait quoi ? Comment est-on censé s'organiser avec les deux autres, Théo et Liv ?

Ce salopard a osé me répondre que le praticien, c'était lui, pas moi. Puis il a osé me demander si quelqu'un venait me chercher, car dans mon état je ne pouvais pas repartir seule. Est-ce que cet homme avait écouté un seul mot de ce que je venais d'expliquer ? Heureusement, la sage-femme – Dieu merci, il reste des gens avec un minimum de bon sens – l'a regardé et a précisé : « Le père est certainement avec les aînés, docteur. »

Tout ça pour dire que nous sommes le 24 décembre, que je devrais être en train de préparer un repas de Noël divin, et que je me retrouve coincée dans ce bain pour calmer mes satanées contractions. Mon *baby bump* flotte à la surface comme le dos d'une tortue, avec cette linea nigra disgracieuse qui s'est obscurcie au fil des mois, une ligne de démarcation visible entre celle que j'étais et celle que je suis devenue avec vingt kilos supplémentaires. Cette ligne couleur charbon qui me garantissait un garçon, m'a-t-on dit. Oui, eh bien, il lui manque un appendice, à ce garçon qui s'appelle Anna.

Je ferme les yeux et je souffle. Deux fois. Je m'y exhorte.

Inspiration en quatre temps, pause en deux, expiration en huit.

Il faut que je me calme. Les hormones jouent des tours pendant la grossesse.

L'eau a refroidi.

Les contractions se sont calmées.

Je sors du bain.

J'enfile le peignoir de Filip, le seul qui convient à la circonférence de mon ventre, et je descends l'escalier qui conduit à la salle à manger en appréciant le silence.

Théo et Liv sont avachis devant leurs assiettes. Liv semble bouder, la tête penchée sur le côté.

C'est incroyable, cette régression des adolescents. Dolto parlait du complexe du homard. Des gamins à fleur de peau, sans carapace, etc. Si on pouvait, ne serait-ce qu'une fois, arrêter la victimisation et dire les choses telles qu'elles sont : la permissivité, les excuses incessantes et, maintenant, l'accessibilité à tout, l'instantanéité de tout. Voilà ce qui rend les adolescents insupportables et invivables.

Si seulement Filip m'avait écoutée au lieu de les élever sans les éduquer, sans les punir, en les gâtant à tour de bras et sans raison. Sans leur apprendre que chaque action apporte son lot de conséquences, plus ou moins douloureuses. Quel gâchis, ces enfants.

Au moins, nous avions Anna pour nous rattraper.

— Eh oh, c'est quoi cette posture ? je demande à Théo en lui donnant une tape gentillette dans le dos.

Je le prends par les épaules et le redresse.

Filip me lance un regard horrifié.

— Tu ne vois pas comme ils se tiennent, tous les deux ? Comme s'ils portaient le poids du monde sur leurs épaules. Alors que ce sont eux, les poids. Je trouve ça honteux, Filip, que tu cautionnes un tel comportement. Je vais prendre un bain, et tout s'effondre.

La colère contracte ses mâchoires.

Je recule d'un pas.

— Tu me fais peur, Filip, je murmure.

Il regarde ses enfants, puis il baisse les yeux.

Je m'approche à pas prudents et prends sa main ; je la pose sur mon ventre et dépose un baiser sur le sommet de sa tête.

Dieu que j'aime cet homme.

Nous nous sommes rencontrés grâce à ma grande sœur, de quatorze ans mon aînée. Un 25 décembre, justement. C'est pour ça que je ne veux pas partager notre anniversaire avec ma fille, même si je désirais cette enfant plus que tout. Parce que le couple est l'essence de la famille : il en est les racines, le fondement, la raison d'être. Le couple doit exister avant tout, pour que le reste existe.

Au moment même où nos regards se sont croisés avec Filip, nous avons compris que ce serait tout ou rien. Ces quelques secondes suspendues dans le temps, je ne les oublierai jamais. Cet instant où tout s'arrête, mais où le cœur galope, parce que le corps tout entier comprend que c'est un point de bascule, que les implications de cette rencontre sont immédiates, folles et dangereuses.

D'ordinaire, ce genre de relation et d'attraction dévorante se consume aussi vite qu'elle est née. Mais dans notre cas, pour Filip et moi, elle a fleuri jusque dans mon ventre.

Je pose ma joue contre sa tête, ses cheveux chatouillant mon oreille, puis je desserre mon étreinte et me mets à table. J'ai faim. Le bain a apaisé la douleur et l'appétit est enfin revenu.

Je m'assois, déploie la serviette rouge, couleur Noël, et la pose sur moi.

Mais je dois aussitôt me relever pour attraper le plat de gratin dauphinois au milieu de la table. Je m'apprête à m'en servir une portion lorsque je m'aperçois qu'il est immangeable.

Je me rassois.

— Même pas ce plaisir-là, j'aurai ce soir ? je demande à la ronde. Même ça, tes enfants me l'enlèvent ?

Filip ferme les yeux et baisse la tête.

— Ce n'est quand même pas trop demander d'espérer déguster quelque chose de convenable, le soir du réveillon, non ?

Je me tourne vers Liv et me rends compte que ses cheveux trempent jusque dans la sauce du rosbif.

Je me tourne vers Filip, écœurée et lasse.

— Est-ce que tu sais ce qui m'est arrivé ce matin ?

Filip secoue la tête.

— Les contractions ont commencé. Je sais, dis-je en regardant son visage affolé, c'était bien trop tôt, mais sept mois, ce n'est pas si grave.

Je m'interromps, ravale un sanglot qui s'attache à ma gorge.

— Sauf que… le cœur d'Anna s'est arrêté de battre.

Je secoue la tête, renifle et essuie mes joues mouillées du revers de la main.

— Ils ne savent pas encore pourquoi. Ils doivent…

Je caresse mon ventre et ma fille morte à l'intérieur.

— Ils doivent la sortir d'abord pour savoir ce qui lui est arrivé.

Je prends le verre de vin de Filip et j'en avale une longue gorgée. L'alcool me brûle la gorge et je me dis que cette sensation m'a manqué.

— Et tu sais ce que cet horrible gynéco veut faire ? Il veut que j'accouche de mon enfant morte ! Tu te rends compte ! C'est un jeu macabre, tu ne crois pas ? Demander à une mère de donner la vie, alors qu'elle porte la mort en elle ? Alors que son ventre est un tombeau ?

Je cherche un verre d'eau sur la table et me penche en avant pour attraper celui de Filip, le seul encore propre.

L'eau pétillante me fait grimacer.

— C'est pour ça que je t'ai appelé ce matin, et finalement on n'en a pas reparlé.

Je souris.

— Tu sais ce que j'étais en train de préparer à la maison ? Un consommé d'huîtres, des chateaubriands avec des pommes grenaille, des baguettes au levain. De la mousse au chocolat au gingembre. Un chambertin. Pour notre Noël, Filip. Le tien et le mien. Celui que tu m'avais promis qu'on passerait en tête à tête.

Celui que tu ne m'as jamais accordé, depuis toutes ces années. Celui qui me revient. De droit, il me revient ce Noël-là.

Les joues de Filip gonflent d'une façon clownesque et il se met à pleurer.

— Ta famille, c'est Anna et moi, tu comprends, Filip ?

La serviette rouge que j'ai utilisée comme bâillon est mouillée au niveau de la bouche et l'empêche de me répondre.

— Ta famille, ce n'est pas elle, dis-je en me tournant vers ma sœur.

Le coup de fusil que j'ai tiré lui a arraché la moitié du visage.

— Ni eux, dis-je en montrant mes neveux du menton.

La tête de Théo repose dans son assiette comme s'il s'y était endormi. Lui, je l'ai eu en plein cœur.

Liv, elle, a réagi si mollement que l'impact l'a atteinte en plein milieu du front : une mise à mort parfaite.

— Non, Filip. Ta famille, ce n'est pas ma sœur, Théo et Liv. Ta famille, c'est moi avant tout.

Je fouille dans la panière pour trouver une tranche intacte. J'en déniche une et mords franchement.

— Tu m'as fait l'amour dans toutes les pièces de cette maison, dis-je en jetant un regard circulaire. La plupart du temps, quand tes enfants dormaient. Tu t'en souviens ? Partout. Tu m'as dit que tu ne pourrais plus t'asseoir à cette table sans y penser. Est-ce que tu y penses maintenant ? Est-ce que tu penses au fait qu'Anna a été conçue dans ta salle de bains pendant que tout le monde était dans la salle de jeux, en bas ? Regarde-moi.

Il ne se fait pas prier et lève les yeux vers moi. J'ai encore envie de me perdre dans son regard bleu pâle, malgré tout.

— Mais je n'ai rien pu te dire de tout ça quand tu m'as appelée. Tu ne m'as pas laissé le temps de te dire qu'Anna était morte, ni que j'avais commencé à nous préparer un dîner de réveillon. Je n'ai pas eu le temps de rien te dire, parce que tu m'as appelée, un 24, à quelques heures de notre anniversaire, pour m'annoncer que tu ne voulais plus de moi. Et que tu ne voulais pas non plus d'Anna, notre fille. Comme si tu pouvais choisir.

Je mâchonne la dernière bouchée de cette baguette – qui n'a rien de celle que je m'apprêtais à servir ce soir – en regardant les cadavres de ma sœur et de mes neveux.

— Je t'avais dit qu'il fallait que tu leur parles, Filip. Que tu leur annonces ce que je représentais pour toi, et ce que tu t'apprêtais à construire avec moi.

Je me lève, alors qu'une nouvelle contraction m'envoie une décharge de douleur jusque dans les jambes. J'inspire et j'expire jusqu'à ce qu'elle disparaisse, et je m'appuie sur la table un instant, le temps de reprendre mes esprits.

Je traverse la pièce jusqu'au couloir, où je m'empare du fusil avant de revenir dans la salle à manger.

Filip se met à hurler.

Un cri strident malgré le bâillon.

— Tu as joué au lâche, mon amour. Et regarde, regarde ce que tu as semé. La mort, partout, jusque dans mon ventre.

Il tressaute sur sa chaise pour tenter de défaire la corde qui retient ses bras au dossier et ses chevilles entre elles.

Je prends le fusil de chasse, hésite un instant entre la tête et le cœur, puis j'enfonce le canon dans ma bouche et je tire, sans autre au revoir.

Noël dans le Cosmos [1]

par David Khara

Penser à Noël convoque inévitablement certaines images, souvent héritées de notre petite enfance, qu'il s'agisse des membres de la famille que l'on ne retrouve qu'aux grandes occasions, du froissement du papier lors de l'ouverture des cadeaux, et, bien sûr, du sapin paré de guirlandes multicolores dont les clignotements rythmeront la soirée.

Ce sapin, nous l'avons souvent décoré avec nos parents, et une question se posait chaque année : qui aurait le privilège d'en sertir le sommet de l'emblématique étoile ?

Au-delà des cadeaux, dont le parcours de beaucoup s'achève souvent dans l'oubli, ce sont ces instants partagés qui perdurent et forgent la magie de Noël.

Cette année, la Ligue vous offre en souvenir, non pas le Père Noël, mais le Pire Noël. Nul doute que chacun d'entre vous trouvera son plaisir parmi les histoires contées par les talentueux auteurs qui composent cette joyeuse équipe d'inventeurs de mondes, d'histoires et de personnages hauts en couleur.

1. Le texte proposé par l'auteur accompagne la photographie située en page 2 de la couverture du livre *(N.d.E.)*.

Ma contribution diffère quelque peu de celle de mes camarades. Pas de crimes, pas de mystère (quoique…), pas de personnages hauts en couleur (quoique…).

Je dépose au pied de l'arbre une photographie d'un minuscule coin de l'espace réalisée avec mes compagnons de l'équipe d'astrophotographie amateure Astro-Fleet.

En apparence, juste une image, prise à l'aide de plusieurs télescopes, d'une zone du ciel hivernale ou vos yeux ne discerneraient que quelques étoiles éparses au sein des ténèbres. Mais avec quelques connaissances en astronomie et en photographie, c'est une tout autre histoire.

D'ailleurs, en parlant d'histoire, j'en ai peut-être une à vous raconter, en fin de compte.

Il était une fois un sapin de Noël si grand que notre système solaire tout entier y tiendrait plusieurs fois et si lointain qu'il faudrait plusieurs générations pour s'y rendre. Quant à le recouvrir de guirlandes… toutes celles de la Terre n'y suffiraient pas (et je ne vous parle même pas de la facture d'électricité !).

Ce jeune amas d'étoiles âgé de neuf millions d'années se trouvait dans la constellation de la Licorne et fut découvert en 1784 par un astronome germano-britannique nommé William Herschel.

Mais cet amas n'était pas seul ! Il se confondait avec la nébuleuse du Cône et la nébuleuse de la Fourrure du Renard où d'immenses nuages de gaz et de poussières s'y aggloméraient sous l'effet de la gravité. En leur sein, des étoiles se sont formées et des mondes se sont créés. Et ce processus s'est étendu sur quelques centaines de millions d'années. Il en fut ainsi pour notre soleil, la Terre et toutes les planètes de Mercure à Neptune. Et il en sera ainsi à travers l'univers pour de nombreux milliards d'années encore.

Mais revenons à notre image, car elle est, en réalité, bien plus que cela.

Cette photographie vous dote, nous dote tous, d'un superpouvoir bien réel : celui de voir le passé, car la lumière de l'amas de l'arbre de Noël nous arrive avec vingt siècles de retard… Oui, lorsque vous regardez cette partie du ciel, vous voyez bien deux mille ans plus tôt !

Cela vous semble long ? Dites-vous qu'à l'échelle de notre Cosmos, dont le diamètre est aujourd'hui estimé à quatre-vingt-treize milliards d'années-lumière, c'est la porte à côté. Et pourtant, cette porte à côté nous est encore inaccessible en l'état actuel de nos moyens de locomotions.

Avec mes amis de l'association AstroFleet, nous ne créons certes pas de mondes, mais nous vous montrons ceux que vous ne connaissez pas, pour vous donner à voir la beauté du Cosmos qui nous entoure et dont la Terre n'est pas la moindre des merveilles tant elle regorge de vie. Et cette vie est, pour l'instant, la seule que nous connaissions…

Quant aux personnages de nos histoires, les découvreurs d'étoiles et de planètes, ils sont bien réels et se nomment Henrietta Swann Leavitt, Joseph Fraunhofer, Michael Faraday, Carl Sagan, Vera Rubin, Cecilia Payne, Edwin Hubble et bien d'autres scientifiques aux existences souvent romanesques et dont les rêves (et les travaux) ont fait avancer notre connaissance de l'univers et, par extension, de nous-mêmes.

Observer le ciel nocturne, capturer la beauté des nébuleuses et la majesté des galaxies, c'est aussi et surtout mieux apprécier la valeur de notre planète. Celle que Carl Sagan, dans un texte bouleversant nommait le « Point bleu pâle », unique havre connu pour la vie jusqu'à aujourd'hui…

Jusqu'à aujourd'hui, car cette photo est une fenêtre ouverte sur des mondes nouveaux, inexplorés, sur de potentielles planètes habitables et, qui sait, sur des civilisations entières. Combien d'auteurs l'espace a-t-il inspiré ? Combien d'écrivains, scénaristes et réalisateurs ont convoqué notre appréhension comme nos espoirs nourris par le silence éternel de ces espaces infinis ? Et combien de millions de spectateurs et de lecteurs se sont laissés emporter par leur imaginaire ?

Comment ne pas laisser son esprit vagabonder devant un tel spectacle, devant les perspectives étourdissantes qu'il offre en termes de distance et de temps ? Comment ne pas rêver de vaisseaux spatiaux, d'architectures extravagantes ou de créatures exotiques ?

Enfin, permettez-moi de conclure sur une anecdote souriante. Je connais un astrophotographe qui, le jour même de Noël, est devenu… père de jumelles. Avouez que même avec un imaginaire prolifique, celle-ci est difficile à inventer !

Alors, joyeux Noël à toutes et à tous !

Le vieil homme devant la fenêtre

par Alexis Laipsker

Il n'est pas si âgé, c'est déjà un vieillard, pourtant.

Il a enfoui sa main tremblante dans sa poche comme il a appris à le faire pour dissimuler sa maladie.

Dehors, c'est Noël. Mais pas ici. Ici, c'est autre chose. On ne célèbre pas ce genre de fêtes. C'est comme ça. On s'y fait.

Un frisson parcourt son corps. L'hiver est rude et la veste de laine verte qu'il affectionne peine à le maintenir au chaud. Mais ce n'est pas tant le froid que les désillusions qui le font frémir.

Avec le temps, son dos s'est courbé, sous le poids des responsabilités, sous les coups qu'il a reçus, aussi.

Debout, devant la fenêtre, son regard éteint se perd sur les plaines enneigées. À quoi pense-t-il ?

Elle se tient en retrait, comme elle l'a toujours fait depuis maintenant onze ans.

Onze de ses plus belles années, à le servir. Et elle l'observe, avec, toujours, cette lueur d'admiration.

Elle a tout aimé de lui. Tout. Sans retenue, sans limite. Il lui a tant donné.

Il a été si bon.

Ce châtiment lui semble tellement injuste…

Et elle demeure là, quelques pas en retrait, fidèle, à le voir tel qu'au premier jour. Comme s'il ne s'était rien passé. Pire, comme si tout s'était déroulé comme prévu.

Mais le vieil homme est cassé. Pas seulement d'avoir souffert, plutôt de cette fatigue que l'on éprouve lorsqu'on sait la fin proche. Et que l'on a échoué. La lassitude d'une fin de vie vaine. Ces jours, ces semaines qui le séparent de la Mort s'écoulent inutilement. Pour rien, pour personne.

Il a compté. Il ne compte plus.

Là, devant sa fenêtre, scrutant sans le voir le paysage enneigé, le temps des certitudes est bien loin. Jadis, il eut l'ambition folle de rendre l'homme meilleur. Il a œuvré, sans relâche, avec une pugnacité exemplaire, avec une énergie hors du commun. Il a tant fait pour les autres ! Il a tellement cru en l'Homme. Il a tant voulu l'élever, le grandir. Il est tombé d'aussi haut. D'abord, il a fait souffler un ouragan d'exaltation, puis un vent d'enthousiasme, puis un souffle, puis une simple respiration. Puis plus rien.

Autrefois fier vaisseau repoussant l'horizon, il n'est plus qu'épave échouée sur un récif de désillusions.

La société rêve de loups et se comporte en agneau. On le critiquera. Peut-être même le condamnera-t-on. Car l'homme à terre a toujours tort.

Le plus difficile, ce n'est pas l'échec, ce n'est pas non plus l'ingratitude, c'est la trahison. Pourvu que son goût amer ne subsiste pas jusque dans la tombe…

Elle, elle est là. Elle sera toujours là. Pour lui. Et elle l'observe. Elle a compris.

D'un furtif revers de la main, elle chasse une larme insolente.

Tout va finir. Tout est peut-être déjà fini. Ils le savent, l'un et l'autre.

Le vieil homme se penche vers la vitre, il plisse les yeux, puis chausse ses petites lunettes cerclées de métal. Au loin, un cerf aux bois majestueux avance sur la plaine. La bête se tourne vers lui. L'a-t-elle vu ? Il veut y croire. Il a toujours farouchement aimé les animaux.

Un sourire se dessine sur ses lèvres. Depuis combien de temps n'avait-il pas souri ? Soudain, une détonation. La bête s'effondre. Déjà, une tache de sang macule la neige.

Le vieil homme baisse les yeux et le voile de tristesse recouvre de nouveau ses pupilles. Un rideau de mélancolie descend lentement. Il ne semble même pas surpris. Cette violence, cette folie des hommes, il les connaît si bien.

Il a essayé de tout changer, mais il a échoué et aujourd'hui il sait son combat perdu. Son combat. Ses grands rêves ne sont plus que fumée.

Il va partir…

C'est son dernier Noël.

Au craquement du parquet, il relève la tête. Il n'a pas besoin de se tourner pour la voir. Il sait sa présence.

Et il sait qu'elle pleure. Alors il ne la regarde pas. Par pudeur.

Une nouvelle larme coule le long de sa joue et tombe avant qu'elle n'ait pu l'essuyer. Elle se force à sourire pour tenter de faire semblant. Mais il sait.

— Ne pleurez pas, Ingrid.

— Vous avez toujours été si bon…

Il se tourne enfin, approche, ôte son gant de cuir et essuie tendrement les joues luisantes de sa fidèle servante.

— Allons, ne pleurez pas, mon enfant.

— Je vous suivrais ! Partout ! Toujours !

— Je sais. Mais, là où je me rends, je n'aurais pas besoin de servante, vous savez ?

Elle a honte, elle cherche à contenir ses émotions, mais la tristesse la submerge et elle sanglote comme une gamine.

— Voulez-vous me rendre un dernier service ?

— Tout ce que vous voudrez !

— Lorsque… ce sera terminé. Que je ne serais plus…

— Oui ?

— Ne m'oubliez pas.

Elle déglutit douloureusement. Bien sûr qu'elle pensera toujours à lui. Elle continuera à l'aimer, à le vénérer comme aux premiers jours.

— Vous serez toujours dans mon cœur, *Mein Führer* !

Abdel et Kevin : un conte de Noël

par Nicolas Lebel

— On va s'arrêter là !

Abdel leva un doigt vers la vitrine éclairée du Lavomatic et Kevin immobilisa la vieille Golf le long du trottoir. Deux ados, un gars et une fille, discutaient à l'intérieur.

— Qu'est-ce qu'on fait ?

— Coupe le contact, grogna Abdel.

— Hein ?

— Coupe le contact, je te dis ! Ça me fait des vibrations dans le bide.

Kevin tourna la clé et le moteur se tut. Les essuie-glaces se figèrent, laissant la neige moucheter le pare-brise en silence. Les deux hommes observèrent la vitrine colorée où riait un Père Noël peint. Au-dessus, une guirlande clignotante lançait des éclats de lumière jusque dans l'habitacle.

— T'as mal, frère ?

Abdel était tout pâle. Il dévisagea son chauffeur.

— Je viens de me faire shooter au fusil, connard !

Il se tordit en grimaçant et reprit :

— C'est quoi, ce bled, Kev ?

Ils détaillèrent la petite place blanchie par le froid, les façades des maisons assoupies, et la nuit.

— Je sais pas. Un truc en Brie. Ta-Mère-en-Brie, j'en sais rien. Mais y a pas un bouge ! C'est pour ça que les gamins viennent là. Ils se font chier grave. C'est la nuit, c'est l'hiver. Ils viennent à la lumière…

— Je m'en balek ! Je peux pas faire la route jusqu'à Saint-Denis comme ça. Faut que je lave le sang… et que je chope d'autres fringues. Y a sûrement un robinet… Dans une laverie, y a un robinet ?

— Qu'est-ce j'en sais ? Putain, tu pisses le sang, là. Y en a plein le siège, regarde… Merde !

— Tu veux pas faire un selfie ? Pour ton Insta ? Ou un TikTok ? Ça ferait v'là des vues ! J'ai mal sa race et tu chiales sur ta putain de housse ?

— Non, mais…

— Va voir si y a de l'eau, *hmar* ! Et dégage les deux, là…

Par la vitrine du Lavomatic, Kevin regarda les deux jeunes qui papotaient, assis devant les machines.

— OK, OK, j'y vais, frère… T'inquiète.

Il ouvrit la portière et s'extirpa de la Golf en faisant couiner le siège. Le froid le gifla aussitôt et il jura. Il défroissa d'un revers de main son jogging peau de pêche blanc tout en scrutant les environs. La place était déserte, recouverte par la neige, à peine éclairée par un lampadaire, et les néons et la guirlande du Lavomatic. Une croix en fer forgé y rouillait lentement sous un christ en bois de traviole. Le pauvre gars pissait le sang par le bide lui aussi. Une soirée à thème. Tout autour, les volets des maisons étaient tirés. Une boulangerie aussi avait baissé le rideau, à croire que tout le monde avait choisi de faire son réveillon ailleurs. Le silence était presque inquiétant. Un silence nocturne et glacial. Un silence de Noël.

— Il est pas 8 heures et tout est fermé… C'est quoi, cet enfer ? maugréa Kevin en crachant une giclée de vapeur.

Il enfonça les mains dans ses poches. La neige gémit sous ses pieds lorsqu'il contourna la voiture pour rejoindre le Lavomatic. Instinctivement, il posa la main sur son bas-ventre : son flingue était en place sous sa veste. Il jeta un rapide coup d'œil au scooter garé près de la vitrine avant d'entrer. La lumière blanche des néons et la pâleur immaculée des lieux lui firent plisser les yeux. Les deux ados étaient lovés l'un contre l'autre devant la rangée de machines à laver. Un sèche-linge s'ébrouait en continu. Un transistor postillonnait un vieux Sheila.

— Salut, les jeunes ! lança Kevin, faussement affable.

— Bonjour, répondirent-ils à contretemps en évitant de dévisager cet inconnu d'une trentaine d'années, trop maigre dans son jogging blanc et trop nerveux sous ses dreadlocks blondes.

Kevin continua de sourire tout en cherchant un point d'eau. La pièce n'en contenait pas. Il trouva une porte.

— Y a quoi, là ?

— Des toilettes. Et le matériel d'entretien de la boutique, répondit le gamin. C'est ma mère qui fait le ménage, ici. Le mardi et le vendredi.

— Ah ! Super !

Kevin ouvrit la porte et découvrit une cuvette de toilette, un lavabo, un seau, un balai-brosse et des serpillières. Satisfait, il referma la porte et se retourna vers les deux jeunes.

— C'est à vous, le linge qui sèche, là ?

— Non, reprit le gamin. C'est à Mme Carret. Elle fait toujours sa machine le dimanche soir.

— Ah, OK… Bon, moi aussi, je vais avoir besoin de faire une machine, là… Alors faut vous barrer.

Les deux jeunes se regardèrent, incrédules.

— Mais on attend…, tenta le garçon.

— Tu prends ton scoot et vous tracez. Allez, frère, bouge…

— Mais on sait pas où…

Kevin tira son calibre et mit l'ado en joue. Son visage s'empourpra et sa voix se fit sifflante.

— Mais quoi ? Tu dis « mais », je te dis de dégager, et tu redis « mais ». Mais quoi, putain ?

Les deux jeunes levèrent les mains en signe de reddition, puis, au rythme de la musique et en ligne comme les Rois mages en Galilée, ils filèrent vers la sortie.

— On s'en va, monsieur. On s'en va ! Viens.

— C'est ça : barrez-vous ! Et joyeux Noël !

Les ados enfourchèrent le deux-roues à la hâte et disparurent au diable vauvert dans un vrombissement d'enfer.

— Putain… Sont cons, les gens, des fois… Bouffons ! grogna Kevin en rangeant le flingue et en ressortant du Lavomatic.

Lorsqu'il s'approcha de la Golf, Abdel baissa la vitre.

— Mais pourquoi tu les as braqués, Kev ? Ils vont appeler les schmitts !

— Des bouffons… Allez, viens… Ils diront rien, je te jure, frère…

Kevin aida Abdel à quitter l'habitacle. Tout le côté droit de son blouson beige en mouton retourné était bruni par le sang. Son jean en était imbibé jusqu'au genou. Kevin le soutint jusqu'à la boutique.

— Putain ! Ça saigne, là…

— Ouais… C'est quoi, ce bruit ?

— La radio, là-bas… T'es sûr c'est de la chevrotine ? Ça a pas l'air, on dirait de la balle de guerre, wesh !

— Ferme ta bouche, aide-moi, coupa Abdel.

Ils entrèrent dans la boutique. Kevin ouvrit la porte du petit local et s'effaça. Abdel s'y engonça et retira à grand-peine son blouson.

— Si on avait fait le coup en semaine, on aurait trouvé une pharmacie. Mais là, un dimanche… Un jour férié, en plus… commenta le rasta blanc.

— Arrête de dire de la merde. C'est ouvert le dimanche, les couvents, pas en semaine. C'est le jour du Seigneur, avec la messe, le petit Jésus et tout. Le reste de la semaine, c'est fermé. En plus, avec Noël, c'est blindé ! Non, le jour, il est nickel. Le problème, il est pas là…

Le sweat-shirt jaune avait lui aussi retenu pas mal de sang. Kevin s'en émut.

— Putain…

Abdel l'ignora.

— Parce que le cash, c'est mort, il est plus dans les magasins, il est plus dans les banques. Tout ça, c'est carte bleue, ordi et tout. Si t'es pas un chacal de hacker, t'es dead. Et puis c'est la misère, gros, plus personne en a, de la moula. Y a plus que dans les églises : les tableaux et tout, genre Picasso et de Bussy, j'ai vu sur Netflix. Lc Vatican, ils ont des caves pleines ras le slip avec des trésors et tout. De l'or ! Même des diamants, askip… Genre des rubis, j'te jure !

— Je te crois, frère.

Il retira le sweat-shirt en grognant.

— C'qui deuh, c'est que les nonnes, elles sont pas censées avoir des flingues…

— C'est le jardinier qui a tiré. Tu sais, le gros, là, la moustache… Avec son fusil de chasse. Il a serré direct, le daron, et blam ! Un ouf !

— Ah clair, j'ai bien vu, Kev, j'te jure. Il le tenait comme une lance, son calibre… Il a craché genre un dragon. Avec des flammes et tout… C'était *Apocalypse Now*. Mais putain, merde ! Ils respectent pas la vie, ces gens ? « Tu tueras point » et tout ? « Tendez la joue gauche » mes couilles, c'est de la merde ?… Juste le respect ! Ça veut plus rien dire le respect pour eux, à ces gros fils de pute ?

Abdel était outré. Il souleva son t-shirt, révélant un trou noir et béant qui dégueulait de sang par saccades. Kevin paniqua un peu :

— Putain, c'est crade ! C'est pas de la chevrotine, ça, frère. T'as bouffé une bastos… Un truc à sangliers ! À dinosaures, même ! Attends, bouge pas ! Y a des fringues dans un sèche-linge…

Kevin quitta le local, alors Abdel enchaîna plus fort :

— Ils l'ont apprise où, leur bible, là ? À Bagdad ? T'arrives et ils te shootent… Il a cru il est dans *Scarface*, le jardinier ? Ce gros enculé… Noël, c'est la fête, c'est la famille, tu fais des cadeaux, tu manges des bûches. Tu fêtes la naissance de Dieu, merde ! C'est pas rien ! Et l'autre, il me shoote ! Je te jure, je suis dégoûté…

— T'es catho, toi ? s'enquit Kevin de l'autre salle.

— T'es con ! Non… mais c'est pas une raison, putain ! Y a des commandements, merde !

Le blondinet reparut portant deux serviettes-éponges et un sweat-shirt sombre.

— Tiens, frère. Mets ça dessus. Ça devrait le faire, le temps de rentrer.

Abdel saisit les serviettes, s'y enroula, puis enfila le sweat-shirt en piaulant.

— Regarde si y en a pas une autre. Faut serrer plus, là.

Kevin sortit du local au moment où une femme d'une quarantaine d'années traversait la place en direction du Lavomatic. Elle fit une halte devant le calvaire, se signa, puis reprit sa route. Kevin tira la porte du local derrière lui et s'assit rapidement. La femme portait un anorak rouge et un jean. Elle salua en entrant.

— Bonsoir. Fait pas chaud…

— Bonsoir, madame, répondit Kevin avec un sourire nerveux.

— Vous attendez quelqu'un ?

— Ouais, ma go.

Devant la confusion manifeste de la cliente, Kevin reformula.

— Ma copine. Elle doit arriver.

La femme battit l'air des deux mains.

— Ah ! C'est le rendez-vous des amoureux ! Elle habite à la Croix-en-Brie ou dans les environs ?

Kevin leva les yeux pour la dévisager. Elle posait beaucoup de questions.

— Grave. Un bled, un peu plus loin…

— Ah bah ce soir, vous allez avoir un problème. Ils ont tout bloqué.

— Qui ?

— Les gendarmes. Le Plan Épervier. Il y a eu une attaque au couvent des Carmes à Avon pendant la messe. À quarante kilomètres d'ici, à peine.

Kevin se figea.

— Ah ?

— Deux types. Armés. Ils voulaient braquer l'argent de la quête. Ils sont repartis sans un sou ! Donc, a priori, c'est pas terroriste, ils ont dit à la télé. Mais ils disent pas tout… Bref. Ils veulent pas courir de risques alors ils ont tout bloqué. À mon avis, ils vont pas les rater. Et c'est bien fait ! Oh, on sait qui c'est ! C'est toujours les mêmes… Bref. Vous feriez peut-être mieux d'appeler votre copine et de remettre à demain. Je dis ça… Bon…

Elle se tourna et s'immobilisa en voyant la machine ouverte et les vêtements en vrac sur le sol carrelé.

— Bah mon linge… Qu'est-ce qui s'est passé ?

— Ah… C'est à vous ? Il y avait deux gamins qui faisaient les… ils jouaient là, quand je suis arrivé… Je leur ai dit de se barr… de dégager, quoi. Ils sont partis… avec deux serviettes, je crois…

— Romain ? Un petit brun avec une veste bleue ?

— C'est lui ! balança Kevin.

— Bah c'est bizarre… C'est pas son genre, les bêtises…

Le grand rasta blanc la laissa cogiter encore un temps en palpant son flingue sous sa veste. S'il ne réussissait pas à s'en débarrasser rapidement, il devrait s'en débarrasser rapidement. Il se leva.

— Bon. Je vais aux… toilettes et puis je vais rentrer, alors. Bonsoir. Et joyeux Noël !

— Joyeux Noël ! lui répondit la femme qui attrapa un panier et le remplit.

Kevin entra dans le petit local et referma la porte derrière lui. Il tenta de chuchoter mais les mots raclaient sa gorge.

— Elle vient chercher ses fringues ! Elle va se barrer !

Il se retourna. Abdel était assis sur la cuvette, livide, les bras ballants, les yeux clos. Kevin se précipita vers lui.

— Hé ! Frère, t'es là ? Hé ?

Les paupières d'Abdel papillotèrent un peu puis il ouvrit les yeux. Kevin lui sourit.

— Tu reviens à la vie, frère ! Tu m'as fait flipper, la vie d'oim ! On va rentrer, hein ? À Saint-Denis ! Fêter Noël ! OK ?

Il se détourna vers la porte et l'entrouvrit. Le Lavomatic était vide. Dehors, la femme, son panier sous le bras, traversait la place blanche, le pas rapide.

— Faut que tu te lèves, là. On finit à deux, hein ?

Abdel grincha.

— Allez, frère, tu te souviens ? *La belle vie ?* Les roros ! Les zouz qui se secouent le boule autour de la piscine pendant qu'on fume des gros bédos ! Comme dans les clips, frère ! C'est maintenant !

Il l'attrapa par un bras et le releva.

— Les diamants, les trésors des curés, tu te souviens ? C'est maintenant, frère.

— Ouais, souffla Abdel en grimaçant un sourire rouge.

Kevin lui saisit les épaules et le traîna jusqu'à la Golf, laissant derrière eux sur le carrelage et dans la neige une longue parenthèse de sang. Il l'installa sur le siège passager pour le garder à l'œil. Puis il se jeta derrière le volant.

— On est repartis. On est bientôt chez nous. Ça va aller, hein ?

Il démarra et alluma les phares de la Golf. Dans un raclement de pneus, ils quittèrent le village, s'engageant sur une route communale qu'encageaient de larges arbres sombres. Abdel gémit de douleur.

— Tu me lâches pas, hein ? s'inquiéta Kevin. C'est Noël, frère !

— J'ai mal, Kev, j'te jure…

Kevin dévisagea Abdel. La soirée de Noël avait pris une tournure qui ne lui plaisait pas trop. Abdel et sa balle gâchaient un peu la fête.

— Je sais… Tiens bon. On a fait le plus gros. Tiens, attends, ça va te changer les idées…

Le rasta alluma la radio qui déversa aussitôt dans l'habitacle un sautillant « *Jingle Bells* » de circonstance.

— On va faire la teuf, j'te jure ! Ce sera Noël tous les jours, frère ! On la tient, notre villa au Touquet. Tu te souviens, la colo, gamins ?

Abdel sourit. Il observait la neige qui pétillait dans la lumière des phares, des flocons par milliards qui filaient alentour comme dans le cockpit du Faucon Millénaire.

— Le Touquet…

— Y aura une salle de sport. Avec des haltères. Et des…

Kevin se figea et décéléra. Il éteignit aussitôt les phares de la Golf. Au loin, à travers les arbres et sous la nuit, scintillaient les feux rouges et bleus d'un barrage.

La voiture s'immobilisa. Abdel vit à son tour les lumières des véhicules de gendarmerie.

— Faut que tu m'y amènes…

Le grand blond se tourna vers son copain, faisant voleter ses dreadlocks.

— Hein ?

— Ils vont m'emmener à l'hosto. C'est ma seule chance, Kev…

— Non, non, attends, tu vas pas me lâcher, là, hein ? Oh ! Fais pas ton bouffon, OK ? Et on a encore un atout…

— Kev, steplaît…

— Là, regarde ! Y a un chemin !

Le rasta blanc alluma les veilleuses et redémarra pour emprunter le sentier de terre tapissé de neige. Après une trentaine de mètres, le chemin déboucha dans un champ uniformément blanc, cerné d'arbres noirs. Kevin coupa le contact.

— Qu'est-ce tu fais ? souffla Abdel, blafard.

Kevin ouvrit sa portière et interrompit son mouvement.

— Je vais pas te livrer aux keufs, frère. Je suis pas une poucave… Et y a pas mille solutions !

Il sortit de la voiture. Dans l'obscurité, il manqua de glisser et jura. Il ouvrit le coffre qui s'alluma.

— Sors… Sortez de là !

Il empoigna la nonne par le bras et la hissa. Comme elle peinait à s'extraire du coffre à cause des liens qui entravaient ses mains, il l'aida à se mettre debout. La femme d'une soixantaine d'années lui lança un regard froid.

— Faut que vous aidiez mon copain, là, madame…

Sans ménagement, il arracha son bâillon et la poussa le long de la voiture, vers la place du mourant.

— Mon fils, qu'est-ce que tu fais ? Il faut arrêter tout ça. Tu…

Kevin l'ignora et ouvrit la portière. Abdel haletait, râlait, les yeux grands ouverts. La nonne regarda le rasta.

— Détache-moi, sinon comment veux-tu…

Il l'observa un instant puis défit ses liens en soupirant.

— OK… Pas d'embrouilles, hein ?

La nonne se baissa aussitôt libre. Elle prit le pouls du blessé et se tourna vers Kevin.

— Aide-moi à le sortir. Il faut qu'on l'allonge pour que je voie sa blessure.

Ils extirpèrent le blessé de l'habitacle et l'étendirent sur le sol blanc rayé de terre noire. Les sons qui sortaient de sa gorge étaient maintenant plus gras. La nonne s'agenouilla dans la neige boueuse et se pencha sur lui pour écarter ses vêtements.

— Il est pâle comme ça depuis longtemps ?

— J'dirais un quart d'heure, madame…

— Ma sœur…

— Hein ?

— Ma sœur. Pas « madame ».

— Un quart d'heure, ma sœur. Ça va aller, frère.

— C'est votre frère ?

— Abdel ? Non, pourquoi ?

La nonne examina la plaie, un trou noir au flanc droit qui crachait son jus. Elle souffla comme un bœuf. C'était pas bon signe.

— Abel ? Vous m'entendez ? Abel ?

— C'est Abdel qu'il s'appelle…

— Pardon. Abdel ?

Abdel grogna. Un filet de sang s'écoula sur sa joue. Alors la nonne apostropha le rasta.

— Aide-moi, mon fils. Mets ici ton doigt et regarde mes mains ; approche aussi ta main, et mets-la dans mon côté…

Kevin s'agenouilla à son tour et obéit, pressant la peau pour endiguer le flot.

— Putain, frère. Faut pas lâcher, là ! On a la nonne. On va jusqu'au bout ! La rançon ! Et ils vont tout donner, au Vatican ! Les diamants et les peintures, les rubis de Netflix, comme t'as dit. Et on sera blindés comme des hackers ! Et on aura trop tout ce qu'on rêve : la piscine au Touquet ! Les putes qui bougent leurs fions ! Et des spliffs gros comme des didgeridoos !

Abdel l'ignora et tourna la tête vers la nonne.

— Hôpital…, lâcha-t-il dans un râle.

Les traits de Kevin se tendirent tout à coup. Il examina le visage d'Abdel puis observa la nonne. Puis Abdel de nouveau. Il se releva d'un bond.

— Tu veux tout faire foirer, c'est ça ? Mais t'es un putain de bouffon, toi aussi ! Tu pouvais pas planquer ton cul ? Fallait que tu te chopes une bastos ? siffla Kevin entre ses dents, comme un serpent.

Les grognements d'Abdel devinrent des plaintes rauques.

— Il va mourir, annonça la nonne, grave.

— Qu'il crève… mais qu'il ferme sa gueule, ce bouffon ! brailla Kevin en sortant son flingue.

Elle prit la main du mourant et commença à marmonner.

— Mais qu'est-ce que vous faites, là ?

— Je prie pour son âme. Je lui donne l'extrême-onction. Pour préparer son passage vers le Père.

— Le père ? Mais il le connaît pas, son père ! Sa mère, c'est une tox qui s'est fait baiser dans un square !

— Vers Dieu.

— Ah… Et ça va le guérir ?

— Dieu seul le sait…

Les plaintes d'Abdel devinrent des cris qui strièrent la nuit. Alors Kevin enfonça son calibre dans la poche de son jogging et lui tira une balle dans la tête. La détonation fut à peine assourdie. La sœur essuya le sang sur son visage.

— Maintenant, il va la fermer. Bouffon ! Il a tout fait foirer… Putain ! Le Touquet, les zouz… Putain… Bouffon !

— Ils arrivent, annonça la nonne.

Par-delà les arbres, les faisceaux de lumière repeignaient la nuit, illuminaient les platanes comme des sapins de Noël, se rapprochaient lentement. Les sirènes tintinnabulaient au loin. Kevin tourna la tête vers l'autre extrémité du champ. La nuit, la neige camoufleraient sa fuite.

— Faut que j'y aille, ma sœur.

Au loin, une meute de chiens se mit à aboyer son nom. Il releva son arme et tendit le canon vers la nonne.

— Je te pardonne, mon fils…

Elle commença à prier.

Un éclair illumina la nuit. Une étoile détala dans le ciel. Quelqu'un venait sûrement de naître quelque part.

La plus surprenante surprise de l'histoire des surprises

par Mathias Malzieu

1. Carolina

Elle était belle comme un cerisier japonais en plein mois d'avril, mais toute l'année. Les yeux, le nez, la bouche, les hanches, je flanche, les fleurs partout tout le temps !

Qu'est-ce que tu veux faire avec ça ?

Tout.

Lorsque l'on trempait son âme dans celle de Carolina, « tout » était la moindre des choses. Quand sonnait l'heure des grands baisers, sa ferveur vous donnait l'impression d'être « capable de tout ». Marqué au fer rose.

Sa marque de fabrique amoureuse était indélébile. Sa douceur imprégnait vos tissus au point de mélanger la peau, le cœur et le cerveau. Cocktail adrénalino-endorphino-dopaminé sauce piquante. L'ivresse sans alcool. Peau d'oiseau, cheveux d'oiseau. Exactement le ciel !

Un je-ne-sais-quoi de statue grecque qui se serait mise à marcher.

Pire et mieux, son cerveau était aphrodisiaque. De ses tournures de phrases à son humour improbable condimenté par un rire dont le volume était toujours réglé un peu trop fort, tout tendait à vous empêcher de dormir pour toujours.

Carolina était chanteuse.

Pendant son sommeil, un souffleur de verre changeait ses cordes vocales en cristal de roche. Ça recommençait tous les soirs.

J'étais chanteur également. Habité par un chat dans la gorge qui changeait mes cordes vocales en klaxon de train mal accordé.

Ça recommençait tous les soirs.

Elle chantait ses propres compositions dans les Zénith de France et de Navarre.

Je jouais des reprises de Johnny Cash et June Carter dans la péniche restaurant de mon père.

Noël approchait. Je voulais faire à Carolina la plus surprenante surprise de l'histoire des surprises.

Nous étions ensemble depuis seulement quelques jours, mais je voulais lui montrer à quel point j'étais capable de tout et plus que tout pour elle.

« Orchestre symphonique sur le toit d'une maison », avais-je tapé sur l'Internet.

Puis « quatuor à cordes sur le toit d'une maison ».

Puis « violoniste sur le toit d'une maison ».

Enfin « étudiant violoniste sur le toit d'une maison ». L'un d'eux accepta mon offre, avant de la refuser lorsque je lui indiquai le jour et l'horaire de sa prestation : le 24 décembre à minuit.

Ma problématique était la suivante : je n'avais pas le sou. Fauché comme les blés un soir de juillet. À peine de quoi payer mon loyer, qui plus est souvent réglé par mon père.

Je me devais de compacter le « tout » dans un je-ne-sais-quoi de charme. Il me fallait du merveilleux escamotable. À prix raisonnable.

Après tout un paquet de circonvolutions, je décidai de lui offrir un quarante-cinq tours à exemplaire unique. Mon père disposait d'un Voice-O-Graph sur le bateau, une très vieille machine permettant d'enregistrer et graver un vinyle en temps réel.

Je m'accompagnai au ukulélé pour chanter une reprise de sa chanson préférée, « Magnolias for Ever » de Claude François, sur la face A, puis d'une composition inédite sobrement intitulée « Carolina » sur la face B. Je confectionnais la pochette du disque avec le selfie polaroïd qu'elle m'avait offert lors de notre deuxième rendez-vous. Je m'étais rendu compte après coup qu'elle ne sortait jamais sans quelques exemplaires présignés pour les offrir à d'éventuels admirateurs mais j'étais content quand même. Après tout c'est ce que j'étais, un admirateur. Mais premium, avec accès aux petits rires dans la nuit.

Le vinyle gravé avait le charme désuet, peut-être un peu trop désuet, du cadeau de fête des Mères d'un enfant de quatre ans. Celui fait avec son institutrice, artiste à ses heures vraiment perdues. Mais l'intention et l'attention compenseraient, me disais-je.

Pas tout à fait autoconvaincu, je décidai de compenser avec la mise en scène.

Le 24 décembre à minuit pile, j'escaladerais le toit de sa maison déguisé en Père Noël. Devant la cheminée, je prendrais un selfie polaroïd que je glisserais dans la pochette au disque avant de le laisser tomber par le conduit.

2. Pèrenoélisation (tentative)

Carolina habitait un petit quartier de pomme. Disons que la maison de ses parents était un pépin en or. Je ne le savais pas encore, mais j'étais le ver dans le fruit.

À 23 h 47 précises, j'entamais l'ascension d'un Himalaya de crépi. De lourds flocons s'amoncelaient sur mes épaules, ce qui avait l'avantage de Pèrenoëliser l'affaire et l'inconvénient de rendre le lierre très glissant.

À 23 h 57, après avoir consenti à des efforts qui me laissèrent penser plusieurs secondes d'affilée que je faisais vraiment n'importe quoi, je parvenais à hisser mon corps sur le toit.

À 23 h 57 encore, je manquais de peu de m'éborgner avec une tuile fortement galbée.

À 23 h 58, je marchais tel un vraiment très vieux chat le long de la gouttière.

À 23 h 59, j'atteignais la cheminée. J'enlaçai l'appendice avec une émotion certaine.

À 00 h 00, je me photographiais avec un appareil polaroïd. Je voulais glisser dans la pochette du disque la preuve de mon infraction joyeuse. Je penchais la tête dans le conduit et me contorsionnais pour que l'on reconnaisse à la fois mon visage et le toit de la maison. Quand tout à coup, le drame.

3. L'aide active à ne pas mourir tout de suite

Tel Alice au pays des merveilles après avoir un peu déconné avec son histoire de lapin, je tombai dans le conduit. À la différence près que j'ai atterri directement en enfer. Un petit enfer de quelques centimètres carrés communément appelé « feu de cheminée ».

Mon esprit ne savait plus à quel saint se vouer, tant la douleur de ce qui allait s'avérer être une fracture tibia-péroné de la jambe droite tenait la dragée haute à la brûlure. Les flammes léchaient mon pantalon rouge en coton.

Sur le canapé, Carolina portait une robe de soirée rouge assortie au feu, son petit frère un pyjama de hip-hop. Sa mère tout enchignonnée, son père tout en gilet sans manches ainsi que le grand-père, presque intégralement voilé par un plaid dans son fauteuil roulant, sursautèrent à l'unisson.

Dans un premier temps, la sidération.

Dans un second temps, l'aide active à ne pas mourir tout de suite.

Le plaid du grand-père endormi servit d'étouffoir pour éviter ma totale transmutation en torche humaine. Carolina fut la plus prompte. Malgré la sensation d'avoir pris un coup de soleil équatorien sur les cuisses, malgré la vision d'horreur d'un os tendant mon pantalon au-dessus de la cheville comme une petite tente canadienne, un je-ne-sais-quoi de réconfort m'envahit en la voyant se démener pour éteindre l'incendie.

Il se passa plusieurs minutes avant que Carolina me reconnût, trop empressée à retirer mon costume inflammable, me demander si je ne souffrais pas trop, m'asperger d'eau, appeler les pompiers puis aller chercher un nouveau plaid pour le grand-père qui geignait des « J'ai froaaaaa… » en rafales.

Les parents et le frère ne sortaient pas de leur sidération.

C'est en me délestant de mon capuchon et de ma fausse barbe que la révélation eut lieu.

— Gaspard ! Mais…

— Je voulais te faire la plus surprenante surprise de l'histoire des surprises. En un sens, j'ai réussi.

J'étais plutôt fier de ma tirade, et cette fierté détourna la douleur le temps de quelques instants.

— Mais t'es vraiment très con…, dit-elle tendrement, avant de me présenter à ses parents.

Toujours sidérés sur le canapé.

J'étais en caleçon (heureusement, un de mes plus beaux, à l'effigie de Goldorak), les poils de mes mollets sentaient les cheveux de Michael Jackson et un os dépassait de ma cheville.

— Je vous présente Gaspard…, lança-t-elle. Il est atteint de pierrichardite aiguë depuis l'enfance, mais c'est un très bon chanteur.

L'humour de Carolina ne parvint pas à dissoudre la sidération des parents

— J'ai froaaa ! glapit le grand-père dont le plaid venait de glisser le long de son fauteuil.

Quelques minutes plus tard, les sirènes de l'ambulance firent froncer le sourcil gauche du grand-père, sans pour autant détourner son regard du poste de télévision. Carolina proposa de m'accompagner à l'hôpital.

— C'est Noël quand même…, souffla sa mère

— Eh oui… quand même ! ajouta son père.

— J'ai froaaaa ! conclu le grand-père, malgré le parfait bordage d'un nouveau plaid entre ses épaules et le dossier de son fauteuil.

4. Les mille et une nuits de Noël

Le trajet en ambulance fut l'un des meilleurs moments de ma vie. Ex aequo avec la victoire de l'équipe de France de football en championnat d'Europe en 1984. (J'avais dix ans.)

Carolina me tenait la main. Puis caressait mon visage en me traitant de con. Se faire traiter de con par un ange vous donne des pouvoirs magiques. La perfusion de morphine aide, certes.

J'offris le disque cassé en deux à Carolina. La pochette avait pris feu. Mon selfie polaroïd était raté.

— J'ai tenté de me prendre en photo parce que… Je ne voulais pas que tu croies que j'avais missionné un escaladeur professionnel…

— Je sais très bien que tu n'as pas les sous pour engager un cascadeur professionnel, Gaspard…, pouffa-t-elle en tapotant ma joue.

— Heureusement que je suis tombé, du coup…

— T'es vraiment con, toi…, ajouta Carolina en m'embrassant.

Je me contentai de sourire en guise de réponse.

Avec sa main gauche dans la mienne et la droite dans mes cheveux, je n'avais jamais été aussi heureux.

L'ambulance filait sous la neige, le crissement des pneus dans les virages sonnait moelleux. Les flacons constellaient le pare-brise. Je somnolais dans les bras de Morphine, une Shéhérazade de whisky me racontait des histoires pour éviter que je meure. Je vivais mille et une nuits en une.

— Pourquoi tu as mis du Claude François ? demanda-t-elle en fronçant le même sourcil que son grand-père.

— Parce que tu m'as dit que « Magnolias for Ever » était ta chanson préférée. Je l'ai enregistrée au Voice-O-Graph pour toi. Sur l'autre face, c'est une composition. Le texte, c'est un de nos premiers échanges de SMS.

Silence et bruit de moteur assoupli par le manteau neigeux.

— Tu as vraiment cru que j'aimais Claude François ?

— Oui… Tu me disais que « Magnolias… »

— Tu crois que je suis le genre de fille qui fait des karaokés avec ses copines ou quoi ? coupa-t-elle.

Le ton de sa voix se fit anormalement inquisiteur. Exactement comme si tout à coup nous étions un vieux couple dix ans ou deux plus tard, et que je n'avais pas pris la bonne marque de yaourt au supermarché.

— Ah ça... Oh non ! Bien sûr que non ! répondis-je.

— J'en reviens pas que tu m'aies acheté du Claude François..., pouffa-t-elle comme elle avait pouffé en faisant allusion à mon compte en banque.

Encore un peu de silence, et quelques pensées parasites entre les flocons. Je ne lui avais pas « acheté du Claude François ». J'avais repris ce que je croyais être sa chanson préférée, l'avais gravée sur un vinyle à un exemplaire. Une sensation de ridicule réveillait les douleurs. La morphine ne faisait rien à l'affaire.

— Claude François... Franchement, c'est « cringe »... Mais c'est gentil quand même !

Ali Baba et les quarante voleurs venaient de planter un coup de couteau dans ma candeur mais je refusais de m'écouter. J'avais beaucoup trop envie d'être heureux.

J'actionnai la pompe à Morphée et m'endormis pour de bon.

5. Réveillon aux urgences absolues

Je me réveillai aux urgences absolues. Seul sur un brancard avec mon disque de Claude François cassé en deux et un petit mot écrit sur la pochette.

Mon cher Gaspard,

Comme tu dormais et que lorsque tu te réveilleras ils te rendormiront pour t'opérer, je suis rentrée chez moi pour terminer le réveillon en famille. Noël, c'est vraiment important pour nous.

Je viendrai te voir demain, j'espère que tu seras suffisamment en forme pour que nous puissions chanter ensemble « Magnolias for Ever ». (Je plaisante.)

Carolina

La pompe à morphine était vide, les infirmières débordées et beaucoup de patients s'impatientaient.

La frontière ténue entre le pire et le meilleur Noël de ma vie se fragilisait.

Comment fallait-il interpréter ce « Je plaisante » ?

— Je plaisante, jamais je ne chanterai cette daube, tu m'as pris pour un cagole de supermarché ?

Ou :

— Je plaisante, tu seras beaucoup trop fatigué demain pour chanter quoi que ce soit, et vraiment c'est mignon ce cadeau.

Et puis je me suis mis à penser que si elle était tombée dans le feu de ma cheminée, même avec un disque de Michel Sardou, même un soir de réveillon en famille, je serais resté avec elle toute la nuit.

Ils me trimbalaient vers le bloc opératoire lorsque je me dis qu'après tout, comparer avec soi-même n'est jamais une bonne idée. Et puis, à part mon père, tout le monde était mort chez moi.

Quelques inhalations d'éther plus tard, je dissolvais mes doutes dans un sommeil profond.

6. Un an plus tard

« *Break a leg !* » disent les Anglais pour vous souhaiter bonne chance au théâtre.

Comme chacun sait, la vie en est un.

Carolina était là le lendemain, pimpante et fraîche comme l'eau des montagnes. Russes. Car du coup de foudre en passant par cet accident de Noël, j'allais vivre une histoire d'amour façon parc d'attractions. Le pire et le meilleur Noël tous les soirs. Réveillons de feu, froid dans le dos, passionnante passion jusqu'à la dégringolade finale.

Je ne le savais pas encore, mais ce Noël allait résumer l'ADN de notre amour aigre-doux.

J'ai douté, j'ai vibré, j'ai aimé, j'ai brûlé, j'ai grimpé, j'ai volé, je suis tombé et me suis relevé difficilement. Je suis venu, j'ai vu, je n'ai pas vaincu.

Mais le pire des Noëls fut celui de l'année suivante.

Mon père avait refusé que je joue mes nouvelles chansons tristes à propos de Carolina sur le bateau pour les fêtes.

Mobilité retrouvée, brûlure guérie, je passais mon réveillon de Noël seul chez moi, devant la télévision avec mon chat Johnny Cash et mes calmants.

Un plat de coquillettes et du poisson pané, un peu de Coca sans bulles.

Une émission de variétés pas terrible, beaucoup de joie forcée et des sourires en plastique. Je râlais devant tant de médiocrité, tout en sentant très bien qu'au concours de médiocrité, je partais favori.

Quand tout à coup, le présentateur annonça la chanteuse Carolina pour un duo avec un chanteur italien. Grand. Brun. Musclé. Barbe de trois jours. Bien mis dans son costume trois pièces et ses chaussures vernies. Voix à la Jeff Buckley.

Vulgaire, en somme.

Carolina, encore plus belle que l'année dernière, se blottit dans ses bras avant d'entonner une mélodie qui ne m'était pas inconnue.

« *Your girl is crying in the night…* » Magnolias !

Je fredonnais avec eux comme un con. J'harmonisais à la tierce sur sa voix, ça sonnait pas mal. Je me remémorais la joie ressentie lors du voyage en ambulance. L'enthousiasme insoutenable pendant la session d'enregistrement de ma version de « Magnolias for Ever ». L'odeur de mes poils brûlés, les séances de kiné. Le regard de ses parents devant la cheminée, le plaid du grand-père pour éteindre l'incendie.

Quand la chanson se termina, ils s'enlacèrent amoureusement. Tout le monde applaudissait. Mon cœur tapait contre ma poitrine. Il voulait sortir se fumer une clope.

Je lui emboîtai le pas.

Le froid mordait dans une nuit sans étoiles. Il ne neigeait pas. J'avais oublié mon paquet à l'intérieur. En me laissant remonter par l'ascenseur je pensais :

« Voici le pire Noël de l'histoire de mes Noëls. À partir de maintenant, tous seront meilleurs ! » La gifle du froid, « Magnolias for Ever » et le Coca sans bulles venaient de me vacciner définitivement de toute nostalgie. Tout à coup, je me sentais admirablement léger. La vie sans Carolina s'ouvrait à moi.

Dans les starting-blocks pour retomber amoureux n'importe comment mais vivre, vibrer avec ou sans chansons « qui parlent d'amour et d'hirondelles, de chagrin, de vent et de frissons… ».

Intolérance
(simple conte de Noël)
par Bernard Minier

En ce soir de la Noël 182., mon ami sir James Parish, capitaine dans la marine de Sa Majesté, était assis en face de moi dans une de ces tavernes qui sont la providence des marins et la perdition des âmes faibles, quand il se sentit soudain en veine de confidences. Car voici qu'il se pencha par-dessus la table, les yeux brillants et en même temps pleins d'une expression rêveuse, et déclara :

« John, je ne peux m'empêcher, chaque fois que Noël revient, de penser à ce terrible Noël 1797… »

Il n'est pas rare qu'en cette soirée de Noël, quand deux âmes solitaires comme les nôtres s'apprivoisent mutuellement – solitaire par veuvage pour ce qui était de sir James, par choix, ou devrais-je dire par manque de choix, en ce qui me concernait –, que l'une ou l'autre se laisse aller aux confidences. Aussi est-ce avec sollicitude que je prêtai une oreille aux besoins d'épanchement de mon ami.

« Noël 1797, oui, continua-t-il, l'air de plus en plus ailleurs, comme c'est loin, tout ça… et pourtant, comment oublier l'horreur de cet hiver-là ? Ou plutôt devrais-je dire de cet été-là, puisque nous plongions à travers l'Atlantique, portés par les alizés, bien au sud de l'Équateur, vent arrière, nos bonnettes déployées de part et d'autre. »

Il eut un geste pour excuser ma visible ignorance :

« Vous êtes un terrien, John, vous ne pouvez que tenter d'imaginer ce spectacle : une gigantesque cathédrale de bois et de toile, incarnation de la toute-puissance maritime britannique, la plus prodigieuse manifestation du génie anglais, ce maître des océans, toutes voiles dehors – grand foc, faux-foc, misaine, petit hunier, grand hunier, grand-voile, grand perroquet, perruche, ourse d'artimon –, le vent grondant dans les agrès, tous les hommes s'activant en chantant sur le pont et dans le gréement, sous un azur très pur et par un soleil triomphant qui couvre les eaux d'un million de reflets aveuglants. Imaginez qu'à notre dernière escale, nous avions chargé à bord plusieurs centaines de bœufs et de porcs, cent quintaux de sel, le jus de dix mille citrons, des tonnes de pains, de pommes de terre et de sucre ! Et moi, sur la dunette, dominant ce monde en réduction, cette symphonie humaine, les joues fouettées par l'air du large, j'étais premier lieutenant en ce temps-là, et notre capitaine, un homme que l'Histoire a oublié et elle a bien fait, ne quittait guère sa cabine, ne cherchait nullement à se gagner la sympathie de ses officiers, encore moins de l'équipage, aussi étais-je celui vers qui l'on se tournait à chaque instant, j'avais l'impression d'être le vrai maître à bord pour tout dire, et on ne peut concevoir, mon cher John, plus grande fierté que celle d'un premier lieutenant dans ces moments-là. »

Je hochai la tête en souriant. Je ne le pouvais en effet, bien que les mots enflammés de sir John me communiquassent un peu de cette grandeur et de cette beauté qu'il venait de décrire. Puis, tout soudain, je vis son humeur s'assombrir.

« Et cependant j'aurais dû, dès cet instant, deviner que ce joyeux état d'esprit n'allait pas durer. Car le ver était dans le fruit depuis un certain temps déjà, John, sans que je m'en fusse aperçu. Il y avait dans notre équipage des éléments perturbateurs, des hommes de mauvaise volonté, d'humeur *noire*, dirons-nous, qui, le soir venu, versaient dans les oreilles de leurs voisins le poison qui allait bientôt contaminer une bonne partie de l'équipage. Il faut dire que nous avions embarqué un paquet de gredins et de gibier de potence pour le compléter et que les marins d'expérience faisaient défaut. »

De nouveau, je hochai la tête. Je savais de quoi sir James parlait : l'Angleterre, n'arrivant plus à maintenir sur tous les océans du globe ses quatre cents vaisseaux de guerre, recourait à l'enrôlement forcé et embarquait à coups de menaces et de bâton des paysans, des jeunes gens qui n'avaient rien demandé à personne, mais aussi des repris de justice et des assassins tirés de ses prisons, hommes de sac et de corde toujours prêts pour un mauvais coup. Et la vie à bord était moins idyllique que ne la décrivait sir John pour ceux qui dormaient en bas, dans les entrailles puantes et pourrissantes des navires, dans la promiscuité malsaine, le vice, le froid, l'humidité, les épidémies et la douleur des corps martyrisés par des tâches exténuantes et une trop maigre pitance. Car, en bas, régnait une tout autre justice que celle des officiers là-haut : la loi du plus fort et celle du talion.

« Ce que j'ignorais, poursuivit-il, c'est que ce poison allait se répandre jusqu'aux quartiers-maîtres et aux aspirants. Il faut dire que, très vite, les incidents se sont accumulés, à croire qu'un mauvais sort s'acharnait sur nous. D'abord, il y eut le médecin de bord qui me signala plusieurs cas de gencives enflées. Vous savez ce que cela signifie. Scorbut. Et pourtant, je prenais garde à ce que les hommes reçoivent tous leur ration quotidienne de jus de citron. Ensuite, il y eut plusieurs accidents dramatiques : au cours d'un exercice, un matelot tomba des haubans de misaine et se fracassa le crâne sur le gaillard d'avant – triste spectacle : c'était encore un gosse et sa tête ressemblait à un œuf frais tombé sur le plancher –, un autre glissa du beaupré dans la mer et passa sous la coque, un des quartiers-maîtres les plus expérimentés contracta la fièvre jaune. À bord, le bruit commença à se répandre que le *Tonnant* était maudit, on évoqua des incidents qu'il aurait connus lors de précédents voyages. Et puis est arrivé ce que tous les marins redoutent : le calme blanc. Plus de vent. Pas la moindre petite brise. Notre majestueuse cathédrale immobilisée au milieu de l'océan, plantée dans l'eau comme un clou dans une planche pendant des jours, et les hommes qui, la nuit venue, murmuraient dans la cale comme les lâches conspirateurs qu'ils étaient. Quand un énième incident est intervenu – un homme s'est noyé en voulant réparer le safran –, un début de mutinerie a éclaté. C'est un aspirant nommé, tenez-vous bien, Weasel (*weasel* : fouine en anglais) qui la menait. Un fourbe, un que je n'ai jamais aimé – de ceux qui, par de belles paroles, manipulent les doux esprits à leur seul profit ou par pure malveillance. Un de ces prophètes aux yeux fous qui arrivent à convaincre leurs semblables de commettre les pires ignominies au nom de la justice ou de la foi. Un de ces hommes qui ont tellement soif de pouvoir qu'ils sont prêts à semer le chaos partout où ils passent. Il m'a rejoint sur la dunette un soir où j'examinais la nuit dans l'espoir d'y entrevoir quelques signes qui nous seraient favorables et m'a confié que les hommes parlaient beaucoup. Leur conclusion ? On nous avait jeté un mauvais sort et ils croyaient tenir le coupable. Après la mort de deux matelots, on avait embarqué à bord un certain Queequeg, qui n'avait certes rien d'un bon chrétien. C'était un de ces sauvages animistes au corps bruni et musculeux couvert d'étranges motifs, à l'air farouche et qui ne fraternisait avec personne. Moi-même, j'évitais sa compagnie, mais c'était aussi un matelot des plus compétents et quelqu'un qui ne faisait jamais d'histoires. La présence du sauvage sur ce bâtiment, selon Weasel, était une insulte à notre religion anglicane. Qui plus est, Noël approchait, et les hommes acceptaient de moins en moins l'idée de fêter cette sainte date en sa présence. “Et que suggérez-vous ?” ai-je demandé cette nuit-là. De le jeter par-dessus bord fut la réponse. Je dis à cette vipère que s'il renouvelait devant moi cette proposition, je lui ferais donner vingt coups de canne et on en resta là pour cette fois, mais je devinai au regard qu'il me lança qu'il n'avait pas dit son dernier mot. Par chance, le lendemain, un fort vent arrière se leva et les voiles se gonflèrent comme les joues des angelots dans les peintures de Raphaël, on établit la voilure, j'indiquai sa route – nord-ouest quart nord – à l'officier de quart et nous repartîmes. Je crus un instant que cela mettrait fin au ressentiment des hommes d'en bas vis-à-vis du sauvage. Je me trompais. »

Sir John porta sa chope à ses lèvres, son regard ayant toujours cette expression lointaine, comme s'il s'adressait autant à lui-même qu'à moi, tandis que derrière la fenêtre les flocons tombaient en silence.

« Dès le soir du 23 décembre, nos ennuis recommencèrent. Alors que le crépuscule allumait l'océan et que la cloche sonnait la fin du petit quart, le capitaine me rejoignit sur la dunette où j'étais toujours à cette heure pour profiter de tout l'or qui embrase le ciel sous ces latitudes.

« "Ça va se gâter, une tempête arrive par l'ouest, me dit-il.

« — J'ai vu, monsieur.

« — Naviguez tribord amures. Amenez les perroquets et la perruche. La grand-voile et les huniers à deux ris.

« — Bien, monsieur."

« Je transmis les ordres, et officiers et matelots surgirent des écoutilles, des cabines, de partout, se répandirent sur le pont et dans les cordages. Trois heures plus tard, les premières gouttes de pluie, lourdes et froides, nous frappèrent tandis que le mur noir de la tempête se ruait sur nous telle une armée de démons rugissants. Le vent forcit encore, se mit à miauler si bruyamment dans le gréement qu'il fallait hurler pour se faire entendre. Un méchant coup de chien. J'envoyai l'équipage prendre les ris dans les huniers. Cramponné à un cabillot de la lisse, je criai la route à l'homme de barre de manière à remonter le vent, mais ce dernier n'arrêtait pas de changer de direction. Puis la tempête se changea en ouragan. Il fit très sombre, très froid, le vent hurlait comme mille diables, les déferlantes bondissaient par-dessus le pavois, ravageaient le pont puis les flots bouillonnants s'évacuaient par les dalots, telles des cataractes le long de la coque. Tantôt, à l'apogée de sa course, le *Tonnant* s'élançait vers le ciel comme s'il voulait s'envoler, tantôt il replongeait dans des creux gigantesques, menaçant à tout instant de chavirer, avec, droit devant, une nouvelle muraille d'eau verte et noire qui se précipitait vers nous, inspirant vertige et terreur. Cela dura toute la nuit, et, à la fin de celle-ci, les hommes étaient éreintés ; ils défilèrent devant le médecin du bord pour exposer plaies et bosses. Or, quand on crut que c'était fini, cela recommença. Ainsi pendant des jours. On perdit le mât de petit perroquet puis le bout-dehors et le mât de hune d'artimon, on activa les pompes, on colmata les voies d'eau, mais la tempête repartait à l'assaut, encore et encore. On avait l'impression que ça n'aurait jamais de fin. Notre capitaine, jaune et hagard, ne quittait plus sa cabine. C'est alors que je les vis émerger de l'écoutille principale. Ils tenaient le sauvage. Ils étaient une bonne trentaine sous la pluie torrentielle. Le *Tonnant* gîtait et ils s'avancèrent dans les ténèbres du pont, de l'écume jusqu'aux mollets, vers le pavois de bâbord et la joue sous le vent, Weasel à leur tête.

« "Ne vous en mêlez pas, monsieur", me dit le second lieutenant comme j'allais saisir mon arme, et je ne parvins pas à démêler dans sa voix s'il s'agissait d'un conseil ou d'une menace.

« L'instant d'après, le sauvage était à la baille. Il ne prononça pas un mot, ne supplia pas, ne cria pas. Il ne savait pas nager, il disparut.

« La tempête ne se calma pas pour autant. Bien au contraire. Les jours et les nuits s'enchaînaient et nous étions pris dans un effrayant enfer liquide. Ce serpent de Weasel proclama qu'ils s'étaient trompés de cible, que quelqu'un d'autre à bord attirait sur nous la colère de Dieu : Finkle. Son seul tort : être juif. Je voulus m'interposer mais on me désarma. On avait désarmé pareillement les autres officiers et surpris le capitaine dans sa cabine : une vraie mutinerie cette fois. Presque tous les hommes désormais suivaient ce fou de Weasel éructant ses prêches enflammés. Sa superstition ridicule – où revenaient sans arrêt les mots "Dieu", "justice", "châtiment", "peuple", toutes ces formules simples promptes à échauffer l'esprit des benêts – gagnait les cœurs à mesure que la tempête resserrait sur nous son étreinte. Tous ces cœurs peu vaillants mais si avides de vengeance, de violence et de se trouver un ennemi commun, une idole à brûler – vous savez comment sont les foules, John. Finkle fut promptement jeté à la mer. Il les maudit tous sur plusieurs générations avant de passer par-dessus bord.

« Croyez-vous que la tempête se calma pour autant ? Que nenni. Weasel avait pris le commandement du bâtiment, il avait fait mettre les officiers aux fers, sauf moi, car il était incapable de naviguer tout seul. Cependant, il donna la route à l'homme de barre, qui s'était attaché à la roue par mesure de précaution.

« "Vous êtes fou ! lui hurlai-je, plissant les paupières, aveuglé par les piqûres de pluie et les coups de mer, en voyant la route qu'il avait choisie. N'allez pas par là ! La zone est pleine de récifs, c'est du suicide !"

« Mais avec le pouvoir lui était venu l'orgueil. Il était devenu incapable de sonder les limites de sa connaissance – ou plutôt l'étendue de son incompétence. Et nous fonçâmes vers la zone des hauts-fonds. C'est ainsi que, dans la nuit du 24 au 25 décembre, on vit soudain la mer blanchir droit devant et, avant qu'on eût pu manœuvrer pour éviter cette blancheur mortelle, un effroyable craquement suivi d'une secousse non moins terrible se fit entendre quand la coque du *Tonnant* heurta le corail à fleur d'eau. Tout le monde fut jeté cul par-dessus tête. L'homme de barre eut le radius fracassé par les rayons de la roue quand elle tourna brusquement. Le navire partit à la gîte et je glissai sur le pont comme sur une pente verglacée, allant me cogner violemment au pavois. Le chavirement était inévitable. Les mâts craquèrent comme du petit bois et s'effondrèrent les uns sur les autres dans un fracas. Le *Tonnant* prit eau de toutes parts, dérisoire fétu jeté d'un récif à l'autre, se brisant sur les rochers, morceau par morceau, et j'en aurais pleuré de rage.

« Le croirez-vous, John : la plupart des hommes ne savaient pas nager ! Quant aux officiers enfermés à fond de cale, chacun était trop occupé à sauver sa peau pour les libérer. Il n'y eut que deux survivants : Weasel et moi, qui plus est agrippés à la même planche !

« Dans un premier temps, nous battîmes des jambes de concert pour nous éloigner des récifs, solidaires dans l'infortune. Nous gagnâmes le large avec l'espoir qu'un navire passerait par là – c'était une route maritime très fréquentée, après tout. Cependant, Weasel devait bien savoir que si nous étions repêchés par un navire anglais, c'était le gibet qui l'attendait. Pour lui, cela revenait à tomber de la poêle dans le feu. Sauf s'il ne restait personne pour témoigner de son infamie, bien entendu. Peut-être est-ce pour cette raison que je le surpris à plusieurs reprises à me lancer des coups d'œil tout à la fois méditatifs et inamicaux.

« Puis apparurent les requins. Ces eaux en sont infestées. Une nageoire, deux, trois, puis dix – qui se mirent à décrire autour de notre esquif une ronde infernale.

« "La malédiction est encore sur nous, commenta Weasel. Ça ne s'arrêtera donc jamais…"

« J'eus envie de lui faire remarquer que ça n'avait servi à rien en fin de compte de sacrifier Queequeg et Finkle, mais c'est alors qu'il me considéra d'un drôle d'air :

« "Vous-même, siffla-t-il soudain d'une voix insinuante, il se disait à bord que vous étiez franc-maçon, c'est exact ?"

« Les deux tiers du corps immergé dans l'eau glacée, je me raidis.

« "Et quand bien même cela serait ? dis-je, les lèvres tremblantes de froid.

« — Vous autres, les francs-maçons, il se dit que vous êtes des cannibales et des adorateurs de Satan, et que vous conspirez à renverser la monarchie… Vous êtes une insulte à la fois à Dieu et au roi."

« Je tournai la tête et crus discerner dans son œil noir la lueur familière du fanatisme. À cet instant, il avait l'air d'une bête féroce, enragée. Et il avait un poignard à la ceinture…

« "Il n'y a qu'une place sur cette planche, glissa ensuite Weasel. On ne tiendra pas à deux dessus… Et vous êtes un impie, un maçon, qui plus est le jour de Noël…"

« Je n'attendis pas qu'il en tirât la conclusion qui s'imposait à son esprit délirant et sectaire. J'avais détaché de la planche, à l'abri de ses regards, un gros clou. Avant qu'il ait eu le temps de passer à l'attaque, je le lui plantai de toutes mes forces dans l'œil droit. Il hurla. J'attrapai prestement le couteau et lui enfonçai la lame dans le ventre, après quoi je repoussai son corps sanguinolent et me hissai sur la planche. Attirés par le nuage de sang, les squales ne tardèrent pas à rappliquer. Je ne sais s'il était encore vivant quand ils se disputèrent sa dépouille dans un grand bouillon rubescent, mais c'est un spectacle que je n'oublierai jamais. Je fus miraculeusement repêché par un trois-ponts que la tempête avait écarté de sa route et rentrai en Angleterre y faire le récit de mon infortune. On me sermonna sur la façon dont j'avais mené toute l'affaire – en particulier sur le fait que j'eusse abandonné à leur sort officiers et capitaine –, mais mon père avait des amis à la Cour et au Parlement, et on choisit de m'élever au capitanat et de me confier un commandement de frégate, au cours duquel je me suis illustré, comme vous le savez, puisque j'étais aux côtés de Nelson à Trafalgar. »

J'acquiesçai d'un signe de tête.

« Au fond, vous n'avez rien à vous reprocher, sir James, lui dis-je. Vous êtes un homme de raison, un homme de science. Vous avez agi en état de légitime défense face à un fou furieux, voilà tout.

— Pas seulement, dit-il.

— Comment cela ?

— Eh bien, Weasel avait navigué dans le golfe du Bengale, en mer de Chine et en mer Jaune avant de rejoindre notre équipage. Aussi j'en vins à le soupçonner de s'y être converti à cette hérésie qu'on appelle bouddhisme. Je pense aujourd'hui que c'est lui qui, par sa conduite impie, a attiré sur nous cette mauvaise fortune et qu'il le savait fort bien. Il essayait de détourner notre regard de sa propre inconduite en portant notre attention ailleurs, voilà tout. Je n'ai moi-même été que la main de Dieu. Vous saisissez, John ? »

J'en restai sans voix. Comment de telles sornettes avaient-elles pu contaminer un esprit aussi éduqué que celui de sir John qui, en dehors de ses études de marine, avait lu Cicéron, Locke, Hume et Descartes ? Il est vrai que je voyais partout autour de moi ce retour de l'obscurantisme, cette réaction contre l'esprit des Lumières, qui avait pourtant permis à la médecine de guérir un nombre grandissant de malades, à des explorateurs de découvrir de nouveaux continents, à la science de déchiffrer peu à peu les mystères de l'univers comme ceux de la nature humaine. C'était comme si plus les Lumières se répandaient, plus la guerre, l'ignorance et le fanatisme cherchaient à leur faire barrage.

Sur ces mots, je vis sir John se lever. Il me salua cordialement, me souhaita un bon Noël et sortit. Au moment où il franchissait le seuil, laissant entrer un plein boisseau de flocons, je l'entendis fredonner joyeusement : « Il est né, le divin enfant. »

Heureusement, il y avait non loin de moi une joyeuse assemblée à laquelle je m'empressai de me joindre – car Noël doit rester ce moment où l'enfance a le droit de ressurgir dans le cœur de chaque adulte et où l'on éprouve un besoin presque irrépressible de chaleur humaine, de tendresse et de naïveté.

Santa & Associé
Détectives privés
par Olivier Norek

Noël dévorait tout l'espace public et la ville, prise en otage, vomissait des lumières violentes et obscènes, si bien que le gyrophare de la voiture de police aurait pu tourner des heures encore dans l'indifférence heureuse du voisinage, peignant de rouge et de bleu la façade de la villa Kepler : le père, livide, à faire les cent pas dans le jardin, pendu au téléphone ; la mère, prostrée sur les marches du perron ; les flics autour et dedans ; et les gamins Kepler, Jade, quatre ans, et Solal, six ans, disparus, envolés.

— À trois jours du réveillon… tout de même, se désola l'un des inspecteurs.

Le flash de l'identité judiciaire illumina la chambre vide.

Les mains gantées des flics fouillèrent les tiroirs et les placards remplis de petits objets et de petits vêtements.

Sur le bureau baigné par la lumière d'une veilleuse système solaire qui projetait alentour ses planètes, reposait une lettre inachevée au Père Noël.

Dehors, un enquêteur questionnait la mère, qui répondait en hoquetant d'une mortelle inquiétude. Elle décrivit les pyjamas. Elle chercha des photos récentes sur son mobile.

— Et Jade ne se sépare jamais de sa peluche, ajouta-t-elle, sans bien réussir à décrire la boule moelleuse bleue au ventre blanc et aux grands yeux que tenait toujours sa fille à la main.

Il fallait désormais attendre. Attendre et espérer une demande de rançon. Car mieux valait ne pas chercher à imaginer ce qu'il pourrait advenir de Jade et Solal si ceux ou celles qui venaient de les kidnapper n'étaient en rien intéressés par l'argent.

*

Dans les bureaux de « Santa & Associé » en Laponie, la journaliste et son photographe n'en revenaient pas de l'exclusivité. La première, unique et incroyable interview du Père Noël ! Une dizaine de lutins les avaient accueillis à quelques kilomètres de là, alignés sur le bord de la route comme de sages nains de jardin, à l'endroit même où elle s'arrêtait tout net, devant les premiers arbres d'une forêt impénétrable. Ils avaient fait le reste du chemin en luge, entourés de volutes de neige, avant qu'un village ne se détache au loin. Une multitude de minuscules maisons entouraient un chalet guilleret de deux étages et agréablement illuminé d'entrelacs infinis de guirlandes, et c'est dans ce dernier qu'ils furent invités à entrer.

Dans le salon, face à une cheminée qui aurait pu accueillir mille cadeaux enrubannés, réchauffés par les flammes bienveillantes, les deux invités déballaient leur matériel, appareil photo et carnet de notes. Puis, comme s'il avait toujours été dans ce fauteuil alors qu'il était vide deux secondes plus tôt, ils auraient pu le jurer, le vieux bonhomme au sourire bienveillant et à l'iconique barbe blanche les salua.

— Bonsoir, mes enfants.

Avec lui étaient apparues deux grandes tasses en poterie blanche où nageaient des billes de chamallow sur du chocolat chaud, comme un après-midi chez Willy Wonka.

— Bonsoir, monsieur… Enfin, bonsoir, Père Noël…, trébucha la reporter sans savoir continuer, puisque aucune école de journalisme n'apprend la manière de s'adresser à une légende vieille de plus de deux mille ans.

— Vous pouvez m'appeler Santa. Santa Claus. C'est mon surnom favori.

*

Dans la cave de la maison utilisée par les ravisseurs, Jade pleurait. Solal en avait aussi envie, mais son rôle de grand frère pris au sérieux lui faisait ravaler ses larmes les unes après les autres. Il ramassa la peluche bleue tombée sur le sol terreux, l'épousseta de deux tapes et la tendit à sa petite sœur. La boule moelleuse sentait la villa Kepler, ses fibres en étaient imprégnées : le café du matin, le pain chaud, la peinture de la chambre nouvellement redécorée, et le doux parfum mélangé de ses deux parents.

À l'étage, on buvait et on fumait, anxieux. Les Kepler trouveraient sans peine le mot laissé sur la table du salon, là où ils avaient noté un numéro de téléphone pour les joindre.

L'un d'eux descendit à la cave. Un flash éclaira le sous-sol sombre. Puis il remonta avec une photo des deux enfants, dans les bras l'un de l'autre, avec, dans le regard, toute l'incompréhension enfantine d'une première rencontre avec le mal.

Un autre désigna le téléphone posé entre eux. Il avait l'air d'avoir pensé à tout. Il avait l'air de celui qui sait ce qu'il fait.

— Dès qu'ils appellent, on décroche pas. On leur envoie la photo. Ils rappelleront. Là, seulement, on décroche et on demande le million. Faut faire monter la pression. Faut leur montrer qu'on a pas peur de faire du mal à leurs gosses s'ils jouent les hésitants.

Le dernier des trois prit la parole. Il était roux, tout juste homme, et donnait l'impression d'avoir des remords.

— Mais on est d'accord qu'on leur fera rien, aux petits, hein ?

— On fera ce qu'il faut. Commence pas à tanguer. Et souviens-toi surtout que c'est plus facile de diviser un million par deux que par trois.

*

La journaliste avait déjà passé en revue une bonne partie de ses premières questions. Comment les rennes du Père Noël pouvaient-ils atteindre la vitesse de la lumière pour distribuer en une nuit tous les cadeaux fabriqués ? Comment gérer une entreprise de cinq cent mille employés, surtout lorsqu'ils ont le caractère des lutins ? Comment, et elle s'était excusée de la familiarité, malgré son embonpoint certain, arrivait-il à passer par toutes les cheminées sans y rester bloqué, ou comment faisait-il pour ne pas déclencher les alarmes lorsqu'il passait par les fenêtres ?

Santa répondit avec gentillesse. Pourtant, un voile de nostalgie ternissait son regard, comme s'il évoquait des souvenirs lointains ou un temps heureux révolu.

— Mes lutins sont ébénistes, peintres, horlogers, musiciens et inventeurs de talent. Mais les enfants ne veulent plus de jouets en bois. Ils veulent des ordinateurs, des tablettes, des téléphones, faits de plastique et de matériaux qui pillent les ressources naturelles de la planète.

Ses mains lissèrent sa longue barbe et le photographe immortalisa ce geste.

— Ni moi ni mes lutins ne nous sommes résolus à prendre ce tournant. Bien sûr, nous avons encore un peu de travail, mais si peu. Comme les auteurs de cartes de Noël ou les scénaristes de téléfilms de décembre, nous risquons le chômage. Alors, j'ai opté pour une réorientation de carrière.

— Détective privé, c'est bien ça ? demanda la journaliste.

*

Une heure qu'ils patientaient. C'est à peu près le temps qu'il fallait pour que les policiers expliquent à la famille le protocole à suivre après un enlèvement. Et c'est alors qu'un message arriva sur le téléphone.

— Un texto ? s'étonna l'un des ravisseurs. On ne prend pas contact avec des ravisseurs à coups de textos ! Ça dit quoi ?

Celui des trois qui commençait à regretter de s'être laissé embarquer dans cette entreprise criminelle abjecte se pencha au-dessus de l'écran sans toucher le téléphone, comme s'il avait peur d'y laisser ses empreintes. Le message était assez laconique, voire incompréhensible.

— Ça dit « Oh ! Oh ! Oh ! ».

— *Oh ! Oh ! Oh* ? répétèrent les deux autres.

C'est au troisième « Oh ! » que la porte s'ouvrit violemment, laissant apparaître dans une bourrasque chargée de neige un grand homme rouge à la barbe blanche.

— Il faut le dire avec plus de magie et d'engouement, s'exclama celui qui était maintenant au centre du salon. Il faut dire…

Santa prit une grande inspiration et tonna un formidable « Oh ! », un incroyable « Oh ! » et un vibrant « Oh ! » qui firent trembler les murs et tomber les kidnappeurs sur les fesses, chuter les congères que le vent avait entassées sur le toit et choir les stalactites de glaces accrochées aux gouttières en une pluie d'épées de diamant.

Puis il se tourna vers celle des trois crapules qui n'avait plus envie de l'être.

— Antony… Que de lettres m'as-tu envoyées ! Que de trains miniatures et de maquettes d'avion j'ai déposés au pied de la cheminée de tes parents ! Je sonde ton cœur, et je sais que tu regrettes. Mais je ne serai pas ton juge.

L'adulte Antony se mit à pleurer, alors qu'il se revoyait enfant, qu'il redevenait enfant.

— Va chercher les petits, lui dit Santa. Je t'attends.

Le brigand se leva et s'exécuta sans hésiter, descendant les marches de la cave deux à deux, sans faire cas de ses complices, paralysés par la peur.

À la vue du Père Noël, Jade et Solal coururent dans ses bras et y disparurent. Il les enlaça tendrement et accueillit tout leur amour.

Devant la maison, les quatre rennes se mirent à racler le sol de leurs sabots, impatients de reprendre leur envol. Santa chargea les enfants à l'arrière, à la place désormais libre où avant reposait une hotte aux millions de cadeaux. De sa poche, il sortit la peluche bleue au ventre blanc et aux grands yeux qu'il posa sur les genoux de Jade.

D'un claquement de langue, le Père Noël annonça le départ et disparut dans un nuage de poussière d'étoiles.

Restés dans le salon, les ravisseurs s'interrogeaient maintenant du regard. Alors ? Rien de plus ? Pas de punition ?

— C'est tout ? s'inquiéta un autre.

— Il nous laisse là ? Comme ça ? ajouta le deuxième.

— Ben… C'est le Père Noël quand même, il va pas nous casser la gueule, non ?

À la hâte, ils récupérèrent leurs manteaux, effacèrent toute trace de leur passage, conscients et reconnaissants de s'en tirer à si bon compte, tant emportés dans leur soulagement qu'ils ne virent pas, à la fenêtre givrée, les visages des lutins qui s'agglutinaient pour mieux les observer.

Ils jetèrent un dernier regard dans le salon, puis ouvrirent la porte pour s'enfuir à toutes jambes, quand ils tombèrent nez à nez avec une vague de lutins.

Partout. Sur les branches, sur les rochers, assis sur la neige, partout il y avait des lutins. Et devant ces milliers d'êtres étranges à l'air peu commode, il y en avait un, plus vieux, aux sourcils froncés et au regard plus noir que les autres, un couteau à la lame luisante passé sous sa ceinture, qui faisait « non » aux vauriens d'un doigt menaçant.

D'un saut en arrière, les trois brigands se retrouvèrent à nouveau dans le salon et refermèrent la porte en la claquant.

— Putain de putain de putain de bordel de merde !

*

— *Détective privé*, c'est bien ça ? avait demandé la journaliste.

— Je sais ce que veulent les enfants, expliqua Santa. Je sais même quand ils ne veulent plus de moi. Mais je les aime assez pour ne pas les abandonner. D'où cette idée. Puisque la moindre de leur larme est un torrent de douleur dans ma tête. Que je ressens comme si je vivais leurs peurs et leurs espoirs. Puisque je suis directement et célestement connecté à eux de leur premier souffle jusqu'au moment où ils ne croient plus en moi. Puisque je ne fais qu'un avec leur esprit et que je peux les traquer comme un prédateur suit l'odeur d'un animal, cela m'a semblé l'évidence. Mes cadeaux devenaient démodés, je devais trouver une autre manière d'être là pour eux.

— Pourquoi ne pas tout simplement les abandonner et passer à autre chose ?

— Car je n'existe que pour eux.

*

Le plus âgé des lutins fit un geste et, obéissant à celui-ci, son lieutenant souffla dans sa corne. Un mélange de brame de cerf, d'alarme de banque et de vent hurlant dans les branches.

À ce son, dans la maison, les poils se dressèrent sur les bras des trois criminels. L'un d'eux se rendit alors à la fenêtre. Les lutins se rassemblaient pour ne former qu'un manteau de petites capuches vertes.

Le brame, l'alarme et le vent volèrent jusqu'au village voisin, à travers ses rues, rebondissant contre les murs en pierre, pour s'engouffrer par la porte ouverte d'un vieux pub, jusqu'aux oreilles de l'homme accoudé au zinc brillant qui finissait son huitième bourbon sans pourtant réussir à s'enivrer.

Il posa une pièce d'or face au tenancier qui la regardait maintenant en pirate satisfait et, sans demander sa monnaie, l'homme remercia cette bonne compagnie. Il était maigre et grand. Très maigre et très grand, comme un arbre séculaire qui vivrait sa dernière saison.

Dehors, il resserra autour de son corps sa longue gabardine, puis fit un grand pas devant lui avant de disparaître. Au second pas, il réapparut devant la maison des kidnappeurs.

Les lutins baissèrent les yeux pour ne pas croiser son regard. Une bourrasque de neige enveloppa la forêt et, lorsqu'elle retomba, l'homme se retrouva seul.

— Les lutins sont partis, souffla une des crapules à l'intérieur.

— Il n'y a plus qu'un type, long et fin comme une allumette, ajouta une autre.

— C'est le moment de filer. Que pourrait-il bien nous faire ?

*

Dans le chalet du Père Noël, on voyait maintenant le fond des tasses de chocolat et le feu eut envie d'une nouvelle bûche.

— Mais je lis « Associé » dans *Santa & Associé,* DÉTECTIVES PRIVÉS, poursuivit la journaliste. Vous n'êtes donc pas seul ?

— Je vis déjà reclus en Laponie, l'ennui m'aurait été mortel. J'ai bien un associé, et vous le connaissez déjà. Tous les enfants le connaissent. Enfin, les mauvais, tout du moins.

— C'est du Père Fouettard dont vous parlez ? s'étonna l'invitée.

La nuit sembla plus sombre à l'évocation de son nom. Un million d'étoiles s'éteignirent, la lune se cacha derrière un nuage et les rennes tapèrent du sabot contre les planches en bois de leur stalle.

— Père Fouettard, confirma Santa. On l'appelle aussi *Krampus*, *Trapp* ou *Zwarte Piet* en fonction des pays et des langues. Mais tous ces surnoms ne parlent que de la même bête. Et je suis son seul ami.

Le photographe se dit qu'il tenait là un scoop inespéré : il allait avoir la chance insolente de rapporter à sa rédaction une photo de l'homme en rouge et une autre de son pendant maléfique.

— Krampus, répéta la journaliste. Quelle peut bien être sa fonction, en tant qu'associé ? Si j'en crois la légende, il vole les cadeaux des chenapans et s'immisce dans leurs rêves pour les transformer en cauchemar.

— C'est exact. Nous ne nous occupions alors que d'enfants. Voilà plus de vingt ans maintenant que nous affrontons des adultes. Il a fallu nous adapter.

*

Deux des vauriens se trouvaient déjà devant la porte et s'apprêtaient à une sortie en force, quitte à bousculer la silhouette chétive qui restait immobile, à quelques mètres devant eux.

Le troisième, toujours planté à la fenêtre, les alerta soudain.

— Je crois qu'il est plus grand que tout à l'heure.

Les deux complices ne l'écoutèrent pas.

— Je crois qu'il devient plus massif aussi.

Sous leurs yeux terrifiés, la silhouette abandonna son aspect humain pour laisser place à Krampus. La bête souffla une fumée sombre par les naseaux, alors que son visage se couvrait d'un duvet épais et noir. De longues griffes poussèrent au bout de ses doigts et un feu s'alluma dans sa poitrine, un feu dont quelques flammèches sortaient déjà de sa bouche. Ses vêtements craquèrent alors que son corps se déformait, poussait en long et en large. Ses cheveux fins dévalèrent sur ses épaules pour parcourir tout son dos, et ses dents se changèrent en crocs jaunes. Sa peau sécha d'un coup et se craquela en une mue qui laissa la place à un cuir rugueux. Surtout, comme fait de soufre et de pourriture, il se mit à puer les enfers.

La porte vola en éclats et, quand il entra, il remplit le salon de sa simple personne, forçant les trois salauds à se presser contre les murs en s'urinant dessus.

Krampus s'approcha en feulant et, du fond du marais de son ventre, des gargouillis nauséabonds remontèrent le long de sa gorge. Une salive épaisse et gourmande coulait par ses lèvres, tombant au sol en grosses gouttes poisseuses.

Il renifla celui des trois dont l'âme pouvait encore être sauvée. Il posa ses narines sur la peau de sa nuque, lécha son visage du menton au front et goûta cette peur dont il se délecta.

— Fuis, grogna Krampus. Tu m'oublieras demain, mais moi, je garderai un œil sur toi.

Puis la bête se tourna vers l'un des deux criminels restants et plongea ses doigts dans son torse qu'il ouvrit en deux pour laisser apparaître son cœur battant qu'il arracha et goba comme un œuf.

Le second, couvert du sang de son comparse, tenta de fuir, mais Fouettard le rattrapa par les cheveux et le tira à lui. Il plaça une main de chaque côté de son crâne et, tel un étau, pressa, pressa, jusqu'à ce que son cerveau s'échappe par le nez et les yeux et que, poupée de chiffon, il s'écrase inerte au sol.

*

L'horloge sonna minuit. Dehors, les lutins préparaient déjà la luge qui devait ramener les invités à bon port, jusqu'à la route. La journaliste comprit alors qu'il ne lui restait plus qu'une seule et dernière question.

— Mais alors, si les mauvais hommes remplacent les mauvais enfants, quelle est leur punition ?

— Je préfère garder ce secret pour moi, répondit Santa. Lorsqu'un enfant se cache derrière le canapé pour me voir descendre de la cheminée, ses souvenirs s'effacent au matin. Il en va de même pour mon ami Fouettard. Personne ne se souvient jamais de l'avoir croisé, et c'est mieux ainsi.

— Alors, j'oublierai aussi la soirée que nous venons de passer ? s'inquiéta la journaliste.

Santa posa un doigt sur le front de la jeune femme. Une seconde, elle eut l'impression de sentir du givre au bout de sa langue, puis le Père Noël lui sourit.

— Maintenant, tu te souviendras.

La journaliste rangea alors son carnet dans son sac, à la lanière duquel une petite peluche bleue au ventre blanc et aux grands yeux se balançait.

Santa se leva et Jade Kepler, sans y penser, sans même savoir pourquoi elle le faisait, tomba dans ses bras. Père de tous les enfants, le bonhomme à la longue barbe ferma les yeux pour accueillir tout son amour.

Il faut sauver le soldat Ryan

par Niko Tackian

Ryan se tenait là, les bras le long du corps, le fusil rivé contre son flanc, comme toujours. Il régnait dans la pièce un silence de mort et une obscurité presque totale. Il risqua un regard sur le côté et aperçut les épais feuillages dans lesquels il tentait désespérément de se dissimuler depuis qu'on l'avait sorti de sa caserne. Il y en avait d'autres comme lui, beaucoup d'autres, mais il avait perdu leurs traces à peine après leur déploiement. Il se souvenait de Joe, un gars qui lui ressemblait à l'identique, à part une profonde entaille sur le visage, un dur à cuire. Pas le genre de type qu'on imagine se faire descendre à la première rafale. Lui aussi avait disparu.

Il y eut un bruit discret quelque part dans les ténèbres, juste en face, et une sueur froide remonta le long de son corps. La bête était là. Il ne pouvait pas la voir, mais il la sentait, aussi assurément que la chapka rouge qu'il portait vissée sur son épaisse chevelure. La bête était cruelle, ça, il en était certain. Elle se déplaçait, légère comme une plume, prête à bondir sur sa proie. Plusieurs fois déjà, il avait dû subir ses assauts, serrant son fusil, grelottant de peur, alors que toute la forêt semblait se recroqueviller sur elle-même et bouger en tous sens. La bête était puissante et, par-dessus tout, elle était malfaisante.

Ryan entendit un râle d'angoisse percer entre les branches. C'était cette jeune fille qu'il avait à peine eu le temps d'apercevoir en débarquant dans cet endroit de malheur. Une bergère ou une villageoise locale perdue dans ce bourbier avec les autres, condamnée à attendre que le général arrive et récolte tous les honneurs de cette opération.

Le général… Celui-là… Ryan ne le portait pas dans son cœur. Avec son uniforme rouge, sa grande barbe et surtout ses grosses mains. Des mains énormes de boucher, des mains d'ogre qui vous saisissent, vous pétrissent, vous malaxent avant de vous enfermer pour toujours au fond d'une boîte. On parlait beaucoup de lui, tout le monde semblait l'aimer, mais en réalité Ryan savait exactement le genre de sentiment qu'il inspirait pour asseoir son pouvoir : la peur !

Pas loin de lui, une étoile gigantesque à la forme arrondie brillait de mille feux. Elle était belle, mais pas autant que « Firmament ». Ryan se souvenait de la fois où il avait réussi à se positionner tout en haut du périmètre. À cet endroit la forêt était un peu plus dégagée et la vue parfaite sur le grand vide, un vrai poste de sniper. Cette fois-là, donc, il s'était retourné vers le ciel et il l'avait aperçu. Une immense comète de feu rouge vif dressée vers le plafond et se terminant par une étoile si brillante qu'elle illuminait même le vide. Firmament, c'était le nom qu'il lui avait donné. Il en avait fait son trésor, l'espoir d'un monde meilleur dans lequel, ni la guerre, ni la peur, ni le général n'existeraient.

Il y eut à nouveau un bruit et Ryan arrêta de divaguer pour se concentrer sur la zone en contrebas. Quatre cubes de couleurs vives bardés de cordages étaient brusquement apparus, largués par un de ces gros-porteurs furtifs qui pullulaient dans le coin. Ces containers étranges, qu'il soupçonnait être des prisons, entouraient le pied de la montagne de feuillages.

— Ils arrivent ! hurla une petite voix derrière lui.

C'était Bob. Un autre gars du bataillon, un vieux de la vieille à qui il manquait un bras et dont le fusil avait été réparé avec une substance visqueuse et transparente classée top secret par les services spéciaux du général. Bob avait la trouille depuis la fois où deux grosses paluches s'étaient amusées à l'amputer avant de le balancer aux oubliettes.

— T'inquiète pas, Bob, c'est qu'un mauvais moment à passer, dit-il pour le rassurer sans vraiment y croire.

Et le vide s'illumina d'un coup. Il y eut des hurlements atroces et ces rires gutturaux qui lui donnaient la chair de poule. La terre trembla et la forêt avec. Deux masses énormes s'étaient jetées sur les containers. Ryan n'arrivait pas vraiment à en discerner la forme, ses grands yeux noirs n'étaient pas suffisants pour appréhender la totalité de ces êtres. Depuis que la guerre avait commencé, peut-être quatre ou cinq campagnes, elles n'avaient pas cessé de grossir pour devenir des géants puis maintenant… des titans ! Chaque fois leur présence lui semblait plus forte, plus menaçante. Il risqua un regard vers le bas et aperçut la frénésie atroce avec laquelle ces créatures voraces se disputaient les cubes colorés pour en arracher la structure et les éventrer. Parfois, il percevait d'ignobles gloussements de joie. Comment pouvait-on se réjouir d'un tel désastre ? D'une telle frénésie de destruction. Cela prenait à peine quelques minutes avant qu'ils ne disparaissent en ne laissant qu'un champ de ruines et de désolation.

— Ouf ! C'est terminé ! chuchota Bob derrière son dos.

— Vous pignolez pas trop vite les barbus. Le meilleur reste à venir.

La petite voix nasillarde qui venait de les interrompre provenait d'une branche s'enfonçant bien loin à découvert. C'était Eddie le lutin, un vétéran de la Grande Guerre. D'après la légende – qu'Eddie ne manquait pas de débiter en boucle –, c'est un de ces êtres gargantuesques qui lui aurait donné la vie.

— Ah, oui ? Et comment ? l'avait souvent interrogé Ryan qui le soupçonnait de raconter cette histoire pour impressionner la bergère.

— Avec du papier, de la colle et des feutres, dans un endroit qu'ils appellent « l'école ».

L'école ? Encore un mot qui ne voulait rien dire et pourtant, Eddie n'en démordait pas. Il disait même connaître le nom de son créateur, un certain Charlie Dabrowski. Ridicule ! Qui porte un nom pareil ? En deux mots, en plus. Mais il fallait bien avouer qu'avec son chapeau rouge aux angles bizarres, son visage maquillé de noir et de jaune, ses bras de longueurs différentes et ses pieds en étoile, Eddie était déjà suffisamment effrayant comme ça pour que personne n'ait vraiment envie de le contredire.

— Ils sont partis, mais cette nuit, la bête va sortir.

Et il n'avait pas tort. Après une courte période de calme, Ryan sentit à nouveau la présence invisible pénétrer dans la pièce.

— Oh, oh ! gémit Bob dans son dos.

À quelques mètres de lui sur le côté gauche, se tenait une immense banderole à franges recouverte de paillettes. Pour une raison que le général – ce salaud – s'était bien gardé de leur expliquer, la forêt en était littéralement parsemée. Ryan pensait qu'il s'agissait des marques d'anciennes guerres, comme des boursouflures irradiées causées par une quelconque arme chimique. Il se dit qu'avec un peu d'efforts et en se balançant sur l'attache qui partait du sommet de sa chapka, il pourrait l'atteindre et tenter de se dissimuler en dessous. Mais il n'en eut pas le temps. La bête venait de bondir dans la forêt. Un terrible tremblement de terre ébranla les branches autour de lui et il aperçut une immense boule de lumière bleue tomber vers le sol avant de s'écraser au pied du périmètre dans un éclat de verre retentissant. Ryan fut ballotté dans un sens, puis dans l'autre, il sentit son chapeau tirer sur sa chevelure blanche à s'en décoller la peinture. Son visage, sa barbe, son corps furent projetés vers le haut, puis le bas.

— Oooooh, non ! se lamenta Bob en tombant entre les branches.

Le tremblement se transforma en une hystérie de secousses et une pluie d'étoiles, de bergères hurlantes de terreur, de soldats accrochés à leurs armes, de boules colorées scintillantes qui furent expulsés dans le grand vide, aspirés par le néant. Et la forêt elle-même s'ébranla d'un coup, chutant d'un seul pan vers le sol. Ryan sentit le vent lui écraser la face alors qu'il voyait sa mort arriver. L'arbre entier s'effondra dans un vacarme assourdissant de branches et de verre brisé et il fut arraché de sa cachette et propulsé dans les airs pour tomber, dos contre terre sur la surface froide d'un carrelage. Ses yeux de figurine fixèrent le grand vide, suppliant pour qu'on le laisse vivre une minute de plus. C'est alors qu'il aperçut les débris d'or pur de Firmament au milieu desquels il se trouvait.

IMPOSSIBLE !

L'astre ultime ne pouvait pas, lui aussi, être tombé sous les coups de la bête. Elle n'avait quand même pas le pouvoir de détruire son dernier espoir ! Toute combativité quitta son corps en bois et ses yeux s'embuèrent de larmes résineuses. Mais quelque chose de plus terrible encore était sur le point de se passer. Il la vit se pencher au-dessus de lui. La bête était là, son visage collé contre le sien. Il aperçut les oreilles triangulaires, les yeux lumineux d'un bleu glacé aux pupilles en fentes noires, la truffe humide comme un bouton de velours, la gueule remplie de petites dents acérées, la fourrure touffue rayée de motifs symétriques… Elle était prête à le dévorer. Mais Ryan, dans un ultime effort, réussit à pivoter sur le côté et ricocha sur un morceau de Firmament qui fit levier et sauta à la face du félin. La bête poussa un miaulement de douleur et recula d'un coup. L'affrontement était impossible, mais il y était arrivé. David contre Goliath, Ryan était un héros ! Le néant s'illumina subitement et deux titans encore plus gargantuesques que les autres émergèrent. Ils constatèrent le désastre et gémirent d'une voix gutturale une série d'incantations obscènes qui resteraient à jamais gravées dans sa mémoire.

— C'est Capucine, elle a sauté dans le sapin ! Non, mais c'est pas possible, ce chat !

Et c'est alors que, comme par une puissante magie, la forêt se remit en place et Ryan sentit deux énormes paluches le saisir pour fixer sa chapka à une branche. Le pauvre Bob avait à nouveau perdu son bras, mais il était bien vivant, tout comme la bergère dont la jupe plissée était toujours impeccablement en ordre. Ryan eut même l'impression qu'elle l'avait regardé. Après tout il était un héros. Eddie le lutin reprit sa position et lui envoya un sourire qui le mit mal à l'aise.

— On a eu chaud non ? On s'en souviendra de ce Noël.

Ah ça, oui, on s'en souviendra ! Comme le pire des Noëls. Dans le silence glacial du néant qui ne tarda pas à les engloutir, Ryan jura contre le général. Comment pouvait-on se faire appeler « Père Noël » et livrer ses créations à des affres aussi cruelles ?

— T'inquiète pas, Ryan. Dans quelque temps, ils nous décrocheront de cet arbre, et ils nous rangeront dans une boîte à la cave… on sera enfin peinard ! expliqua Eddie pour tenter de le rassurer.

Peinard ?… Oui, peut-être… Mais, jusqu'au prochain Noël…

Neige

par Franck Thilliez

Un hurlement au fond d'un rêve. Thomas sentit une violente déflagration en lui, qui le fit passer du sommeil au plus brusque des réveils. Ses mains étaient crispées sur le volant. L'éclat de la lumière fragmentait le pare-brise. En face, un mastodonte chargé de troncs, balançant des appels de phare à tout va. À côté, Emma qui criait et le secouait.

Thomas donna un coup de volant sur la droite. Sa voiture se mit à zigzaguer sur la route avant qu'elle retrouve de la stabilité. Thomas freina et se rangea sur le bas-côté, le souffle coupé. Sa femme était blanche comme la mort.

— Bon Dieu, Thomas !

Dans le rétroviseur, le camion se résumait désormais à deux points rouges dans la nuit. Il fallut quelques secondes au Français pour revenir dans la réalité. Québec. Le réveillon de Noël. Leur chalet réservé dans une forêt à quatre cents kilomètres de Montréal. Et ces lignes droites à n'en plus finir. Il s'était endormi. Avec l'arrivée prochaine du bébé, son poste à responsabilité dans une grande entreprise aéronautique, il manquait clairement de sommeil. Ces quinze jours au Québec – et plus particulièrement cette nuit dans un endroit paradisiaque – lui feraient le plus grand bien. Tout en redémarrant, il parvint à lui adresser un sourire crispé.

— Le pire, ça aurait été pour ton cadeau. Il m'a coûté cher, tu sais ?

— T'es trop con…

Elle soupira dans son siège.

— T'es crevé. Laisse-moi le volant.

— Ça va aller, on y est presque. Plus que cinquante bornes… Tiens, il commence à neiger. Ça va faire une soirée parfaite, ma chérie. (Il colla une main sur son ventre arrondi.) Notre dernier réveillon de Noël avant les couches et les biberons, alors profitons-en.

— Ça aurait pu être notre dernier réveillon tout court.

Quand le GPS l'indiqua, il quitta la route principale vers une voie beaucoup plus étroite et sinueuse. Les pins gris se dressaient jusque haut dans le ciel d'encre. Pendant la demi-heure où il roula, Thomas eut l'impression d'un décor qui se répétait à l'infini. On pouvait progresser des heures sur ces gigantesques territoires sans jamais croiser personne.

La voie disparaissait désormais sous un film de poudreuse. À un moment, ils perdirent la radio sur une chanson de Pearl Jam, *Last Kiss*, puis ce fut au tour du réseau téléphonique et carrément du satellite. Quand l'écran tactile se figea, Emma eut un frisson. Dehors, c'était tout noir, glacé. Pas le genre d'endroit où il fallait tomber en panne.

— Il est bientôt 18 heures, on devrait déjà être arrivés, s'inquiéta-t-elle. T'es sûr qu'on ne s'est pas plantés ?

— Non, c'est bon. D'après la description sur le site, c'est une sorte de chemin privatif qui doit se terminer au chalet. Il devrait bientôt y avoir un pont. Ensuite, encore une petite demi-heure et on y est… Tiens, quand on parle du loup.

Un pont en sale état chevauchait une rivière. Ils la franchirent avec cet étrange sentiment de basculer dans une espèce de bout du monde, vierge, immaculé. Exactement ce que Thomas recherchait : eux deux, la nature, et rien d'autre.

Le chalet qu'ils découvrirent au bout de la route complétait le tableau idyllique : gros rondins, dépendance avec jacuzzi, et la forêt serrée tout autour. Lorsque Thomas poussa la porte, il eut la désagréable surprise de découvrir qu'il faisait quasiment aussi froid dedans que dehors. La cheminée était éteinte. Même la grosse horloge accrochée à l'entrée de la salle à manger ne fonctionnait pas, ses aiguilles figées sur 17 heures et quelques.

— Ça devait être chauffé à notre arrivée ! Ils vont m'entendre !

Sa femme était frigorifiée. Thomas se précipita pour allumer le feu. Emma resta collée aux flammes, tandis que son amoureux se démenait pour que la soirée ne vire pas au fiasco. Le champagne les réchauffa, le saumon fumé fut succulent, quant aux crabes royaux, ils s'en mirent plein les lèvres et les doigts.

Plus tard, ils restèrent là, devant la grande baie vitrée, à boire du vin, espérer voir un loup, ou un orignal. Face à ce néant, dans ce grand silence juste perturbé par le crépitement du feu, Thomas avait la tête pleine de souvenirs. Il se rappela les chasses, avec son père, les bonnes odeurs dans la cuisine de sa mère, les bancs de la fac aux côtés d'Emma. Quand sa montre indiqua minuit, ils se plièrent à l'immuable rituel des cadeaux.

— J'aimerais que cet instant dure tout le temps, fit Emma en caressant sa nouvelle bague. J'ai l'impression que la ville, toute cette folie de notre monde, m'éloigne de toi.

— Je serai toujours là. À vos côtés, à tous les deux. (Il se mit à la déshabiller doucement.) Et maintenant, si Madame veut bien, passons aux choses sérieuses. Bientôt, on ne pourra plus faire toutes ces galipettes.

Ils se couchèrent tard, s'autorisèrent une grasse matinée, mangèrent aux alentours de 14 heures quelques restes que Thomas décida de disposer élégamment sur la table, façon nature morte : assiettes sales en équilibre, verres renversés, petit mont de déchets, même un crabe vide rapiécé. Le règlement demandait pourtant de tout débarrasser avant le départ.

— Qu'est-ce que tu penses de ma petite mise en scène ?

— C'est pas très fair-play, ça, mon cœur.

— Ça leur apprendra de nous avoir plantés pour le chauffage.

Ils auraient dû partir à 15 heures, ils décollèrent après 16 heures. Thomas aurait aimé tomber sur le gérant pour signifier son mécontentement initial mais personne ne vint. Il caressa la joue d'Emma avec un sourire et enclencha le contact.

Il faisait déjà sombre quand ils franchirent le pont dans l'autre sens, que les flocons se remirent à tomber en ce jour parfait de Noël. Emma cherchait désespérément un animal à travers les troncs. Pas un oiseau, pas la moindre trace de vie. Où étaient toutes ces bêtes ? Terrées ? Camouflées ?

— Qu'est-ce que c'est que ce bordel ?

Au son de la voix de son mari, Emma secoua la tête et revint à elle. Thomas regardait droit devant lui. Dans le pinceau des phares, un chalet, qui ressemblait comme deux gouttes d'eau au leur. Là aussi, le chemin se terminait devant l'habitation.

— Tu as dû quitter la bonne route et prendre un embranchement, dit Emma.

Le chalet était éclairé de l'intérieur. Il y avait bien des traces fraîches de pneu dans la neige, mais rien n'indiquait la présence d'un quelconque véhicule. Les habitants avaient dû partir il y a peu, ils comptaient visiblement revenir puisqu'ils avaient laissé allumé.

— Il ne m'a pas semblé, pourtant. Je n'ai pas dû faire gaffe. Tout se ressemble tellement ici, y compris les baraques.

Il fit demi-tour et roula plus doucement encore, à la recherche d'une bifurcation. Au bout de trente minutes, ils n'avaient pas trouvé. Dans l'obscurité, Thomas lisait l'inquiétude grandissante sur le visage de sa femme. Il y avait encore un sacré bout de route jusqu'à la ville de Québec, leur prochaine étape. Or, là, ils continuaient à s'enfoncer dans la forêt. Quand le pont se dessina dans la lumière blanchâtre, Thomas freina d'un coup sec.

— OK, pas de panique. Pas de panique, d'accord ?

— D'accord. Au moins, on ne s'est pas perdus davantage.

— Réfléchissons. On est ici exactement à une demi-heure du chalet, et à une demi-heure de la grande route. Alors, je fais mon demi-tour et cette fois, on ne se plante pas. Le bon chemin est forcément quelque part puisqu'on l'a emprunté à l'aller.

— Cette logique implacable…

— Tu regardes attentivement de ton côté, moi du mien.

Le niveau d'essence avait bien diminué, il n'était pas question de se planter à nouveau. À chaque fois que les arbres s'écartaient un peu plus, qu'une possibilité de chemin existait, Thomas ralentissait, scrutait, et poursuivait sa route. Il ignorait si chaque minute qui passait l'éloignait ou au contraire le rapprochait de sa destination. Une sensation infernale.

La façade brune du chalet vu auparavant réapparut juste après un virage. Cette fois, Thomas se mit à insulter le monde entier. Il en voulait à la plateforme, ces abrutis devaient bien se douter que les gens pouvaient se perdre, pourquoi ne pas avoir fléché le retour ? Cette fichue neige avait dû rendre invisible la bonne route. Il remonta la fermeture de son blouson et lorgna vers sa montre.

— Ça fait deux heures qu'on tourne en rond. Il y a de la lumière, peut-être qu'il y a quelqu'un malgré l'absence de véhicule. Je vais voir.

Quand il ouvrit la portière de la voiture, Emma eut l'impression de recevoir l'haleine d'un congélateur en pleine figure. Une fois seule, elle monta encore le chauffage et observa son mari, qui tapait du poing contre la porte. Elle se mit à angoisser. Ils étaient seuls, dans la nuit et la glace, paumés au milieu de nulle part. Et si la gigantesque forêt les avalait ? Et si les gens à qui appartenait ce chalet étaient des fous furieux ? Elle posa ses mains sur son ventre, le caressa. D'ordinaire, le fœtus réagissait mais, cette fois, il resta discret.

— Mais non, je plaisante, dit-elle à voix haute pour se rassurer. Mais il rentre chez les gens comme ça, lui ?

Thomas était retourné au niveau de la porte. Il entra et referma derrière lui. Emma distingua la silhouette de son mari qui circulait à l'intérieur devant l'une des fenêtres. Que se passerait-il si les gens débarquaient maintenant et qu'ils le trouvaient chez eux ?

Elle patienta cinq interminables minutes : pourquoi ne revenait-il pas ? Elle sortit à son tour de la voiture, pas rassurée du tout. La forêt n'était plus qu'une immense bouche de givre, hostile, dangereuse. Elle stoppa d'un coup, tourna sur elle-même, avec l'impression d'avoir entendu une voix. Une tonalité grave, comme une vibration venue du cœur de la forêt. Quelque chose comme « *Reviens* ».

— Il y a quelqu'un ?

Plus rien. Elle avait forcément rêvé. Elle grimpa les quelques marches de l'habitation avec l'affreuse sensation d'avoir déjà fait exactement la même chose. À l'intérieur du chalet, l'air était glacé, comme la première fois. Thomas lui tournait le dos, debout devant la table de la cuisine. Immobile.

— Thomas ? Qu'est-ce qui se passe ?

Il lui fit signe d'approcher. Emma sentit une contraction dans sa poitrine quand elle découvrit les assiettes en équilibre, les restes de crabe et de saumon sur la table. Leurs restes.

— Mais…

— On est revenus au point de départ, fit-il. Explique-moi comment c'est possible.

Emma était aussi paumée que lui. Elle n'avait jamais été bonne en physique, ni en géographie, mais il lui semblait bien que, puisqu'ils n'avaient franchi aucun pont dans l'autre sens, il leur était impossible d'être ici.

— Réfléchissons, répliqua-t-elle. Peut-être qu'on a pris une route qui fait le tour de la rivière. Je veux dire, peut-être que la rivière prend sa source quelque part dans la forêt, à partir d'un lac par exemple, et qu'on est passés derrière ce lac. Il y aurait donc deux chemins d'accès au chalet : un par le pont, et un autre par… celui qu'on vient d'emprunter, qui contourne le lac.

Thomas secoua la tête.

— Il n'y a qu'un chemin, t'as bien vu ? Une seule route s'enfonce dans la forêt : c'est celle qu'on a prise en partant, et qui nous a fait revenir ici sans que *jamais* on ait fait demi-tour.

— On ne sait pas, Thomas. Il a toujours fait noir et il y a des centaines de virages. On n'a vu qu'une route, mais peut-être qu'il y en a deux qui finissent par se rejoindre.

Elle plaqua ses mains sur son ventre.

— Écoute, je suis fatiguée. Alors, profitons de ce chalet encore une nuit. On partira demain matin, on y verra plus clair.

Thomas retourna chercher leurs affaires dans la voiture et ralluma un feu. Ils s'installèrent devant la cheminée, serrés l'un contre l'autre, leurs regards abandonnés aux flammes. Le ventre de Thomas émit un gargouillis. Il y avait tous ces restes, sur la table, qui lui mettaient l'eau à la bouche. Il fit pivoter le visage de sa femme et lui colla un baiser sur les lèvres.

— Joyeux Noël.

— À toi aussi. Quand je vais raconter ça à ma mère…

— C'est peut-être le moment de se mettre d'accord pour le prénom de notre fille. Il paraît qu'on réfléchit mieux l'estomac vide. Qu'est-ce que t'en penses ?

Elle lui sourit.

— C'est une bonne idée.

Ils avaient déjà établi des listes, mais n'avaient pas encore réussi à s'entendre. Emma voyait des prénoms à l'ancienne comme Elsa ou Valentine mais, lui, il était dans la tendance, version minérale : Alba, Jade, Ambre… Le débat fut houleux, comme à chaque fois, pas un ne voulait lâcher. Alors qu'elle regardait par la baie vitrée, lui, alimenta le feu avec les dernières bûches qui restaient et leva un œil vers l'horloge. Il avait oublié qu'elle ne fonctionnait plus. Son téléphone indiquait plus de minuit.

— On pointera un nom dans un dico puisqu'on n'arrive pas à se mettre d'accord, grogna-t-il. Allons au lit…

— Neige. Appelons-la Neige !

Thomas ne chercha pas midi à quatorze heures : le prénom lui plaisait. Quand leur fille serait en âge de comprendre, ils pourraient lui raconter cette histoire folle. Et ils en riraient à coup sûr.

— Va pour Neige. Cette galère aura au moins eu le mérite de nous mettre d'accord.

Emma s'approcha et lui pinça tendrement le menton.

— Elle va grandir à nos côtés et nous, on va vieillir ensemble. Dis-moi que tu seras toujours là pour elle. Que tu ne nous abandonneras pas.

— Jamais.

Le lendemain matin, une belle lumière inondait la façade du chalet. Les flocons frais de la nuit étincelaient sur le toit et les marches, le ciel d'un bleu profond renforçait le vert intense des arbres. Malgré le froid et la faim, Thomas était de bonne humeur. Ils seraient sur Québec en fin de matinée.

Avec la neige, il fallait rouler encore plus prudemment, si bien qu'ils mirent quarante minutes pour arriver au pont. La visibilité était parfaite, si bifurcation il devait y avoir, alors ils la trouveraient. Thomas surveillait la jauge d'essence. Il n'était plus question de se planter, cette fois.

À aucun moment, ils n'eurent l'impression de se tromper de chemin. Aucun d'entre eux ne fut capable de dire s'ils étaient déjà passés là la veille. Les courbes se succédaient, dans un sens, dans l'autre, une fois ils avaient le soleil dans le dos, une autre dans le pare-brise. Jamais, ils ne virent l'ombre d'un lac.

— La grande route va arriver, répétait Thomas pour se rassurer.

Mais un virage en révélait en autre, jusqu'à ce moment infernal où *il* se dressa, solidement planté dans sa minuscule clairière. Les traces de pneus que leur véhicule avait laissées voilà un peu plus d'une heure, lors de leur départ, étaient encore imprimées dans la neige.

— Non, non, non…

Thomas opéra un brutal demi-tour. Hors de question de retourner là-dedans. Emma s'était mise à hurler, parce qu'il avait enfoncé la pédale d'accélérateur. Il parcourut à peine cent mètres que le 4 × 4 dérapa et bascula dans une légère pente. Coup de frein, pas de casse. Thomas ouvrit la portière et se mit en courir dans la forêt, s'enfonçant dans la neige jusqu'aux genoux.

— Laissez-nous sortir d'ici !

Tout autour, le silence, l'absence de vie, de mouvements. Rien d'autre que le néant. Emma était sortie, elle aussi. Des larmes glacées coulaient sur ses joues.

Thomas revint vers elle, serra ses gants dans les siens.

— On va s'en sortir. Je te le promets.

Ils retournèrent à pied jusqu'au chalet. Thomas fit deux fois le tour de l'habitation à la recherche de bûches, mais il n'en trouva pas. Il tendit un verre d'eau à sa femme, lui passa un plaid sur les épaules. Elle était assise sur le canapé, les mains sur le ventre.

— On a deux solutions, fit Thomas. La première, on attend que quelqu'un se pointe. On n'a pas à manger, pas de chauffage, on tiendra un jour ou deux avant d'être trop faibles et complètement gelés. La seconde, on repart jusqu'au pont. Je pourrais essayer de marcher sur quelques kilomètres en longeant la rivière. Peut-être que je finirai par trouver une route.

— On ne sortira pas d'ici, tu n'as pas encore compris ? On tourne en rond !

Emma se mit à osciller. D'un mouvement brusque, elle ouvrit son blouson, ôta ses gants, et glissa ses mains sous son pull.

— Fais-moi signe, Neige, murmura-t-elle. Je t'en supplie…

Thomas s'agenouilla devant sa femme. Elle pleurait.

— Chérie…

— Le bébé ne bouge plus. Depuis qu'on est arrivés dans ce fichu chalet, je ne le sens plus. Ce n'est pas normal. C'est…

Elle se redressa, les yeux rivés sur l'horloge aux aiguilles figées. 17 heures 13 minutes 14 secondes.

Reviens... Alors, la vérité lui éclata au visage. Elle tituba, dut s'appuyer sur le dossier à cause d'un vertige.

— Depuis le début, on s'accroche. On essaie de revenir, mais on n'y arrive pas. Je crois que… Mon Dieu, Thomas, je crois qu'on est en train de mourir.

*

Le chauffeur routier puisait dans ses dernières forces pour prolonger le massage cardiaque. Il était penché au-dessus de la femme enceinte qu'il avait réussi à extraire de l'habitacle, et lui pressait la poitrine dans un rythme qu'il s'était imposé depuis plus d'un quart d'heure. Quant au conducteur, il était piégé dans le cube de tôle fracassé contre un arbre. Vivant, mort, l'homme l'ignorait. Son corps, côté tronc, était inaccessible.

— Allez ! Reviens ! Reviens !

Le froid était tel que les gouttes de sueur commençaient à geler sur son front. Pas une voiture n'était passée, les secours n'arriveraient jamais à temps. Par la porte ouverte de son camion en travers de la voie, des notes de guitare tintaient. Il laissa la dernière chanson de l'album de Pearl Jam se terminer, puis arrêta le massage cardiaque.

Dans quelques heures, c'était Noël.

Les Robinsons de l'amour
par Bernard Werber

Comment tout a commencé.

Une expérience d'amour…

Le concept imaginé par le jeune producteur Jimmy Martin, considéré comme le plus novateur de sa génération, est le suivant : créer une émission de téléréalité non pas avec plusieurs personnes qui ne se connaissent pas et qui vont se découvrir, mais avec un seul couple qui s'aime depuis longtemps.

Le nom de l'émission : *Les Robinsons de l'amour*.

Le principe est que les deux amoureux débarquent le jour de Noël sur une île, et doivent tenir jusqu'au Noël suivant. Rien de plus. À la fin de l'année, s'ils réussissent, ils reçoivent 10 millions d'euros de récompense.

Une petite annonce est ainsi rédigée dans plusieurs journaux.

> Émission de téléréalité recherche le couple qui s'aime le plus pour tenir un an seul ensemble dans un décor paradisiaque : récompense 10 millions d'euros.

L'annonce a un effet immédiat. Plus de huit cents couples se présentent à la production. Ils sont reçus par trois psychologues missionnés pour dénicher le couple parfait pour l'émission.

La plupart arrivent en se tenant par la main, en se regardant avec gourmandise, en ponctuant leurs paroles de baisers tendres.

Les trois experts, débordés par le nombre de candidats, établissent quelques règles de sélection drastiques et mènent une enquête de voisinage.

C'est ainsi qu'ils finissent par trouver la « paire rare ». Sophie et Christian. Sophie est médecin généraliste. Christian est avocat.

Selon leur fiche, les deux s'étaient connus au lycée où ils étaient arrivés premiers de leur classe ex aequo.

À l'époque, ils étaient déjà très populaires car à la fois beaux, sportifs et généreux.

Ils étaient devenus amis.

Leur idylle avait démarré lors d'une boum, c'est en dansant ensemble sur « Hotel California » des Eagles que Christian avait trouvé le courage d'embrasser Sophie.

Ils s'étaient présentés leurs parents, qui étaient tout de suite tombés sous le charme de leur partenaire, puis ils avaient entamé leurs études.

La suite était cousue de fil blanc. À vingt ans, ils s'étaient mariés. À vingt-cinq ans, alors que tous deux commençaient à très bien gagner leur vie, ils avaient eu des jumeaux. Une fille et un garçon.

Cela n'avait en rien ralenti leur carrière, au contraire. Leur aisance financière leur avait permis de partir souvent et de plus en plus longtemps en vacances.

Leurs enfants avaient ensuite connu des vies similaires : parcours scolaire parfait, couple stable, carrière professionnelle prometteuse. Les jumeaux étaient rapidement devenus indépendants et avaient quitté le foyer, laissant Sophie et Christian à nouveau seuls dans leur belle maison avec jardin.

Si bien qu'à soixante ans ils avaient pris leur retraite pour profiter de leurs dernières années ensemble.

Tous les témoignages concordent : Sophie et Christian sont un modèle de couple vivant un amour sincère, si bien que les trois psychologues les désignent comme les meilleurs candidats pour *Les Robinsons de l'amour*.

Jimmy Martin les reçoit dans son bureau et les invite à s'asseoir dans de larges fauteuils en cuir rouge.

Il observe bien les deux prétendants. Christian est grand avec des cheveux gris rabattus en arrière, menton volontaire. Il a une allure de prince Philip, le mari d'Élisabeth II. Il porte un pantalon blanc impeccable et un polo. Sophie est à peine plus petite, silhouette parfaite, cheveux roux, yeux verts déterminés, très vifs. Avec son sourire lumineux, elle ressemble un peu à Rita Hayworth.

— Bravo. Vous avez passé tous les tests avec brio, dit le producteur. Et vous arrivez devant tous les autres couples concurrents. Quel est le secret qui vous a permis de rester amoureux pendant quarante ans ?

— Je dirais l'humour, précise Christian. Avec Sophie, nous blaguons tout le temps de tout et de rien. On ne se prend pas au sérieux. On aime bien se moquer l'un de l'autre et on pratique l'autodérision, n'est-ce pas, ma chérie ?

— Surtout moi…, dit-elle.

— Ah, vous voyez.

— Et il y a aussi l'écoute, précisa Sophie. On est attentifs aux désirs et aux contrariétés de l'autre.

On cherche toujours des moyens de s'aider, n'est-ce pas, mon amour ?

— Bien sûr, ma chérie. Et puis nous avons des passions communes. Le sport, les voyages, nos jumeaux et, bientôt j'espère, les petits-enfants.

— Mais comme pour l'instant il n'y en a pas encore, nous en profitons !

— Sophie fait très bien la cuisine. Elle aime bien inventer ses propres recettes. N'est-ce pas, ma chérie ?

— Christian est bricoleur. Sans lui, la maison ne serait même pas étanche ! En fait on est vraiment complémentaires.

— Justement, j'ai l'impression que vous avez déjà tout pour être heureux. Vous êtes riches, en bonne santé, amoureux. Alors pourquoi vous êtes-vous présentés pour participer à cette émission ?

— Il nous manque quelque chose, dit Christian.

— Nous partons tous les ans en vacances avec trois couples d'amis, toujours les mêmes, des gens formidables que nous connaissons depuis longtemps.

— Et nous aimerions faire le tour du monde sur un voilier ensemble durant une année, dit-il. Le voilier est grand et cher, il vaut exactement 10 millions d'euros.

— C'est une merveille, renchérit-elle.

— Je crois que, pour Sophie comme pour moi, ce serait la cerise sur le gâteau.

— Dès qu'on a entendu parler de votre émission, nous nous sommes dit : « Ça, c'est pour nous ! »

— Je vois. Eh bien, votre vœu va probablement se réaliser. Car c'est vous qui allez vivre cette expérience. Mais d'abord je vais vous rappeler les règles. Vous serez seuls sur une île paradisiaque. Vous aurez des réserves d'eau minérale en quantité et des panneaux solaires qui vous permettront de recharger vos lampes et vos smartphones.

— Ah parce qu'on peut téléphoner ?

— Non. Vous serez loin de tout, ces smartphones n'auront qu'une portée limitée. Mais ils seront reliés à un satellite qui vous permettra de nous envoyer tous les mois ce que vous avez filmé. Car le principe est évidemment de vous filmer pour que toutes les semaines les gens puissent vivre l'expérience avec vous.

— Mais cela ne va pas être un peu ennuyeux de nous voir être heureux sur une île déserte pendant un an ?

— C'est le risque que prend cette émission. Mais quoi qu'il arrive, je pense que cela sera instructif, ne serait-ce que pour montrer qu'on peut être épanoui en couple, seuls sur une île déserte. Ce n'est qu'une question d'humour, d'écoute et de complémentarité, comme vous dites.

Les deux se regardent, se sourient et se prennent tendrement par la main.

— Génial ! Il me tarde d'être là-bas, mon amour.

24 décembre : envoi de Sophie.

Vision d'une belle plage de cocotier. La voix de Sophie explique en off :

— Christian et moi avons atterri tôt ce matin. Et nous avons exploré l'île. Comme nous ne savons pas son vrai nom, nous avons décidé de la nommer New Paradise. Car c'est vraiment le paradis ! N'est-ce pas, mon chéri ?

— En tout cas, reconnaissons, mon amour, qu'il n'y avait pas de neige, et personne ne se doute qu'on est un 24 décembre !

Le smartphone est posé et on les voit. Ils sont tous les deux habillés en tenue décontractée de sport.

— Christian a cependant tenu à ce que nous fêtions Noël, alors il a confectionné, comme vous le voyez sur ces images, un sapin de Noël avec des feuilles de palmier !

— Oui, et nous l'avons décoré en remplaçant les boules par des petites noix de coco et les guirlandes par des lianes !

Les deux rient.

— Ensuite cela a été plus compliqué pour faire la bûche. Mais Sophie a réussi en utilisant les ingrédients des stocks de nourriture.

— Pour ce qui est de la dinde fourrée aux marrons, eh bien, nous avons trouvé un drôle d'oiseau local. Ce n'est pas vraiment une dinde. Je crois que c'est plutôt une… poule d'eau.

Nouveaux rires.

— Quoi qu'il en soit, maintenant, nous sommes prêts. Donc nous pouvons vous faire visiter. Tout d'abord cette cabane en bambou, c'est notre maison.

— Ici la grande terrasse avec son patio, ici le coin salon, ici notre chambre à coucher. Là, le coin salle de bains, le coin toilettes, la cuisine, la salle de bricolage.

— Le lit était déjà monté. Je n'ai fait que le placer. Reconnaissons que la production a eu l'amabilité de nous mâcher le travail, nous ne sommes pas vraiment dans une situation de naufragés.

À ce moment, Sophie déclenche sur son smartphone la musique « Jingle Bells ». En même temps, elle prend le smartphone et elle filme Christian qui fait tourner une grosse volaille sur une broche au-dessus d'un brasero improvisé.

24 janvier : envoi de Christian.

Vision du salon ou il y a déjà des décorations en feuilles de palmiers tressés. Il y a partout des fleurs disposées pour ajouter des touches de couleur.

On entend la voix de Christian.

— Eh bien voilà, un mois a passé. Nous avons établi nos petits rituels. Nous nous levons et nous couchons avec le soleil, n'est-ce pas, mon amour ?

— Oui, mon chéri. Nous passons nos journées à entretenir le potager que nous avons planté. Désormais, nous nous sentons vraiment chez nous.

— Les capteurs solaires marchent.

— Oui, tu as été formidable et tu as pu établir un vrai réseau électrique, si bien que nous avons en permanence nos smartphones rechargés pour filmer, photographier, et envoyer les images à la régie.

— Nous tenons encore à remercier Jimmy Martin. C'est quand même extraordinaire d'être dans un endroit aussi merveilleux que New Paradise. Et avec, au final, le gain d'une petite fortune !

— D'ailleurs je suis en train de préparer l'itinéraire du tour du monde que nous allons faire quand nous toucherons les 10 millions.

L'image révèle les deux amoureux en chemise hawaïenne couleur fuchsia et en short avec des fleurs dans les cheveux. Ils portent un collier de coquillages et ont déjà le teint hâlé par le bronzage.

Christian, plus hâlé que le mois précédent, est parfaitement rasé et Sophie est elle aussi bronzée et très bien coiffée.

— Bises à tous les jaloux ! dit Sophie.

Ils envoient un baiser vers l'objectif.

Fin de l'enregistrement.

24 février : envoi de Sophie.

Vision d'une éolienne qui tourne en grinçant.

— Christian a construit une éolienne. La voici ! Bravo, mon chéri !

Elle zoome sur une sorte de tour de bois terminée par une roue avec des voilures.

Puis Christian prend le smartphone et filme sa compagne. Elle a une coiffure de style polynésien avec des fleurs roses et blanches dans les cheveux.

— Sophie a fait encore mieux.

Une voix off résonne alors :

— Bonjourrrr, la compagnie. Ça va, on rrrrigole ? Aujourd'hui la météo annonce beau temps.

— Je sais que la règle était stricte, nous ne sommes normalement que deux, rien que deux sur l'île, mais nous avons triché, dit-elle.

— Elle a découvert un troisième compagnon de voyage.

— J'adore Christian et Sophie, dit la voix off.

— Il est un peu bavard, mais il apprend vite.

La caméra tourne et révèle alors un cacatoès juché sur un perchoir.

— Nous l'avons appelé Jimmy. Cela nous fait une présence et on peut enfin savoir ce que le public pense.

Sophie s'avance vers lui et caresse le sommet de sa tête.

— Tu as aimé notre vidéo du mois de janvier ? demande-t-elle.

Alors le cacatoès déploie d'un coup sa crête et émet un retentissant :

— Oui j'adorrrrrre !

— Est-ce que les audiences sont bonnes ?

— On a battu tous les records ! Vous êtes merrrrr-veilleux, roucoule l'oiseau en roulant les *r*.

Christian tourne la caméra, qu'il tient vers son propre visage.

— Voilà, maintenant on connaît enfin l'impact de l'émission, reconnaît-il.

— Jimmy est très intelligent. J'adore cet animal, reconnaît la femme.

En récompense, elle lui donne un morceau de pain de mie dont il se régale.

— Et tu crois qu'on va tenir jusqu'au bout ?

— 10 millions d'eurrrros ! 10 millions d'eurrrros ! Et après en bateau pour le tour du monde avec les copains !

— Jimmy ne fait pas que répéter, des fois il fabrique ses propres phrases.

— Il faut faire attention à ce qu'on dit. Il répète tout !

Ils rient tous les deux.

— Dans mes bras mon amour ! Embrasse-moi ! Je t'aime ! clame le volatile.

— Ah, et puis autre chose. J'ai trouvé dans un container un livre qui a dû être glissé spécialement pour nous, dit-elle.

— Le *Robinson Crusoé* de Daniel Defoe !

— Je l'ai relu. Et je pense que le couple entre Robinson et Vendredi était moins harmonieux que le nôtre !

Nouvelle esclaffade entre les deux très complices.

— Deux hommes coincés sur une île ne pourront jamais s'entendre aussi bien qu'un homme et une femme !

— Allons, sois plus moderne, chéri, ce n'est pas une question de sexe, c'est une question d'âmes. Nous deux, nous pourrions être du même sexe, nous nous aimerions pareil. Car nous avons une connexion d'âmes.

Le smartphone filme les deux candidats à mi-poitrine. Ils ont cette fois une chemise hawaïenne à fleurs de couleur orange.

Ils s'embrassent avec en arrière-plan le cacatoès et un coucher de soleil rose.

— 10 millions ! répète l'oiseau. 10 millions mes amourrrrs ! Nous allons empocher le pactole et après ce sera le tourrrr du monde !

Fin de l'enregistrement.

24 mars : envoi de Christian.

On voit un singe en premier plan.

— À force d'explorer l'île, nous avons trouvé un second voisin.

Il semble fasciné par l'objectif du smartphone et avance sa main pour le toucher.

— C'est un grivet. Un petit singe vert. Il est adorable. Regardez-le. On dirait un enfant, dit-il.

— Si ce n'est qu'il est plus espiègle que nos enfants. Il nous fait toujours des blagues, dit-elle.

La caméra revient sur le singe qui a saisi la casquette de Christian et qui se met à faire des mimiques similaires à l'humain.

— 10 millions ! 10 millions ! répète le perroquet qui sent qu'on s'intéresse à d'autres que lui.

Alors le singe fonce vers le cacatoès et tente de lui arracher des plumes mais le perroquet s'envole avant qu'il ne l'ait atteint.

— Tu es merrrrveilleuse ! Je t'adorrrre ! répète le perroquet en se tenant à distance alors que le singe lui jette des pierres sans parvenir à l'atteindre.

Rires des deux.

— Comme vous voyez, on ne s'ennuie pas à New Paradise. Nous avons décidé de le baptiser Vendredi, précisément en référence au livre *Robinson Crusoé*.

Le singe revient face à la caméra et montre ses dents dans un grand sourire puis il lance sa main vers l'objectif qui semble le fasciner.

— Bon ils arrivent les 10 millions on n'a pas que ça à fairrrre, dit le cacatoès.

Rire du couple.

— Désolée, dit-elle. Je ne sais pas où il est allé chercher cette phrase.

— Probablement une création.

Fin de l'enregistrement.

24 avril : envoi de Christian.

Vision sur des crabes dans une casserole. On entend la voix de Christian.

— Bon, je ne sais pas si c'est leur saison des amours, mais l'île est envahie de crabes. On marche dessus comme si c'étaient des chips. Alors Sophie a décidé d'en faire de la soupe. C'est délicieux.

— Oui, et puis tu as agrandi notre potager. Bravo, mon amour. Nous pourrons bientôt avoir des légumes frais pour nos préparations.

— 10 millions, répète le perroquet au loin.

— Ah, et puis nous avons bien établi le projet de tour du monde avec nos amis. Il nous tarde de les revoir.

— Sinon pour nous distraire nous jouons tous les deux au poker. C'est notre petit vice caché, n'est-ce pas, ma chérie ?

— Tu es redoutable à ce jeu, concède-t-elle.

— Ah, et toi… on dirait que tu es télépathe et que tu lis dans les pensées. On ne peut pas bluffer avec toi, ma chérie,

— Et puis il nous tarde aussi de revoir nos enfants. Comme on n'a pas de nouvelles… on se demande ce qu'ils deviennent.

— Comme nous allons rester un an, si notre fille ou notre belle-fille tombaient enceintes, nous pourrions être grands-parents à notre retour !

Ce serait fabuleux.

À ce moment, le singe, sentant que l'affection n'est plus tournée vers lui, bondit sur l'épaule de Christian pour réclamer des caresses.

— Se pose déjà la question de savoir ce qu'on va faire de Jimmy et de Vendredi à notre retour. Les deux ne nous quittent plus. Et nous nous sommes pris d'affection pour eux.

— Enfin, toi c'est plus Jimmy et moi c'est plus vendredi, précise Christian.

C'est alors que le cacatoès ayant entendu son nom dresse sa crête et hurle :

— Les audiences sont top ! Vous êtes des champions ! Le public vous adorrrrrre ! Voilà pour vous les 10 millions ! Bon tourrrr du monde bande de petits veinarrrrds !

Fin de l'enregistrement.

24 mai : envoi de Christian.

Le smartphone est posé de manière à filmer Sophie et Christian à mi-poitrine. Ils ont toujours des chemises hawaïennes, mais celles-ci sont vertes et un peu froissées.

— Bon, pour tout dire, hier soir nous avons eu notre première divergence d'opinions, dit-il. C'est surprenant qu'après quarante ans de vie sans le moindre nuage nous ayons eu cette petite altercation.

— Rien de grave. Christian en avait marre que je lui prépare tous les soirs de la soupe de crabe.

— Oh, ça, ce n'est rien. C'est surtout que nous avons eu un souci avec nos colocataires. Tu peux leur raconter, chéri ?

— Plutôt toi, mon amour.

Lui baisse les yeux mais elle fait face à la caméra.

— Le perroquet et le singe n'arrêtent pas de se chamailler, dit-elle. Vendredi a réussi à surprendre Jimmy durant son sommeil et il lui a arraché des plumes. Suite à quoi Jimmy lui a donné un coup de bec qui lui a fait une blessure au cou, dit-elle.

— Vendredi a beaucoup saigné. Il aurait pu mourir.

— Non, n'exagérons rien. Je l'ai soigné. Tout va bien.

Christian va chercher le singe qui arbore un gros pansement au cou et qui roule des yeux de colère en direction de l'oiseau, en hauteur.

— Tu trouves des excuses à Jimmy. Il a quand même vraiment blessé Vendredi, dit-il.

— C'était de la légitime défense, c'est quand même *ton* singe qui a cherché des problèmes en lui arrachant des plumes, je te rappelle, mon chéri.

Le singe affiche une mimique très dure, montre les dents et ne quitte pas des yeux le cacatoès.

Ce dernier, sentant qu'on parle de lui, lâche un :

— L'audimat est top ! Vous avez gagné les 10 millions d'eurrrros bande de petits veinards ! Vive vous ! Vive l'amourrrr ! Vive l'amourrrr !

Sophie rit.

Pas Christian.

Pas Vendredi.

Fin de l'enregistrement.

24 juin : envoi de Sophie.

Le couple pose face caméra. Sur l'image on voit Christian, toujours avec une chemise hawaïenne, mais rouge et déchirée. Il a une bosse et un pansement dessus.

— Bon, tu peux leur raconter ? dit-elle.

— C'est un incident stupide. Je passais pour soigner mes cultures et puis… paf… il y a eu une chute de noix de coco.

— Cela aurait pu arriver à n'importe qui. C'est juste pas de chance. Il paraît que tous les ans il y a cent personnes qui meurent de chute de noix de coco, c'est plus que le nombre de personnes tuées par les requins ! Les statistiques sont formelles, dit-elle.

— J'ai été un peu sonné, mais heureusement, Sophie étant médecin, elle m'a très bien soigné.

— Et puis nous avons un nouveau chantier. Tu peux en parler, chéri ? dit-elle.

— Oui, mon amour, c'est la construction d'une nouvelle cabane que l'on veut mettre près des cultures pour mieux s'en occuper.

— Une cabane de jardinier, en quelque sorte.

— Voilà, c'est ça. Une cabane de jardinier, mais très grande, très spacieuse, très bien aménagée.

— En fait on est en train de transformer complètement l'île. Peut-être que d'ici à décembre il y aura plusieurs bâtiments.

— Un village ? demande le perroquet.

— Oui, un village pour nous trois, enfin je veux dire avec Vendredi.

— Et puis avec Jimmy.

— Oui, bien sûr, avec *ton* perroquet.

Elle lui prend la main.

— Quoi qu'il en soit, cela fait maintenant six mois qu'on est ici et tout se passe à merveille.

— Nous avons quand même hâte de rentrer à Paris et de toucher la récompense, dit-il.

— 10 millions ! 10 millions ! répète le perroquet. Brrrravo les amoureux vous avez gagné ! Brrrravo vous êtes un exemple à suivre pour tous les couples ! L'audimat est au top ! Vous êtes merrrrrveilleux !

Sophie sourit.

Pas Christian

Fin de l'enregistrement.

24 juillet : envoi de Christian.

Sur l'image on voit Christian et Sophie face à la caméra.

Cette fois-ci c'est Sophie qui a un gros pansement au cou. Les deux ont des marques de blessures. Leurs chemises hawaïennes sont dépenaillées. Il est hirsute et elle a une coiffure beaucoup moins soignée que dans les vidéos précédentes. Les deux ont une ride sur le front.

— Bon, avouons-le, ça a été un peu dur ce mois-ci.

— Il faut dire que nous sommes dans la période des ouragans, et je dois avouer qu'un typhon a fait beaucoup de dégâts.

Christian saisit le smartphone pour changer d'angle de vision et montre les tuteurs de cultures renversés. Puis il zoome sur des palmiers couchés au sol, les racines arrachées.

— Nous avons du coup subi nous-mêmes quelques blessures, n'est-ce pas, chéri ? dit-il.

— Enfin… ça, c'est pas le typhon, c'est *ton* singe qui m'a sauté dessus pour me mordre au cou.

— Il faut le comprendre. Il a paniqué à cause du vacarme du vent et du bruit des arbres qui chutaient. Il avait peut-être de la famille dans les arbres. D'ailleurs, Jimmy aussi a paniqué, hein, chéri ?

— Oui, mais Jimmy avait du mal à rester enfermé dans notre cabane parce qu'il y avait *ton* singe qui essayait de l'attraper.

— S'il te plaît, chérie. Arrête d'appeler Vendredi *mon* singe !

— Sacré typhon, quand même.

— Oui, ça fait très peur d'être ici loin de tout et de subir cela. Surtout qu'ensuite il a beaucoup plu. Ça doit être la mousson locale. Ça a noyé beaucoup de notre matériel.

— Et puis ça a fait surgir les serpents… Bon, c'est quand même les petits aléas de la vie sur une île tropicale.

Les deux hochent la tête, un peu désabusés.

— Mais nous avons toujours notre trousse de premiers secours et Sophie est médecin. Nous pouvons nous soigner nous-mêmes, dit-il.

— Sacrée météo ! dit-elle. Enfin, maintenant que nous avons tenu face à ce typhon, je crois que plus rien ne pourra nous inquiéter, n'est-ce pas, mon amour ?

— Bien sûr, ma chérie. Nous sommes forts. Et puis nous sommes quand même à New Paradise, l'île du paradis. On s'embrasse ?

Elle a une petite moue désolée.

— Juste pour le public et la caméra, allons, chérie.

C'est à ce moment que le perroquet se pose sur l'épaule de Sophie.

— Ta gueule ! Mais tais-toi espèce de…

Alors Sophie attrape à pleine main le bec du perroquet pour l'empêcher de continuer à s'exprimer.

— Il est très taquin, dit-elle. Mais bon, tu as raison, on peut s'embrasser… chéri.

Alors les deux se touchent du bout des lèvres puis se tournent vers l'objectif du smartphone.

Sophie prononce :

— Plus que cinq mois à tenir. Ça devrait aller. Je crois qu'on a passé le plus difficile.

— Oui, c'est ça, on a passé le plus difficile, mon amour…

— Fais semblant pour les 10 millions de…, répète le perroquet avant que Sophie lui cloue de nouveau le bec.

Les deux étirent un sourire forcé face à l'objectif puis de nouveau se font un petit baiser.

Fin de l'enregistrement.

24 août : envoi de Christian.

Le smartphone est posé pour filmer Christian en mode selfie.

On le découvre pour la première fois avec un début de barbe.

Sa chemise hawaïenne bleue est froissée, sale et par endroits déchirée.

Il a des marques de griffures au visage et la lèvre fendue.

— Bon… Suite aux petits incidents du mois dernier, nous avons eu une explication avec Sophie. Rien de grave.

Il caresse sa joue marquée par la trace des cinq ongles qui lui ont labouré l'épiderme.

— Ce ne sont après tout que des petites mises au point nécessaires comme il en arrive si souvent dans les couples. Qui n'a pas connu ce genre de petites disputes ? J'en viens même à me dire que ces crises sont un moyen de soulager la pression due à la vie à deux.

Il lâche un soupir.

Le singe vient se poser sur son épaule.

— Bref… Nous avons eu des explications franches et nettes et avons pu chacun exprimer nos griefs.

Il touche sa lèvre tuméfiée.

— En fait je crois que sur quarante ans de vie commune il y a eu beaucoup de non-dits. Là, on a arrêté de faire semblant. Les masques sont tombés. Nous avons chacun vidé notre sac et nous avons vu qu'il y avait plusieurs petits points de divergence.

De nouveau il lâche un long soupir et le singe montre les dents dans un rictus entre la menace et la moquerie.

— Même sur nos amis, je crois que nous nous étions un peu illusionnés. Je croyais qu'elle les appréciait. Mais elle ne les aime pas tant que ça. En tout cas, après ce qu'elle m'a dit, je pense que le tour du monde avec eux n'est plus à l'ordre du jour.

Il a le regard fuyant alors que le singe émet une sorte de ricanement bizarre.

— Je crois qu'il était important qu'on se dise nos vérités. Et voilà, c'est fait. En fait, je lui ai dit que je ne supportais pas ses parents que je trouve réactionnaires et ringards. Elle m'a dit qu'elle avait une opinion encore pire des miens. Je crois que nous nous sommes persuadés que nous aimions notre entourage familial et amical. Il y avait beaucoup d'hypocrisie. Surtout de sa part. Oui vraiment, je ne veux pas envenimer les choses mais je crois que c'est vraiment une personne d'un égoïsme rare.

Le singe de nouveau essaie de toucher l'objectif du smartphone et Christian l'en empêche.

Nouveau long soupir.

— Voilà. Nous nous sommes donc dit nos vérités. Cela a été douloureux et il y a eu des gestes déplacés…

Il attend un peu et prononce :

— Une gifle est partie.

Il hausse les épaules, fataliste.

— … Et une autre est partie en sens inverse.

Il fronce les sourcils

— Nous nous sommes battus. Je crois qu'on en voit des traces. Suite à quoi elle a décidé de s'installer dans la cabane de jardinier, et puis nous avons décidé de tracer une ligne au milieu de l'île qui définit nos zones respectives.

Il prend le smartphone et sort de la cabane, puis il utilise le zoom pour filmer celle de Sophie, au loin.

À un moment, elle apparaît. Elle a elle aussi des pansements sur le visage. Le cacatoès est sur son épaule.

— Vu ce qu'il s'est passé. Je n'ai pas autorisé Sophie à venir dans ma zone, et je crois qu'elle ne veut pas que je vienne dans la sienne. C'est une période de grande tension entre nous. Mais il n'y a plus que quatre mois à tenir. Et pour ma part je garde l'espoir que tout va s'arranger.

Le singe se place en avant et montre le poing en direction de Sophie, le perroquet toujours sur l'épaule.

— Connard ! T'es qu'un connard ! hurle le volatile.

Le singe se met à grogner et à cracher.

— Calme-toi, Vendredi. Calme-toi.

Fin de l'enregistrement.

24 septembre : envoi de Sophie.

On voit une volaille cuite à la broche.

Puis la caméra revient sur Sophie qui a des marques de blessures, et qui pleure.

— Jimmy ! Ce matin, j'ai trouvé Jimmy comme ça. Embroché et cuit. Il a fait ça durant la nuit pour me provoquer. Il savait l'affection que je porte à ce perroquet. Je découvre le vrai visage de Christian. Cet homme est un monstre ! Il a profité de mon sommeil pour tuer cet oiseau innocent ! Je ne les supporte, plus lui et son singe maudit.

Elle dirige l'objectif de son smartphone vers la cabane de Christian.

On voit qu'il a placé autour de la maison des ronces en guise de barbelés, et derrière il y a des pieux taillés aux extrémités noircies.

— Enfin, je crois que ce crime ne restera pas impuni…

Elle filme son arc et son stock de flèches.

Fin de l'enregistrement.

24 octobre : envoi de Christian.

On voit une tombe avec une croix posée dessus.

La caméra passe en mode selfie et on reconnaît Christian avec une barbe encore plus fournie et un regard coléreux. Il est torse nu.

— Sophie a assassiné Vendredi. Je l'ai découvert criblé de flèches.

Il essuie une larme.

— Faut-il être sans cœur pour tuer avec un arc un singe incapable de se défendre ? Je me doute que c'est pour se venger de la mort de son maudit perroquet. Mais on ne peut quand même pas comparer la mort d'une volaille et celle d'un petit primate ! Un singe, c'est quand même une sorte d'humain, presque comme un enfant. On jouait ensemble. Il était toujours taquin, malin, généreux. Vous saviez que j'étais en train de lui apprendre à jouer au poker ? et je crois qu'il commençait à comprendre les règles. On misait des noix de coco.

Il sourit à l'évocation de ce souvenir, puis son sourire se transforme en rictus.

— Vendredi… Tu étais comme un ami. Alors qu'un perroquet, c'est une sorte de poule comme celle qu'on a mangée en arrivant à Noël.

Il essaie de se reprendre pour sembler plus détendu.

— Bon. Il ne nous reste plus que deux mois à tenir. Je pense qu'il ne devrait plus y avoir de problèmes. Nous avons passé le cap le plus difficile. Maintenant que nous n'avons plus nos animaux de compagnie mutuels, nous sommes quittes. Un partout. Je pense que le temps de l'apaisement est venu. Demain, je vais aller voir Sophie pour lui proposer de faire la paix. Ce serait dommage d'échouer si près du but. Il y a quand même 10 millions en jeu. Je sais faire la part des choses.

Fin de l'enregistrement.

24 novembre : envoi de Sophie.

À l'écran, on voit un bras avec des cicatrices et au bout une main qui serre un arc alors que l'autre main pince la corde où se trouve une flèche.

— J'ai accroché mon smartphone sur ce bandeau pour filmer en caméra subjective.

Elle marche dans une zone boisée remplie de plantes aux larges feuilles.

— J'aurais aimé que les choses puissent s'arranger, mais il est allé trop loin.

Elle se tourne sur le côté et l'on voit apparaître sa cabane de jardinier réduite en cendres.

— Ce gros lâche a incendié ma cabane pendant que je chassais en forêt. Je ne pouvais pas laisser cette attaque impunie.

Elle montre que la cabane principale est elle aussi réduite en cendres.

— Voilà, un partout, balle au centre. Je sais qu'il a lui aussi fabriqué des lances et des haches, mais je pense le trouver avant qu'il ne me trouve. Il va bien finir par être fatigué et vouloir dormir. Alors, il verra de quoi je suis capable.

Elle marche et la caméra subjective filme son avancée dans la jungle.

— Je pense qu'il me prépare lui aussi un sale coup. C'est incroyable, comme cet homme peut être fondamentalement mauvais. Je ne sais pas comment j'ai pu tenir quarante ans sans me rendre compte de qui il était vraiment. Dire que je l'appelais « mon amour ». Où es-tu, mon chéri ? Où te caches-tu ? Viens me voir, j'ai deux mots à te dire… juste une petite explication pour qu'on se comprenne mieux.

Elle a un rire inquiétant.

Fin de l'enregistrement.

23 décembre : envoi de Christian.

Le smartphone est posé pour le filmer de face.

On découvre le visage halluciné de Christian. Il a les yeux révulsés, un rictus à la bouche et une barbe encore plus fournie que le mois précédent. Il est torse nu mais avec beaucoup plus de cicatrices. Une balafre lui traverse le visage du front au menton.

— Je vais la tuer ! *Je vais la tuer !* Elle m'a eu par surprise avec une flèche à la cuisse puis elle s'est acharnée sur moi avec son poignard ! Mais je me suis bien défendu. J'aurais pu l'avoir, mais elle a réussi à s'enfuir avant que je ne l'achève avec ma hache. Elle ne va pas pouvoir me narguer longtemps. À un moment, elle m'a lancé : « On va perdre au jeu ! On va perdre les 10 millions d'euros ! » Mais je sais que c'était juste un piège pour m'amadouer. Je m'en fous, du jeu. Nous sommes allés trop loin. Maintenant je n'ai qu'un seul objectif : c'est elle ou moi. J'aurai sa peau !

Fin de l'enregistrement.

24 décembre

Jimmy Martin est tout souriant en smoking face à la caméra, sur l'île où se trouvaient les deux challengers. Il porte des chaussures en crocodile à semelles compensées et un costume chic blanc. Il rabat sa mèche sur le front.

— Eh bien, bonsoir, cher public de l'émission *Les Robinsons de l'amour*. Voilà donc l'épilogue d'une année qui a été forte en émotions. Et je vous remercie d'avoir été aussi nombreux à suivre les aventures de Sophie et Christian. Jusqu'au bout nous avons tous pensé qu'ils allaient réussir. Et puis tout s'est compliqué avec cette histoire de typhon, de perroquet et de singe.

La caméra filme les deux cabanes incendiées et la tombe de Vendredi.

— Ils ont échoué à vingt-quatre heures près. Nous avons dû intervenir au moment où, lors d'un combat au corps à corps, Sophie et Christian étaient en train de s'étrangler. Depuis le début, nous les surveillions grâce à une caméra embarquée sur un satellite, et nous ne pouvions prendre le risque d'avoir un décès. Surtout pour une émission qui avait atteint un audimat record. Nous les avons donc séparés. Ils sont rentrés tous les deux dans deux hélicoptères différents pour éviter qu'ils ne se sautent dessus. Ils étaient, comment dire... un peu énervés.

Jimmy Martin mime une déception un peu feinte.

— Aux dernières nouvelles, Sophie a signalé que dès qu'elle serait rentrée elle contacterait un avocat pour entamer une procédure de divorce et porter plainte pour coups et blessures, ainsi que, je cite, « maltraitance sur animaux » de la part de celui qu'elle ne nomme plus que « le monstre ».

Christian a lui aussi contacté un avocat et a signalé qu'il voulait s'exprimer dans les médias pour dénoncer celle qu'il appelle « la pire femme qui puisse exister ».

Nous ne doutons pas que nos deux challengers vont se rétablir rapidement de leurs blessures physiques et nous sommes sûrs qu'une fois l'émotion passée, ils vont retrouver leur sérénité et leur complicité d'antan.

La caméra, qui continue d'explorer le lieu où les deux séjournaient, révèle des marques de sang au sol. Jimmy affiche un air navré.

— Malheureusement, Christian et Sophie, malgré tout leur talent et tous leurs efforts, ne toucheront pas les 10 millions d'euros. Et ils devront renoncer à leur rêve de joli voilier et de tour du monde avec leurs meilleurs amis. Dommage ! Quoi qu'il en soit, nous leur souhaitons à tous les deux un joyeux Noël.

Le Noël de Manuel

par Erik Wietzel

Papa et maman m'ont promis ce voyage parce que ça me fera du bien. Ils font beaucoup de bonnes choses pour moi, même si je suis pas toujours gentil. On fête Noël ensemble tous les ans et même quand j'allais au foyer je revenais un peu pour les vacances à la fin de l'année. Papa posait un grand sapin au milieu de la pièce et maman le décorait. Je l'ai aidé chaque Noël, et puis un jour elle a plus voulu parce que j'avais chassé les bêtes qui se cachaient dans les branches et après beaucoup de choses étaient cassées. Je savais que c'était les bêtes mais maman elle y croyait pas, papa il y croyait pas et j'ai plus jamais décoré le sapin.

À cette époque, il y avait des cadeaux pour moi autant que pour mon petit frère, Alfonso. Alfon il est grand maintenant, il travaille dans la même usine que papa et je suis sûr qu'un jour il va se marier. Les filles elles le trouvent beau, je sais parce que Ada me l'a dit et Carmen aussi et d'autres que j'ai oubliées depuis qu'elles sont tombées dans la mine. C'est dangereux la mine et je n'y vais plus parce que papa m'a dit que c'est une mauvaise idée, une très mauvaise idée et les très mauvaises idées elles apportent que des choses très mauvaises.

Le foyer c'était il y a longtemps. On n'était que des garçons et certains savaient pas se moucher ou faire leurs lacets. Moi je sais lacer mes souliers, les deux. Le dernier jour je m'en souviens, tous les garçons me regardaient par les fenêtres ou depuis la galerie. Personne m'avait dit au revoir, pourtant ils savaient bien que je reviendrais jamais, le directeur l'avait bien expliqué, le ciel était jaune comme aujourd'hui, sur la route.

Le voyage c'est pour Noël. On va dans une ville encore plus grande que San Luis. Ça prend beaucoup de temps pour y aller. Des fois je m'endors à l'arrière et puis un trou ou une bosse sur la route secoue la voiture et je me réveille et je regarde où on est et c'est toujours le même paysage.

Quand maman conduit il y a de la musique. Quand c'est papa il y en a pas. Maman me demande ce que je veux écouter et je lui réponds Lucia Durango.

Elle est belle Lucia. Des fois je la vois sur le téléviseur. Au cinéma aussi mais on n'y va plus, le Rex de San Luis a fermé après l'incendie. Sa voix est comme le printemps avant l'orage. Il fait chaud et humide et ça picote en dedans et alors ça explose et la pluie elle arrive même pas à vider les nuages. Lucia chante et joue la comédie. Moi je suis sûr qu'elle fait pas semblant. Les autres autour d'elle oui, ils ont l'air de M. Tedesco, le directeur du foyer, quand il se mettait en colère : il avait pas l'air vrai. Les colères je sais ce que c'est et elles ressemblent pas à M. Tedesco fâché, pas du tout. Lucia Durango est mon amie et elle me dit tout ce qu'elle a sur le cœur, pour de vrai.

Même si le soleil a l'air de jamais vouloir quitter le désert, à un moment la nuit arrive et le froid aussi et les parents sont fatigués. On s'arrête dans un hôtel sur le bord de la route, j'attends dans la voiture avec maman pendant que papa va chercher des clés et puis on s'installe dans une chambre qui sent mauvais.

La nuit est rose, au bout du lit, la lumière du parking s'arrête jamais. À un moment je me lève pour aller aux toilettes, papa est déjà debout ou alors il s'est pas encore couché, il est tout habillé. Il a ce drôle de regard comme s'il avait peur qu'il m'arrive quelque chose et je voudrais lui dire qu'il m'arrivera rien. Je me rendors vite.

Lucia se marie avec Alfon, ils s'embrassent sur la bouche, c'est dégoûtant et tout le monde applaudit, j'aimerais que le soleil tombe sur les mariés et que l'église brûle, que le buffet brûle et les invités aussi et je me réveille, il faut reprendre la route si on veut arriver à temps pour Noël. J'aimais pas cette chambre ni les rêves que j'y ai faits.

Aujourd'hui il y a moins de désert et à un moment il n'y en a plus du tout, les arbres ont vaincu le sable. Maman est la seule à demander si je vais bien, papa parle pas, avant il parlait beaucoup, papa et moi on parlait. On s'installait sur la galerie devant la maison, il m'expliquait des choses sur l'usine, Mon équipe ceci, mon équipe cela, il commande des gens papa et ils lui obéissent, Alfonso lui obéit, maman aussi et moi j'ai pas à le faire parce que je suis grand maintenant. Papa me dit Tu es un homme.

J'aurais aimé travailler à l'usine comme un homme et quand je suis parti du foyer je pensais que j'irais dans l'équipe de papa mais l'adjoint du directeur m'a dit que je serai jamais capable de rien faire dans ma vie, il l'a encore dit quand il n'avait plus de bouche.

Ce soir j'aimerais bien qu'on dorme dans un vrai hôtel, au milieu de la ville et alors on pourrait manger un hot dog en se promenant mais quand je le dis à maman elle se tourne vers papa comme si elle avait pas la bonne réponse et allait perdre au quiz qu'il y a des fois au club. Papa décide qu'on dormira dans un motel, il dit C'est moins cher, comme ça on pourra se faire de plus beaux cadeaux.

Je savais pas que l'argent était un souci pour lui, j'ai toujours eu ce que j'ai voulu, et Alfonso pareil, on manque de rien comme dit toujours maman, on a de la chance avec le travail de papa et l'usine qui est un miracle pour toute la communauté.

Je sais pas si l'usine est un miracle.

Des fois j'y vais la nuit, quand il y a moins d'ouvriers. Il faut des astuces et des trucs pour y entrer, à cause de la sécurité, les gardes et les grilles et je les ai ces trucs et ces astuces. C'est pas que je suis malin, mais, comme dit papa, faut savoir se servir de ce que la vie elle vous a donné. Alfonso était qu'un rêve dans la tête de mes parents que j'allais déjà dans l'usine.

Des fois, seulement.

Parce que je voulais pas me faire pincer, et surtout parce que c'est un endroit gris foncé, si vous voulez mon avis. J'aime pas le gris foncé, je me sens moins bien quand j'en vois, je perds ma joie ou quelque chose comme ça. Peut-être aussi que j'aurais jamais dû y aller.

On quitte l'hôtel avant le lever du soleil, Il faut pas traîner, dit papa, on doit arriver dans la grande Santa Ana avant la nuit.

Tellement de voitures entrent et sortent de la ville qu'on dirait une fourmilière attaquée à grands coups de talon. Elles arrivent de partout à la fois et papa serre les dents, et maman ne parle plus.

On traverse le fleuve et je crois que c'est la mer qu'on voit là-bas, je l'ai pas vue souvent, je l'ai vue dans *Les Mariés de l'océan* où Lucia est tellement malade qu'elle pourrait en mourir et le remède se trouve dans un autre pays à ce que raconte le médecin, mais je lui fais pas confiance, il est comme tous les autres types qui lui tournent autour, autour de Lucia. Et j'ai bien raison car chaque fois que je regarde le film le médecin il lui fait la même entourloupe et c'est bien autre chose qui pourrait la guérir, je le sais, moi. Sûrement quelque chose qu'on pourrait trouver dans l'usine, tout au fond du plus foncé de tous les gris, quand j'y vais la nuit.

Les immeubles sont cent fois plus hauts que le plus haut des immeubles de San Luis. Les rues ont toutes les couleurs de Noël, elles brillent et je me souviens quand j'étais au foyer, avec les guirlandes, elles clignotaient dans la grande salle, je les voyais avant de rentrer chez papa et maman, je voulais emporter leur lumière avec moi, je la voulais sur mes épaules quand j'allais dans mon lit, j'en donnerais des morceaux à mon frère.

Papa entre dans un grand parking souterrain, il s'enfonce et tourne et s'enfonce encore puis il s'arrête et je vois que maman transpire, elle dit L'hôtel est tout près, mais personne sort les valises. Dehors le froid est celui de l'hiver, chez nous il fait jamais aussi froid à Noël.

On marche et on croise des centaines et des centaines de passants, tout le monde a l'air pressé sous les gros manteaux, des sacs de courses à la main, je vois une grande vitrine emplie de jouets et je comprends pas pourquoi personne s'arrête, il y a longtemps que je n'ai plus de jouets à Noël et Alfon non plus, pourtant je m'arrête et papa me tire par le bras, Plus tard, on n'a pas le temps maintenant.

Autrefois un circuit électrique était au pied du sapin, on y a beaucoup joué avec papa, Alfon était trop petit. Deux voitures comme de gros bonbons, je perdais la mienne dans les virages, celle de papa s'écrasait contre mon poignet quand je remettais le patin de la mienne sur le circuit, on riait et puis j'en avais assez et la télécommande brûlait dans ma main et dans celle de papa, le transfo crépitait et il fallait recommencer, je rêvais de voitures, de courses, Lucia me regardait depuis les gradins réservés aux gens très spéciaux comme le Monsieur le Président et un grand footballeur dont j'ai oublié le nom.

Allons manger, je connais une bonne adresse, dit papa comme s'il y croyait pas vraiment et on descend dans le métro, il roule et roule et son bruit fait vibrer tout mon corps et mes oreilles ont mal, quand je les couvre de mes mains un drôle de type me regarde d'un drôle d'air et je lui ferais drôlement mal si on était pas déjà arrivés, personne me regardait comme ça au foyer sinon ça se passait mal et alors je passais du temps dans le gris foncé, beaucoup trop de temps, des fois je pleurais et je criais avant que M. Tedesco me sorte de là.

À l'extérieur il y a un peu moins de monde et moins de magasins. Il fait encore plus froid, papa dit Je vais voir s'il reste des places au restaurant, attendez-moi là, il embrasse maman sur le front, c'est curieux parce qu'il fait jamais ça et il accélère le pas.

On s'assoit sur un banc, beaucoup de voitures passent, des gens sortent d'un bus et d'un autre encore. Maman regarde sa montre sous la manche de son manteau, Mais qu'est-ce que fait ton père ? Je lui dis que j'en sais rien, il a tourné au coin de la rue. Je dis J'espère qu'il reste des places, je le dis parce que j'ai très faim maintenant, je pourrais manger n'importe où et avec n'importe qui.

Puis maman me dit de rester là, Je vais voir ce qui se passe, elle se lève et me regarde et je vois l'inquiétude dans ses yeux, T'inquiète pas maman, papa va revenir. Elle pose la main sur mon épaule, Je reviens dans cinq minutes, et elle se retourne et s'éloigne très vite, tac-tac-tac font ses chaussures et je ne la reverrai plus jamais.

*

Quand Wolf se leva le jour n'était encore qu'un murmure qui s'étouffait sous l'horizon. Il aimait la présence des ombres autour de lui, ses clients susurraient qu'elles s'épaississaient à son approche. Peut-être était-ce vrai – il ne partageait pas leur regard. Sa seule certitude était sa discrétion, une sorte d'incognito qu'il n'avait aucune peine à entretenir : elle était sa nature même.

Son dernier contrat datait de l'avant-veille et si la femme l'avait vu venir à elle à la dernière seconde, elle n'avait pour autant pas sursauté. On pouvait l'oublier sitôt croisé, ce qui arrivait chaque fois bien sûr, mais pour une raison différente et définitive.

Wolf se prépara avec méthode, sans urgence. L'excitation préalable faisait partie du jeu, pour autant il ne l'entretenait pas : elle le mettait en marche sans l'affaiblir, comme une compagne, une associée aussi peu exigeante qu'elle était généreuse.

Consciencieux, il relut les notes prises par son intermédiaire habituel. Nom de la cible, ses habitudes, les sujets à ne surtout pas évoquer si une conversation débutait, heure et lieu du rendez-vous. Ce dernier point soulevait un problème auquel Wolf avait dû chercher une solution peu confortable. Les clients payaient bien, très bien aussi avait-il accepté la difficulté supplémentaire. Il devrait convaincre la cible de le suivre afin de ne pas agir en pleine rue passante.

Il relut aussi la copie des articles qu'il avait exhumés dans les archives d'un journal local, à des centaines de kilomètres de là.

Hier, le service des urgences de San Luis a reçu Manuel Armadillo, sept ans, dans un état grave. Échappant à la surveillance de ses parents, le jeune garçon était entré dans l'usine attenante à la maison familiale. Son père étant le directeur des recherches de cette entreprise d'extraction et de transformation de minerais, il est possible que le garçon ait obtenu un passe afin d'y pénétrer nuitamment.

On ne sait pas encore ce qui s'est passé lors de cette visite ; toujours est-il que le petit Manuel a été retrouvé inconscient par un ouvrier lors d'un changement de quart, au petit matin.

Pour l'heure, l'enfant est encore dans le coma et n'a pu être interrogé ni par la police, ni par notre reporter. Le père, M. Armadillo a...

Le reste de l'article n'était que supputations à la limite de la médisance. L'usine fournissait du travail et au moins autant de critiques. On lui attribuait la prospérité de la petite ville et ses moindres tourments.

Paru quelques semaines plus tard, un second article racontait que l'enfant avait quitté la clinique pour enfin rentrer chez lui. Interrogés, des membres du personnel racontaient, sous couvert d'anonymat, des événements inexpliqués survenus autour de la jeune victime. Encore quelques jours et ces mêmes témoins se rétractaient.

Puis d'autres faits divers prenaient la relève et il ne faisait guère de doute que Manuel n'était pas un enfant comme les autres.

Manuel avait trente ans désormais. Il avait séjourné une bonne partie de son adolescence dans un foyer où il avait été à l'origine de quantité de problèmes. Du moins, il apparaissait que le garçon était le point commun entre tous les incidents plus ou moins graves survenus là-bas.

Autour de l'usine, plus exactement dans la mine à ciel ouvert, des jeunes filles avaient aussi fait les frais de la compagnie de Manuel. De ses pouvoirs, concluait Wolf, car chaque fois les preuves manquaient pour accuser le garçon, puis l'adolescent, puis l'adulte, d'un quelconque méfait alors que tout semblait l'accuser. Pauvre Manuel qui n'a même plus toute sa tête. Un simple d'esprit, en quelque sorte. Wolf avait compris qu'il tenait là l'opportunité unique de modifier le cours de sa propre vie. Ces pouvoirs, il pourrait les faire siens. Il existait forcément un moyen.

Wolf quitta son appartement et traversa la ville en métro, en direction de son rendez-vous.

Les Armadillo étaient à l'heure. Wolf les suivit de l'autre côté de la rue dans ce quartier de Santa Ana où les bâtiments décrépits côtoyaient des immeubles tout juste construits, comme si ces derniers cherchaient à singer les altières constructions du front de mer pour masquer la nature sinistre des lieux.

Le couple était pitoyable : il portait sur lui toute la culpabilité de ce qu'il s'apprêtait à faire, de ce qu'il avait *déjà* fait. Que l'on puisse infliger ça à sa progéniture dépassait Wolf. Toutefois il admettait n'y rien connaître au métier de parents : il se souvenait à peine des siens et lui-même n'avait pas d'enfants.

Les Armadillo étaient des bourreaux vaincus par leur propre cruauté, leur égoïsme. Ce n'était pas son problème, Wolf n'encaissait pas l'argent pour jouer les conseillers familiaux ni même les jurés ou les procureurs.

Tout se déroulait comme prévu.

Quand la mère se fut éloignée, Wolf attendit quelques minutes. Manuel Armadillo se tenait bien droit sur le banc, étonnamment maigre, la tête tournée vers la circulation. Impossible de savoir à quoi il pensait. D'où il se trouvait, Wolf peinait à discerner l'expression sur le visage de l'homme-enfant. Puis il traversa la rue et vint à la rencontre de son destin.

*

— Bonjour, Manuel ! Enfin… j'imagine que c'est bien toi ?

— Oui, monsieur, je suis Manuel. Manuel Armadillo.

— Joyeux Noël, mon garçon.

— Joyeux Noël à vous aussi.

— Tu peux m'appeler Juan.

— Ah, d'accord. Joyeux Noël, Juan. J'attends mes parents.

— Tu vois, je viens pour ça, justement. Ils se sont installés au restaurant, je leur ai cédé ma place. Il y a tellement de monde là-bas… Ils m'ont demandé de venir te chercher.

— Ils vous ont demandé ça ?

— Oui, pourquoi : ça t'étonne ? Ils n'allaient pas te laisser seul sur ce banc le jour de Noël, pas vrai ?

— Non, ils feraient pas ça. C'est juste que…

— Eh, tu as faim je suis sûr !

— Ça c'est vrai, monsieur ! J'ai vraiment très faim !

— Et eux aussi. Ils t'attendent pour commander. Tu viens ?

*

Juan a l'air gentil et je me demande ce que papa et maman pensent de lui, on pourrait déjeuner tous ensemble. Il me parle, il a une voix douce et grave à la fois, papa me parlait comme lui il y a longtemps. On tourne au coin de la rue et il y a moins de monde, il y a presque personne et qui irait installer un restaurant dans un endroit pareil ?

Il m'emmène pas au restaurant, il est grand dans son manteau et je marche à côté de lui mais je crois qu'il y aura pas de restaurant aujourd'hui, je crois qu'il y a pas de maman ni de papa là où on va. Je le comprends quand on entre dans une sorte de hangar, Juan dit Il faut traverser l'entrepôt et c'est de l'autre côté, je le comprends quand il ferme la porte derrière moi et la verrouille. Gris foncé, dans le hangar, gris foncé dans mon crâne, les lumières de Noël, toutes ces couleurs elles ont disparu. On dirait la cave du foyer et tout s'éteint.

Quand je me réveille je suis allongé sur le dos, par terre, mes mains sont attachées l'une à l'autre comme les sœurs Fernandez avant de tomber dans la mine. Ma tête me fait mal, mes yeux me font mal et ils voient Juan penché au-dessus de moi, je pense qu'il sourit, même avec ce couteau dans la main Juan sourit et sa voix douce me demande Raconte-moi ce que tu as fait dans l'usine, quand tu avais sept ans, raconte-moi ce que tu as vu là-bas.

Il est pas le premier à me poser la question et je lui réponds la même chose qu'aux autres : je sais pas, j'ai pas compris ce que j'ai vu. Il y avait une machine, des câbles et des cadrans, une armoire avec des commandes et un établi au milieu de tout ce bazar, un établi qui brillait. Je me suis approché et j'ai vu une pierre sous la lumière, c'est elle qui s'allumait comme une lune pleine. Et ensuite ? demande Juan, mais je sais plus, je lui répète que j'ai jamais su, alors il se fâche et me blesse à l'oreille avec son couteau et j'ai mal et je crie et il appuie sa main sur ma bouche.

Je ne veux pas te faire de mal, je suis venu t'aider, mon garçon. Mais il faut y mettre du tien, il faut que, *toi aussi*, tu m'aides.

Je lui dis, Mes parents peuvent m'aider, et Juan sourit à nouveau, Tes parents ne veulent plus de toi, Manuel. Ils sont partis, ils t'ont abandonné. Tu leur fais peur, tu fais peur à tout le monde. Tu le sais bien quand même, depuis le temps ? Les filles de la mine, l'adjoint du foyer, l'incendie du cinéma, et tous les autres incidents… Tes parents m'ont payé pour que je m'occupe de toi. Tu n'as plus que moi. Ton secret et moi. Alors tu vas le partager, n'est-ce pas ?

J'entends des sirènes au-dehors, ça doit être la police mais elles passent et s'éloignent et le silence empoigne l'entrepôt et me serre la gorge et ma peur est grande comme cet endroit. Juan a raison, on est seuls, lui et moi, et quand j'additionne tout je comprends que mes parents m'ont laissé, Alfon le voudrait pas, qu'est-ce qu'il va dire quand il apprendra que je rentrerai jamais à la maison ?

Je dis à Juan, Mon petit frère, il reste mon petit frère. Juan dit, Alfonso, c'est ça ? Et il éclate de rire et arrête aussitôt comme s'il avait juste toussé, Tu sais bien qu'Alfonso… enfin, je ne devrais pas te le dire, il paraît, mais si on veut avoir confiance l'un en l'autre il faut bien qu'on parle de lui, non ? Parce que ton petit frère, tu l'as tué il y a longtemps, n'est-ce pas ? Et pas qu'un peu. Je suis sûr que ça n'est pas vraiment ta faute et que…

Mais j'entends pas la suite, je veux pas l'entendre et je crie. Alfon, mon petit frère ! Il aime tant Lucia que des fois je me demande s'il l'aime pas plus que moi, même si je sais que c'est impossible, Alfon, et je sens ce froid monter en moi, le froid d'une lune pleine, j'ai pas tué mon frère, j'ai pas tué mon frère !

Alfon est devant moi, son corps déformé comme si ses os s'étaient brisés, tous, les jambes et les bras et le visage, la mâchoire écrasée autour de sa langue, mais qui a pu faire une chose pareille ?

Son pantalon est baissé sur ses jambes, à côté de lui un magazine est ouvert sur des photos de Lucia en maillot, elle est si belle et lui si monstrueux, et Juan sait rien du tout, même quand la lame de son couteau se plie devant lui et qu'il hurle et que le sang coule de ses yeux comme deux fontaines rouges, il sait rien. Jamais il saura rien, ni à ce Noël ni au prochain.

Table

le rire médecin

Rire à l'hôpital, c'est vital !

En France, un enfant sur deux connaît au moins une hospitalisation avant l'âge de 15 ans. C'est pour lui et ses parents une épreuve souvent traumatisante dont les effets peuvent se faire ressentir toute la vie.

Depuis 1991, Le Rire Médecin fait intervenir des **comédiens-clowns professionnels** dans les hôpitaux pour **permettre aux enfants**, à travers le jeu, l'humour et le rêve, **de mieux se battre contre la maladie et la douleur**.

L'association agit à la demande des chefs de services pédiatriques qui estiment que **son action est complémentaire aux soins médicaux** qu'ils prodiguent aux enfants.

Les interventions du Rire Médecin sont reconnues pour les bienfaits qu'elles apportent aux **enfants**, mais aussi aux **parents** et au **personnel soignant**.

Association pionnière en France, **Le Rire Médecin** s'est imposé comme la référence des clowns professionnels à l'hôpital.

Chaque année, près de 100 000 enfants et leur famille bénéficient de la venue des 150 comédiens-clowns. Ces derniers interviennent **toute l'année à raison de 2 jours par semaine**, dans **près de 80 services pédiatriques en France** (Paris, Île-de-France,

Tours, Orléans, Marseille, Nancy, Nantes, Angers, Besançon, Rennes et Clermont-Ferrand).

Toujours en duo comme le veut la tradition clownesque, ils offrent à chaque enfant et à sa famille un spectacle improvisé et personnalisé. Leur professionnalisme est garanti par le dialogue constant qu'ils entretiennent avec les équipes soignantes et par les formations médicales et artistiques qu'ils suivent chaque mois dans le cadre d'une formation continue dispensée par Le Rire Médecin.

Comme le disent nos comédiens-clowns professionnels qui interviennent auprès des enfants toute l'année : « Voir un enfant rêver, rire ou s'amuser, c'est voir la vie l'emporter sur l'injustice de la maladie. »

PAPIER CERTIFIÉ

Composition réalisée par PCA

Achevé d'imprimer en France par
CPI BRODARD & TAUPIN (72200 La Flèche)
en octobre 2024
N° d'impression : 3058784
Dépôt légal 1re publication : novembre 2024
LIBRAIRIE GÉNÉRALE FRANÇAISE
21, rue du Montparnasse – 75298 Paris Cedex 06

20/3571/5